त्रिशंकु

[कहानी-संग्रह]

त्रिशंकु

मन्नू भंडारी

राधाकृष्ण प्रकाशन

ISBN : 978-81-7119-728-6

त्रिशंकु

पहला राधाकृष्ण संस्करण : 1995
छठा संस्करण : 2023

मूल्य : ₹495

प्रकाशक
राधाकृष्ण प्रकाशन प्राइवेट लिमिटेड
जी-17, जगतपुरी, दिल्ली-110 051
शाखाएँ : अशोक राजपथ, साइंस कॉलेज के सामने, पटना-800 006
पहली मंजिल, दरबारी बिल्डिंग, महात्मा गांधी मार्ग, प्रयागराज-211 001
वेबसाइट : www.radhakrishnaprakashan.com
ई-मेल : info@radhakrishnaprakashan.com

मुद्रक
बी.के. ऑफसेट
नवीन शाहदरा, दिल्ली-110 032

TRISHANKU
Short Stories by Mannu Bhandari

नीरा-आनन्द के लिए

अनुक्रम

आते-जाते यायावर

कभी सोचा भी नहीं था कि महज मज़ाक में कही हुई बात ऐसा मोड़ ले लेगी। मोड़! और इस शब्द पर मुझे खुद ही हँसी आने लगी। मेरी ज़िन्दगी में अब न कोई उतार-चढ़ाव आएगा, न मोड़। वह ऐसे ही रहेगी; सीधी, सहज और सपाट। हाँ, कभी-कभी उस सपाट ज़िन्दगी में एक दरार डालकर उसके पार बसी दुनिया को देखने के लिए जी ललच उठता है, पर जब-जब ऐसा किया, मन का बोझ बढ़ा ही है। फिर भी कल जो कुछ हुआ उसमें जीना अच्छा लग रहा है। खासकर इस आश्वासन के साथ, नहीं, आश्वासन नहीं, न जाने क्यों मुझे सही शब्द नहीं सूझ रहे और मैं ग़लत शब्दों का ही प्रयोग करती जा रही हूँ—आमंत्रण या कहूँ कि साग्रह मनुहार के साथ कि मैं आज भी मिलूँ।

ख़याल आया, रमला सुनेगी तो हँसती हुई कहेगी, "लगा लिया तुझे भी क्यू में? भई, कमाल है!"

रात बारह बज गए थे, तो रमला ने पूछा नहीं था, एक तरह से आदेश-सा देते हुए ही कहा था, "नरेन, मिताली को छोड़ने का जिम्मा आपका। आप इसे छोड़ते हुए निकल जाइए।"

उसने कुछ ऐसे सहर्ष भाव से स्वीकृति दी मानो वह इसी बात की प्रतीक्षा कर रहा था। टैक्सी-स्टैंड पर कई टैक्सियाँ खड़ी थीं, पर वह उधर नहीं बढ़ा। इस आदमी से काफी दूरी रखनी है और इसकी हर बात को केवल ऊपर से निकाल देना है, इस बात के प्रति बेहद चौकस होने के बावजूद, आधी रात को उसके साथ पैदल चलने का ख़याल मुझे कहीं अच्छा लगा। चारों ओर निपट सन्नाटा था और सड़क के दोनों ओर दूर तक लैंप-पोस्ट बाँहें फैला-फैलाकर रोशनी उँडेल रहे थे।

"यहाँ बारह बजे ही कैसा सन्नाटा हो जाता है! विदेशों में तो बारह के बाद से ही असली ज़िन्दगी शुरू होती है।" और मुझे लगा कि अब यह लगातार विदेश की बातों से बोर करेगा। इस देश की लड़कियों पर रौब डालने के लिए कितना अच्छा हथियार है यह!

पर ऐसा हुआ नहीं। वह फिर अपने बारे में बताने लगा। अपने शौक, अपनी महत्त्वाकांक्षाएँ और खासकर अपनी यायावरी वृत्ति!

''लगता है, मेरे भीतर एक जिप्सी बैठा है, जो मुझे घुमाता है। पिछले सात साल से मैं केवल घूम रहा हूँ, भटक रहा हूँ, नए-नए स्थान, नए-नए लोग! पता नहीं कहाँ जाकर अन्त होगा, कब अन्त होगा!''

वह जैसे बहकने लगा था। मुझे ख़याल आया, इसने बहुत पी रखी है, केवल नीट! बल्कि जब रमला दरवाजे तक छोड़ने आई, तो कहा भी था, ''आज आप बहुत पी गए हैं। ठीक से छोड़ तो देंगे न मिता को?''

वह हँसा था, ''आप तो जानती ही हैं कि कितना भी पी लूँ, मुझ पर रंग नहीं चढ़ता।''

''काला कंबल,'' रमला ने कहा था और हँस पड़ी थी। बातों के नीचे छिपे अर्थ मैं समझ रही थी, फिर भी अनजान बनी खड़ी रही पर क्षण-भर के लिए तीव्र आकांक्षा का एक झोंका ऊपर से नीचे तक जैसे चीरता हुआ निकल गया—एक बार मैं भी रंग चढ़ाने की कोशिश करके देखूँ, और कुछ नहीं, केवल एक चैलेंज की तरह! सचमुच अब बातें या तो चैलेंज के रूप में आती हैं या बदला लेने की क्रूर भावना के साथ। रमना, डूबना—ये सारे शब्द तो जैसे एक-एक करके निरर्थक होते चले गए।

''जानती हैं, युनिवर्सिटी की इन सड़कों पर मैं कितना घूमा हूँ? ज़िन्दगी के कितने दिन इन पर गुज़ारे हैं?'' तो उसी के स्वर-में-स्वर मिलाकर बोली, ''और जाने किन-किन के साथ?''

वह हँस पड़ा, ''लगता है, रमला ने मेरे बारे में बहुत कुछ उलटा-सीधा बता रखा है आपको।''

मैं हलके से मुस्कुराई। सचमुच रमला ने इतना कुछ बता रखा था उसके बारे में कि बिना किसी विशेष परिचय के भी वह मुझे अपरिचित नहीं लग रहा था। धीरे से बोली, ''कुछ ग़लत तो नहीं बताया न?''

वह फिर हँस पड़ा, ''कभी-कभी सोचता हूँ, आदमी अपने भीतर कितना कुछ समेटे होता है, वह खुद नहीं जानता और एक बँधी-बँधाई लीक पर चलकर मर जाता है। बिना अपने को जाने, बिना अपने को समझे! ह्वाट ए पिटी!''

बिना उसकी ओर देखे ही मैंने जान लिया कि स्वर की तरह उसके चेहरे पर भी एक हिक़ारत-भरी दया फैल गई होगी।

पर मैं एकाएक ही बहुत कटु हो आई। मन हुआ, कहूँ, 'लीक तोड़ना', 'संस्कारों से मुक्त होना'—इन सारे मुहावरों का चारा डालने के लिए कैसी

खूबसूरती से प्रयोग किया जाता है आजकल। पर कहा केवल एक निहायत ही पिटा-पिटाया वाक्य, "लीक तोड़कर ही आदमी क्या बहुत कुछ पा लेता है?"

मैं जानती थी, वह क्या उत्तर देगा। फिर भी उसके मुँह से सुनने का मोह हो आया।

"अच्छा, आप ऐसा नहीं मानतीं कि हम जितनी तरह की ज़िन्दगी जीते हैं, जितने सम्पर्क और सम्बन्ध बनाते हैं, उनसे हमारे व्यक्तित्व के उतने ही पहलू उभरकर आते हैं? नई-नई जगह देखना, नए-नए लोगों से मिलना, उनके निकट होना, उनको अपने निकट लाना—और खुद-ब-खुद भीतर एक नई दुनिया खुलती चलती है। तब एक मुग्ध विस्मय के हाथ हम देखते हैं—अरे, यह सब भी हमारे भीतर था!"

मैं बड़े तटस्थ और कुछ ऐसे चौकन्ने भाव से उसकी बात सुनती रही, मानो यह सब पहली बार सुन रही होऊँ। हालाँकि रमला यह सब मुझे बता चुकी थी।

"और यदि यह सम्बन्ध ऑपोजिट-सेक्स के साथ हो, तब तो व्यक्तित्व के रगो-रेशे तक उभरकर आ जाते हैं।"

और उसने एक निस्संकोच, सीधी नज़र मेरे चेहरे पर टिका दी, जिस पर अपनी बात का समर्थन करवाने का साग्रह अनुरोध अटका हुआ था।

हूँ, तो ये अब मुझ पर ही चालू हुए! पर लगा, आदमी दिलचस्प भी है, और औरों से भिन्न भी। सब लोग ऐसे मौकों पर बात करते हैं 'तुम' से। जैसे जो हो, बस तुम ही हो, बाकी दुनिया बेकार। उसने बात दुनिया से शुरू की है, अब शायद 'तुम' पर आएगा— धीरे-धीरे, सीढ़ी-दर-सीढ़ी। नवीनता का भी तो अपना एक आकर्षण होता है। सचमुच आदमी तेज़ है और किसी को भी फँसाने के सारे हथकंडों से लैस।

फिर भी बात करने का नाटकीय अन्दाज़ मन को भाया। रह-रहकर कन्धों का उचकना, हथेलियों का हवा में फैलना-सिकुड़ना और पल-पल चेहरे की बदलती मुद्राएँ।

'अमेरिकी लटका!' एकाएक ही मन में उभरा। ये अदाएँ ही तो सम्पर्क-सम्बन्ध बनाने का सबसे सशक्त साधन होती होंगी।

भीतर-ही-भीतर कहीं हँसी उमड़ने लगी। रमला ने इस नाटकीय अन्दाज़ की हू-ब-हू नक़ल करते हुए ये ही सब बातें बताई थीं और फिर हँसते हुए कहा था, "बोलो, मिला दें तुम्हें नरेन से? तुम भी उसके व्यक्तित्व का एक पहलू उजागर कर दो, या अपना करवा लो।"

भीतर-ही-भीतर मन में कुछ कुलबुलाने लगा। मैंने बड़ी ही तौलती-सी नज़र से एक बार उसे देखा।

सारी बात रमला को सुनाने के लिए एक मज़ाक बनकर रह जाती, यदि फाटक पर विदा लेते समय वह यह नहीं कहता, "कल शाम को आप क्या कर रही हैं? खाली हों तो मिलें?"

एक क्षण को हाँ-ना किए बिना मैं असमंजस में खड़ी रही। तभी सुना, वह हँसते हुए कह रहा था, "आप बहुत गालियाँ दे रही होंगी मुझे! आज आपको भी थोड़ी-सी पिला देने का पाप कहिए या पुण्य, मुझसे हो ही गया। हमेशा याद रखिएगा कि आपके कुछ दायरों में से एक दायरा मैंने भी तोड़ा।"

अन्तिम बात ने एकाएक ही जैसे मुझे कहीं बहुत भीतर, गहरे में धकेल दिया। मैं सुन्न हो गई। ख़याल ही नहीं रहा कि उसे कुछ जवाब देना है, पर वह खुद ही बोला, "कल फ़ोन करके मैं खुद तय कर लूँगा।" और हाथ हिलाकर मुड़ गया, मैं जहाँ-की-तहाँ खड़ी रह गई।

मन की न जाने कौन-सी अदृश्य परतों के नीचे दबा एक वाक्य पूरे दृश्य के साथ उभर आया—अपने शरीर से अलग करते हुए उसने कहा था, "आज तुम्हें एक अँधेरे कुएँ से निकालकर खुली-फैली दुनिया में ले आया हूँ। अब जानोगी कि जीना क्या होता है!"

तब वह पुलकित होने के साथ-साथ भीतर तक कृतज्ञ भी हो आई थी।

और बहुत दिनों बाद उसी ने फिर कहा था, "खींचकर लाना मेरा काम था, अब इस खुली दुनिया में चलना और अपना रास्ता तलाश करना तुम्हारा काम है।" क्योंकि अपने साथ चलने के लिए उसने एक लिपी-पुती, बड़ी-सी बिन्दी लगानेवाली गुड़िया जैसी लड़की चुन ली थी। एक बार परिचय भी करवाया था, "ये हैं मिताली ठाकुर, हमारे साथ पढ़ती थीं। बहुत ही होशियार और ग़ज़ब की बोल्ड।" 'बोल्ड' शब्द कहते समय हलकी-सी भर्त्सना का पुट आ मिला था उसके स्वर में। पत्नी के सामने शायद मित्र कहने का तो वह साहस तक न जुटा पाया था।

तब एक बार बड़ी ज़ोर से इच्छा हुई थी कि वह मुझे अँधेरे कुएँ से खींचकर लाया था, तो मैं भी इसकी शराफ़त का यह खोल खींचकर उतार दूँ, जिसे यह बड़ी मासूमियत के साथ अपनी पत्नी के सामने ओढ़े बैठा है।

पर मैं कुछ नहीं कर पाई थी। बस, भीतर-ही भीतर उफनते ज़हर को चुपचाप पीती रही थी और आँखों से उमड़ते आँसुओं को जबरन पीछे ठेलती रही थी।

तब मुझे मालूम हुआ था कि संस्कार तोड़ने के बहाने कितनी खूबसूरती से वह मुझे ही तोड़ गया है!

अब एक ये आए हैं दायरे तोड़ने। ठीक है, कल ये भी आएँ। अब मैं भी पहले की तरह मूर्ख नहीं रह गई हूँ। और भीतर-ही-भीतर एक बड़ी ही क्रूर-सी इच्छा कुलबुलाने लगी।

अब तक की सारी मिठास एक कड़वाहट में बदल गई।

लेटी तो नींद नहीं आ रही थी। व्यक्ति अब अलग-अलग याद नहीं रहते। शायद सभी कहते हैं, 'मिता बहुत रिज़र्व्ड है, मिता इनिशिएटिव नहीं लेती, मिता अपने को कहीं भी प्रोजेक्ट नहीं करती।'

तो भीतर-ही-भीतर सबको धोखा देने का, छलने का एक क्रूर सन्तोष मन में जगाता है। तुम कभी जान नहीं सकते कि मिता भीतर से क्या है? मिता ने तो सब कुछ किया है, आज भी कर सकती है, पर बर्दाश्त होगा तुमसे? तब तुम्हीं सबसे पहले थू-थू करते हुए हिक़ारत-भरे प्रहार करोगे और अपने-अपने दड़बों में लौट जाओगे।

नहीं, मैंने तो बहुत पहले ही तय कर लिया था कि अब मैं कुछ नहीं करूँगी। अपने को वापस दायरे में समेट लूँगी। इस निर्णय के साथ ही मैंने वह शहर ही नहीं छोड़ा था, अपना अतीत भी छोड़ दिया था। एक बार बाहर आकर भीतर की ओर लौटने की यातना, भीतर से बाहर की ओर आने की यातना से कितनी ज़्यादा है, यह भी मैंने तभी जाना था। बाहर आने में कितनी उमंग, कितना उत्साह था और भीतर लौटने में कितनी निराशा, कितनी टूटन!

फिर भी एक अदृश्य संकल्प मेरे मन में धीरे-धीरे आकार लेने लगा।

ठीक समय पर वह आ गया। कमरा वैसा ही पड़ा है। एक बार भी मैंने उसे सजाने-सँवारने का प्रयत्न नहीं किया। मैं अपनी हर बात से उसे यह दिखा देना चाहती हूँ कि मैं उसे ज़रा भी महत्त्व नहीं दे रही हूँ। न उसके इस प्रकार चले आने को कुछ विशेष समझ रही हूँ। मैंने मन-ही-मन तय कर लिया है कि मैं निहायत ही देशी ढंग से व्यवहार करूँगी और अंग्रेज़ी का एक शब्द भी नहीं बोलूँगी। अपनी विदेशियत के रौब को यों धूल में लोटते हुए देख उसे कैसी तिलमिलाहट होगी, यही तो इनकी सबसे बड़ी तुरुप होती है। उस काल्पनिक तिलमिलाहट से मुझे भीतर-ही-भीतर एक सन्तोष मिलने लगा।

"और जब सारी स्थिति बर्दाश्त के बाहर हो गई, तो हम लोगों ने उस

सम्बन्ध को नकारकर नए सिरे से अपने-अपने व्यक्तित्व को स्वीकार किया। बताइए ज़रा, आदमी सिवाय एक औरत के पति के और कुछ रह ही नहीं जाए! यह भी कोई ज़िन्दगी हुई भला!"

वह अपनी अमेरिकी पत्नी से अलग होने की बात बता रहा था। पर किसी बहुत ही आत्मीय या नाज़ुक के टूटने की हलकी-से-हलकी व्यथा भी उसके चेहरे पर नहीं थी। तोड़ना क्या इतना आसान भी हो सकता है! अतीत के सम्बन्ध से क्या सचमुच आदमी इस तरह मुक्त हो सकता है? पर जो जुड़ता ही नहीं, उसके लिए टूटने की अहमियत ही क्या होती होगी भला?

फिर भी अतीत की किसी भी छाया या व्यथा से इसका यों मुक्त होना मुझे अच्छा लग रहा है। 'खाली स्लेट पर ही तो रंग अच्छा चढ़ता है'—एकाएक ही मन में उभरा और जैसे मैं भीतर-ही-भीतर अपने एक-एक कदम के लिए सतर्क और चौकन्नी हो गई।

वह लगातार कुछ-न-कुछ बोले जा रहा था और मैं विस्मित-सी यह सोच रही थी—आदमी इस तरह उँडेल पाए, तो मन का कितना बोझ छँट जाए! कितना हलका हो जाए! इसका मुझसे परिचय ही कितना है भला? फिर भी कैसे विश्वास में लेकर सब कुछ बताए जा रहा है, मानो मैं कोई बहुत ही घनिष्ठ होऊँ, इसकी अन्तरंग!

अनायास ही इस शब्द का यों मन में आ जाना मुझे अच्छा लगा, क्या इसके मन में इस समय मुझे लेकर कोई ऐसा ही भाव नहीं होगा? बस, यही अनुकूल अवसर है, मुझे चूकना नहीं चाहिए। स्वर को बहुत ही मुलायम बनाकर मैंने पूछा, "अच्छा, एक बात बताइए! लगातार यों घूम-घूमकर, भटक-भटककर आप थक नहीं जाते?"

उसने एक भेदती-सी नज़र से मुझे देखा, जैसे इस प्रश्न के पीछे का मक़सद जानना चाहता हो। मैं भीतर तक सिहर उठी, मानो चोरी करती हुई पकड़ी गई होऊँ। पर नहीं, उसका ध्यान शायद उधर था ही नहीं। वह बड़े ही सहज स्वर में बोला, "सचमुच, कभी-कभी थक जाता हूँ। लगता है, जैसे अपने से ही हार रहा हूँ। यहाँ से वहाँ, वहाँ से कहीं और, कहीं और...निरुद्देश्य और निरर्थक। और तब मन करता है कि इस भटकन को समाप्त कर दूँ। किसी एक के साथ, एक जगह बैठकर ज़िन्दगी जिऊँ, सुरक्षित और बँधी हुई।"

और उसने बड़े हारे-थके भाव से सिर कुर्सी की पीठ पर टिका दिया, मानो सचमुच ही वह घूम-घूमकर, भटक-भटककर एकदम निढाल हो गया हो। छत की ओर एकटक देखते हुए होंठों को गोल बनाकर वह धीरे-धीरे धुएँ के छल्ले उड़ाने लगा। रेशमी धुएँ के वृत्त बड़े हो-होकर उसके ही चारों ओर फैलते-लिपटते चले

गए। धुएँ के उस झीने-से आवरण के पीछे उसका चेहरा मुझे बड़ा कातर और दयनीय-सा लगने लगा। कुछ इतना ज़्यादा कि मुझे तरस-सा आने लगा। कहीं ये अनेक-अनेक सम्बन्ध बनने-बिगड़ने के किस्से मनगढ़ंत तो नहीं हैं? आजकल इन सबका बखान करना भी तो आधुनिक फ़ैशनों में से एक है। किसी भी लड़की के लिए अनेक प्रेम-प्रसंगों में लिप्त आदमी आजकल ज़्यादा आकर्षण का कारण होता है। एक जीता-जागता और ललकारता हुआ चैलेंज।

"पर छह महीने भी एक जगह बैठ लूँ तो दम घुटने लगता है। भीतर का जिप्सी कोड़े मार-मारकर मुझे ढकेलने लगता है और फिर यात्रा शुरू..."

"कभी आप आगे के बारे में सोचते हैं, जैसे दस साल बाद की बात! जब न इस तरह घूमना सम्भव होगा, और न कोई दो बात करने-पूछनेवाला रह जाएगा। शायद तब किसी के पास इतना समय भी नहीं होगा कि दो मिनट आपके लिए थम ही जाए।"

मैं उसे आतंकित कर देना चाहती हूँ। वह जान ले कि ऐसी ज़िन्दगी का एक पहलू यह भी है।

"कभी-कभी ख़याल ज़रूर आता है, पर आगे के बारे में मैं ज़्यादा सोच नहीं पाता।"

"क्यों, क्या बूढ़े हो गए? आगे से मुँह मोड़कर पीछे देखना तो बूढ़ों का काम है।" वह खिलखिलाकर हँसने लगा। मुझे हर बार ऐसा लगता है, मानो मेरी सारी सतर्कता के बावजूद वह मेरे भीतर उठने-बैठनेवाले हर भाव को पढ़ रहा है। मुझे अजीब-सी बेचैनी होने लगी।

"नहीं, मैं पीछे भी नहीं देखता। केवल सामने देखता हूँ और शायद यह यूथ की निशानी है।" वार खाली जाने की झल्लाहट ज़रूर मेरे मुँह पर आ गई होगी।

"मैं चाहूँ, तो भी यह भटकन समाप्त नहीं होगी। आख़िर उसने शाप भी तो बड़े सच्चे मन से दिया था।"

मेरी आँखों में प्रश्नवाचक भाव तैर आया तो फिर एक और प्रेम-प्रसंग खुल पड़ा।

युनिवर्सिटी की सड़कें, हॉस्टल के बन्धन, यह सारा माहौल उस प्रसंग के साथ भी जुड़े हुए थे। अमेरिकी पत्नी की अपेक्षा इस प्रसंग में प्रेम की ऊष्मा भी ज्यादा थी और टूटने की व्यथा भी। एकाएक मुझे लगा, यह मुझसे मिलने नहीं आया है, मेरे माध्यम से अपने अतीत के उस टुकड़े को दोहराने आया है। मेरा अहं बुरी तरह तिलमिला गया। मुझसे कोई भी न मिले, यह मुझे मंजूर है...पर यों मात्र माध्यम की तरह !

'उसका रोना, उसका शाप, आज भी सब कुछ याद है।' भावुकता की ये बातें करते समय उसकी सारी चुस्ती, सारी स्मार्टनेस जैसे गल गई और वह बड़ा दयनीय और बड़ा साधारण-सा लगने लगा।

"अब वह कहाँ है?" कुछ रुखाई से मैंने पूछा।

"उसने शादी कर ली। खूब प्रसन्न है। मुझे बुलाकर अपना सुख, अपना वैभव और अपनी प्रसन्नता दिखा भी दी।"

"और आपकी पत्नी?"

"सम्बन्ध टूटने के साल-भर बाद तक तो उससे सम्पर्क रहा था। उन दिनों वह अपने किसी अफ़ेयर में व्यस्त थी। हो सकता है, अब तक उसने शादी भी कर ली हो या किसी नए अफ़ेयर में व्यस्त हो गई हो।"

मेरी तिलमिलाहट एक क्रूर आनन्द में बदल गई। लगा, जैसे मेरे भी सारे बदले इन औरतों ने चुका दिए।

तो सब ओर से हारे-पिटे ये यहाँ आए हैं मेरे दायरे तोड़ने। और मेरा मन उसके भीतर का सब कुछ जान लेने को अकुलाने लगा। यह सिर्फ एक नाटक है या कि इसके पीछे एक हारे हुए मन की कहीं टिक बैठने की आकांक्षा। पर कहीं से भी तो हारा-पिटा नहीं लगता। क्या टूटे सम्बन्ध इसे कहीं से भी नहीं तोड़ते? क्या मन की टूटन से यों असम्पृक्त रहा जा सकता है?

"इस बार जाऊँगा, तो ज़रूर मिलूँगा उससे। अब मिलना शायद अच्छा ही लगेगा।"

"आप वापस कब जाएँगे?" स्वर में आई उत्सुकता को भरसक दबाते हुए मैंने कुछ ऐसी लापरवाही से पूछा, मानो इसके उत्तर से मेरा कोई सम्बन्ध ही न हो।

"परसों यहाँ से कलकत्ते जाऊँगा और वहाँ से फिर पन्द्रह को मास्को के लिए उड़ना है।"

एक क्षण को मैं जैसे हवा में लटक आई। लगा, थोड़ी देर पहले जो दयनीयता और कायरता उसके चेहरे पर आई थी, वह मेरे चेहरे पर पुत गई है और वह बैठा वैसे ही हँस रहा है, सहज, मुक्त और निर्द्वंद्व। लगा, मैं फिर छली गई हूँ, अपनी सारी सावधानी के बावजूद। एकाएक ही मन सुलगने लगा। तब ये यहाँ करने क्या आया है? किस्से सुना-सुनाकर मन हलका करने के लिए मैं ही मिली थी इसे? घनिष्ठता क्या बिना परिचय के भी जो किसी को अपना सब कुछ बता सकता है, उसके लिए तो माध्यम कोई भी हो सकता था।

वह फिर चहकने लगा था। नई-नई जगह, नए-नए लोग और नए-नए अनुभवों को पाने का कौतूहल-भरा उत्साह उसके चेहरे पर थिरक रहा था।

पर उसके बाद उसकी बातें, उसकी उपस्थिति, बात करने का उसका नाटकीय अन्दाज, सब कुछ मेरे लिए निरर्थक हो उठा। स्वादहीन और बेमतलब! बल्कि उसका होना-भर मुझे भारी लगने लगा। मन हुआ, उठकर बुरी तरह झिड़क दूँ। पर किस बात पर? आखिर उसने किया क्या है, यही समझ नहीं आ रहा था।

"तुम हर सम्बन्ध में भविष्य की सम्भावना खोजती हो, इसीलिए वर्तमान को भी नहीं भोग पातीं।" एक बार मृणाल दी के पति ने कहा था, तो लड़ने-लड़ने को मन हो आया था। जब भी मैं वहाँ जाती हूँ, तो बड़े दुलार से मेरे हाथ अपनी दोनों हथेलियों में लेकर सहलाएँगे, बाँह दबाएँगे, ज़रा-सा इशारा करूँ, तो मृणाल दी से छिपकर कॉफी पिलाने भी ले जाएँगे। कई बार ऐसा संकेत कर चुके हैं। कुछ और ढील दूँ, तो और भी आगे बढ़ सकते हैं, पर उसी सीमा तक, जहाँ किसी चीज़ का रिस्क न लेना पड़े। उनका सब कुछ सहज और सुरक्षित रहे, वे जानते हैं कि उन्हें सिर्फ पाना ही है, जो भी मिल जाए, खोना तो कुछ है नहीं। और मैं भी जानती हूँ कि मुझे पाना कुछ नहीं है। आधुनिकता के नाम पर कैसी-कैसी सूडरी ये लोग झाड़ते हैं!

"मैं पत्र लिखूँगा, तो जवाब देंगी न?"

"नहीं, हमें नहीं आता पत्र-वत्र लिखना," खीज-भरे स्वर में मैंने कहा। एक ये ही तो रह गए हैं पत्र लिखने के लिए! इस आदमी के लिए व्यक्तियों और सम्बन्धों का महत्त्व ही क्या है, सिवाय इसके कि एक किस्सा सुनाने को मिल जाए उसमें से। अब विदेश में किसी औरत के साथ शराब पीते हुए या कौन जाने किसी की बगल में लेटे-लेटे सुनाएँगे, 'हिन्दुस्तान की लड़कियाँ यहाँ की तरह नहीं होतीं। न जाने कितने संस्कारों में बँधी, दायरों में घिरीं।' उस समय भी मेरा नाम इसकी जीभ पर भले ही हो, मैं इसके दिमाग़ में कहीं नहीं होऊँगी। बस, कुछ-न- कुछ निरन्तर बोलते जाने की हविस से ही वह बोलता चला जाएगा।

"अच्छा, पत्र लिखना नहीं आता, तो खाली कागज़ ही भेज दीजिए। मैं उसी से सब समझ लूँगा।"

जाते-जाते कैसे लटके बघार रहा है! फ़िल्मी डायलॉग! अब सचमुच मेरा धैर्य जवाब देने लगा था और मन हो रहा था, मैं सामने बैठे इस आदमी को फटकार दूँ।

तभी चपरासी ने आकर जैसे मेरा उद्धार कर दिया। मैंने बताया, "आठ बजे के बाद यहाँ पुरुष कमरे में नहीं रह सकते।"

"प्राध्यापिकाओं के लिए भी इतने बन्धन!" और वह हँसने लगा, तो मैं भीतर-ही-भीतर बुरी तरह कुढ़ गई।

"हाँ, और नहीं तो क्या, यह अमेरिका नहीं है।" मन-ही-मन कहा—'अमेरिका का दुम कहीं का!'

मैं एक क्षण को भी यह नहीं बताना चाहती थी कि परसों ही उसके जाने की बात सुनकर मैं विचलित हो गई हूँ या कि उसे लेकर...

बड़े सहज कदमों से मैं उसके साथ नीचे फाटक तक गई।

"यहाँ कोई ख़ाली टैक्सी नहीं मिलेगी।" मेरे इतना कह देने के बावजूद वह टैक्सी की प्रतीक्षा का बहाना लेकर खड़ा बातें करने लगा।

"मान लीजिए, कभी एक दिन आपके दरवाज़े पर खट-खट हो! आप खोलें और देखें कि मैं खड़ा हूँ, तो कैसा लगेगा?"

खाक-धूल लगेगा! क्यों अब भी नाटक किए जा रहे हो? क्या मतलब है इन सब बातों का? कहने को मैं भी कह दूँ—'दरवाज़ा खुले और आप देखें कि कोई और चेहरा झाँककर बता रहा है कि मिताली तो शादी करके चली गई, तो आपको कैसा लगेगा?' फिर ख़याल आया, इसे लगना ही क्या है? उसी के साथ बैठ जाएगा और मेरा क़िस्सा ऐसी आत्मीयता के साथ बताएगा, जैसे वह कोई इसकी अन्तरंग हो।

पर मैंने कुछ भी नहीं कहा—बस, गुमसुम खड़ी रही।

"लगता है, टैक्सी तो यहाँ मिलेगी नहीं, मुझे मेन रोड तक जाना होगा।" उसने कन्धे उचकाए। फिर बड़ी अदा से हाथ जोड़कर होंठों पर ढेर सारी मुस्कान और चेहरे पर आत्मीयता पोतकर कहा, "इस आते-जाते यायावर का नमस्कार!"

मैं चाहकर भी मुस्करा न पाई। बस, यंत्रवत् हाथ जोड़ दिए।

वह मुड़ गया। जैसे सहज और सधे कदमों से वह चल रहा था, उससे लगा, इन दो दिनों का सब कुछ झाड़-पोंछकर वह इस फाटक पर ही छोड़ गया है और बेहद हलका होकर जा रहा है। हलका और निर्द्वंद्व। सच पूछो, तो इन दो दिनों में आखिर हुआ ही क्या है! पर मैं हूँ कि इस न कुछ हुए को भी अब न जाने कितने दिनों तक गुनती-बुनती रहूँगी। फिर एकाएक ही रमला पर खीज आने लगी। पता नहीं किस-किससे मिला देती है। उनके घर कोई भी आए, मुझे ज़रूर बुलाएगी। बड़ी गार्जियन बनी फिरती है।

निरन्तर दूर होती हुई उसकी आकृति धुँधली हुई, थरथराई और फिर लुढ़क गई।

दरार भरने की दरार

मैंने घर में सबको मना कर दिया था कि जब श्रुति दी आएँ तो उस समय कमरे में कोई नहीं आएगा। छोटे भाई-बहनों को इस बात की क़तई तमीज़ नहीं है। कोई भी मेरे पास आएगा, तो आनेवाले के आस-पास वे इस प्रकार मँडराएँगे गोया वह उन लोगों से ही मिलने आया हो।

फिर खिड़की-दरवाजों के मोटे-मोटे पर्दे खींच दिए, जिससे कमरे में ठंडक और नीम अँधेरा-सा हो गया। इस माहौल में वे अधिक आश्वस्त होकर अपनी निजी बात कह सकेंगी।

दोपहर में जब से उनका फोन आया है, मैं एक अजीब-सी मानसिक उलझन में हूँ, अक्सर हँसती-खिलखिलाती रहनेवाली श्रुति दी के भर्राये और रुँधे-से स्वर ने मुझे बहुत परेशान कर दिया है। साथ ही उनकी इस बात से, 'नन्दी, यहाँ तेरे सिवाय मेरा है ही कौन, जिसे मैं अपनी बात कह सकूँ, जिसके साथ अपने को शेयर कर सकूँ,' मेरे मन में एक गर्व-भरी तृप्ति की भावना भी तैर गई।

वे उम्र में मुझसे बड़ी हैं, करीब सात-आठ साल और एक नामी चित्रकार हैं। उनके चित्रों की कई प्रदर्शनियाँ हो चुकी हैं, अख़बारों में उन पर रिव्यू आ चुके हैं। कलाकारों के बीच उनका सम्मान है। उनके मिलने-जुलनेवालों की भी कोई कमी नहीं, बल्कि वे उन सबसे कभी-कभी बहुत परेशान तक हो उठती हैं। इस सबके बावजूद मैं, केवल मैं उन्हें ऐसी लगी कि वे अपना निहायत निजी दुःख मेरे साथ शेयर करें, मुझे विश्वास में लेकर, आगे होकर अपनी बात बताने आएँ।

एकाएक मैं अपने को बहुत बड़ा-बड़ा और ज़िम्मेदार-सा महसूस करने लगी। कौन-सा दुःख पड़ा है, श्रुति दी पर! आर्थिक कष्ट, अगर यही बात है तब तो कोई चिन्ता नहीं। मैंने जल्दी से अपनी पास-बुक देखी। चार हज़ार से कुछ ज्यादा ही थे। ज़रूरत पड़ने पर मैं पाई-पाई निकालकर दे दूँगी। इससे भी काम नहीं चला तो माँ से माँग लूँगी। घर में अपने रौब के बारे में पूरी तरह आश्वस्त हूँ।

पर नहीं, बात पैसे की नहीं होगी! विभु दा स्वयं अच्छी पोस्ट पर हैं, वे खुद

भी कमाती हैं। फिर पैसे के लिए इतने परेशान होनेवाले जीवों में से वे हैं भी नहीं। इस स्तर पर निहायत फक्कड़ और मौजी। जहाँ स्टाफ में और सब साड़ी और जेवरों का रौब पटक-पटककर ढेर किए देती हैं, वहाँ वे बिना संकोच के कुछ भी पहनकर आ जाती हैं? हम तो गाजर-मूली को ही फल समझकर खा लेते हैं। निहायत स्नॉब लोगों के बीच भी ऐसी घोषणाएँ करते उन्हें कभी झिझक नहीं हुई।

तब? कलकत्ता उन्हें बिलकुल रास नहीं आया। दो साल से ऊपर ही हो गए, पर इस बात से वे अभी भी जब-तब दुःखी होती रहती हैं कि वे कहाँ आ फँसीं! कितनी ही बार उन्होंने कहा, "नन्दी, मन होता है कि बोरिया-बिस्तर बाँधकर वापस लौट जाऊँ। यह भी कोई शहर है, टुच्चे लोगों का। सब स्वार्थी और तिकड़मी!" और उनकी आँखों में एक गहरे अवसाद की छाया तैर जाती। तब मुझे हमेशा लगता है कि यह ग़म न छोड़े हुए आत्मीय लोगों का है, न यहाँ के टुच्चे लोगों का...जैसे उसकी जड़ें कहीं और हैं...

पर कभी उन जड़ों तक पहुँचने का साहस नहीं हुआ। सारी मित्रता के बावजूद उम्र के अन्तर की एक दीवार-सी हमेशा ही मैंने महसूस की है। आज वे स्वयं उस दीवार को तोड़कर अपना अन्तरंग मेरे सामने उँडेलने आ रही हैं।

जैसे भी हो, मुझे अपने को इस लायक बनाना ही है कि मैं उनके दुःख को समझ और बाँट सकूँ।

समय से कोई बीस मिनट पहले ही वे अचानक कमरे का पर्दा उठाकर कमरे में दाखिल हो गईं। पढ़ने में मन नहीं लगा तो किताब को यों ही छाती पर टिकाकर मैंने आँखें मूँद ली थीं। उनकी आवाज से ही मेरी आँख खुली। मैं हड़बड़ाकर उठी। मन-ही-मन अपने को कोसा। वे क्या सोचेंगी कि उनके ऐसे संकट की बात जानने के बाद भी मैं मस्त पड़ी सो रही थी। जिसे कोई बात छूती ही नहीं, उसे कैसे कोई अपना दुःख बताएगा?

चेहरे पर अनायास ही उभर आए अपराध भाव को पीछे ठेलते हुए मैंने एकाएक बड़ों की तरह उनकी पीठ पर हाथ रखकर उन्हें दीवान पर बैठाया। पर फिर मुझे खुद अपना व्यवहार ओवर-एक्टिंग की तरह बनावटी लगा। अतिरिक्त सहानुभूति में नकलीपन की बू आ जाती है। फिर अभी तो पूरी बात भी नहीं मालूम। मैंने जल्दी से अपना हाथ हटा लिया।

श्रुति दी क्रीम रंग की साड़ी पहनकर आई थीं, जिससे उनका चेहरा और भी पीला-पीला लग रहा था। कमरे के अँधेरे ने भी उनके चेहरे की उदासी को और घना कर दिया था। मैंने आज तक कभी उन्हें इतना उदास और बेजान नहीं देखा

था। जैसे बहुत घुलने के कारण कपड़े का रंग बदरंग हो जाता है, वैसे ही शायद बहुत रोने के कारण उनकी आँखें बड़ी बुझी-बुझी और फीकी-फीकी लग रही थीं।

मैं एकटक उनके चेहरे की ओर देखने लगी। धीरे-से पूछा, ''क्या बात हो गई श्रुति दी?'' वे ज़मीन पर नज़र गड़ाए रहीं। लगा, जैसे बात करने के लिए शब्द टटोल रही हैं। फिर एकाएक मेरी ओर देखकर बोलीं, ''समझ में नहीं आता, क्या बताऊँ? फोन करने के बाद बड़ी देर तक पछताती रहीं कि बेकार ही तुझे परेशान किया। यों भी इस सबमें तू कर ही क्या सकेगी, कोई भी क्या कर सकता है, इतना ही तो होगा कि कहकर मैं हलकी हो जाऊँगी। पर अपने को हलका करने के लिए तुझ पर बोझ लाद दूँ, यह भी कोई बात हुई भला?'' और एक गहरी, सर्द-सी आह उनके मुँह से निकल गई। आँखें भी नम-सी हो गईं।

क्षणांश के लिए मन में फिर अपना सोना कौंच गया। मुझे यों निश्चिन्त सोता देखकर ही तो यह बात इनके मन में नहीं आई! बड़ी तत्परता से बोली, ''आप कैसी बात करती हैं? मुझे क्या परेशानी होगी भला? आपकी परेशानी कुछ भी बँटा सकी तो मुझे बहुत खुशी होगी। जब से आपका फ़ोन आया है, तब से किसी भी बात में मेरा मन नहीं लग रहा है। आँखें मूँदकर लेटे-लेटे मैं बराबर आपकी ही बात सोच रही हूँ। (मेरी इस बात पर विश्वास हो जाएगा इन्हें?) आख़िर बात क्या हुई? आप परेशान क्यों हैं?''

''कई दिनों से तुझे सब कुछ बता देना चाहती थी, पर हर बार ज़ब्त कर जाती। लेकिन अब अकेले-अकेले मुझसे भी सब सहा नहीं जाता। फिर अब तो तुझसे यों भी कुछ मदद लेनी होगी। मेरा साथ दोगी न?'' और बड़ी बेबस-सी होकर उन्होंने मेरा हाथ पकड़ लिया। कोरों में जमे हुए आँसू गालों पर लुढ़क आए।

उनके आँसुओं ने मुझे भीतर तक बेध दिया।

उनकी बेबसी ने मुझे एकाएक बड़ा बना दिया।

बड़े स्नेह से उनके हाथों को सहलाते हुए मैंने कहा, ''आप इतनी समझदार होकर ऐसे परेशान हो रही हैं। आखिर बात तो बताइए। कुछ-न-कुछ रास्ता तो निकलेगा ही। यों रो-रोकर तो आप अपनी सेहत ही बिगाड़ लेंगी। दो दिन में ही शक्ल कैसी बना ली है!''

मुझे खुद ही लगा कि बहुत ही घिसी-पिटी बात मैंने कही है फिर भी कहने के बुजुर्गाना अन्दाज़ पर मुझे भीतर-ही-भीतर बड़ा सन्तोष हुआ। मैं खुद अपने को काफी मैच्योर समझने लगी।

"नन्दी, लगता है, अब कोई निर्णय मुझे लेना ही पड़ेगा, बल्कि यों कहूँ कि मैंने ले लिया है। स्थिति को जबर्दस्ती खींचने से कोई सार नहीं।"

वे बात को खींच-खींचकर कह रही थीं और चाहे उन्होंने सम्बोधित मुझे ही किया हो, पर मुझे लग रहा था जैसे वे अपने किसी लिए हुए निर्णय को बार-बार दोहराकर उसकी दृढ़ता को तौल रही हैं।

"पर कैसा निर्णय? किस स्थिति को खींचने की बात आप कह रही हैं?"

एकाएक सीधी नज़रों से उन्होंने मुझे देखा। कुछ इस भाव से जैसे मेरी इस अबोधता पर उन्हें विश्वास नहीं हो रहा हो।

"मेरे यहाँ दो साल से तू बराबर आ-जा रही है, क्या कभी भी तुझे किसी बात का सन्देह नहीं हुआ? मेरे और विभु के सम्बन्ध क्या कभी तुझे एब्नॉर्मल नहीं लगे?"

उनकी नज़रें अभी भी मुझ पर टिकी थीं। मेरे चेहरे पर फैले विस्मय में ही मेरा नकारात्मक उत्तर लिखा था। ख़याल आया, ज़रूर मुझे बच्ची और निहायत मूर्ख समझ रही होंगी। हो सकता है, अब वे अपनी कोई बात ही न बताएँ। जिसकी दृष्टि ही इतनी सतही हो, उसे अपना हमराज़ बनाकर होगा ही क्या। अनायास ही मन में एक हलकी-सी निराशा छाने लगी।

पर शायद वे इस तरह सोच ही नहीं रही थीं। "सोचती हूँ, अब अपने लिए एक अलग घर की व्यवस्था कर ही लूँ। दो कमरे का एक ठीक-ठाक-सा मकान मिल जाए तो काम चल जाएगा।" फिर बेहद मिन्नत भरे स्वर में बोलीं, "तू मेरे लिए एक मकान ढूँढ़ देगी नन्दी?"

"पर क्यों? विभु दा से झगड़ा हो गया है? अरे, ऐसे झगड़े तो होते ही रहते हैं। उन सबसे कहीं घर तोड़ा जाता है?" मैं बेहद उत्सुक हो उठी थी और सामने ऐसी उलझन लग रही थी, जिसका कोई सिर-पैर नज़र नहीं आ रहा था। साथ ही यह भी ख़याल आ रहा था कि जिन बातों से घर तोड़ा जाता है, इस बात का ज्ञान मुझे है ही कहाँ?

"झगड़ा!" उनके स्वर में अजीब-सी तिक्तता भर गई। "झगड़ा क्या होगा नन्दी, हमारा कभी मेल ही नहीं था। भीतर से कुछ न होकर भी बाहर से निभाए जा रहे थे। पर अब लगने लगा है कि आख़िर घर बनाए रखने की ही ऐसी कौन-सी मजबूरी है?"

उनकी नम आँखें ज़मीन पर गड़ी हुई थीं और मेरी आँखों के सामने विभु दा की आकृति ही तैर रही थी। बड़ी आत्मीयता-भरा एक खुलापन था उनके व्यवहार में, यों वे बहुत ही कम मिलते थे घर में, पर जब मिलते तो अपनेपन

से! तो यह सब केवल बनावटी था? बड़ी तकलीफ हो रही थी मुझे विश्वास करने में।

"बहुत दिनों के संघर्ष और द्वन्द्व के बाद आख़िर मैंने अन्तिम रूप से निर्णय ले ही लिया है कि मैं अब अलग ही रहूँगी! और सच कहती हूँ नन्दी, निर्णय लेने के बाद से ही जैसे मैं हलकी हो गई हूँ, एक तनाव से मुक्त हो गई हूँ।"

पर आँसू थे कि फिर लुढ़क आए।

मुझे उनकी किसी भी बात पर जैसे विश्वास नहीं हो रहा था।

"यह सब आप क्या कह रही हैं श्रुति दी? इतना बड़ा कारण भी तो होना चाहिए। आप अलग रह सकेंगी? विभु दा राज़ी होंगे इसके लिए?"

"नहीं होंगे तो हो जाएँगे। पर इस बार मैं मकान तय करके ही उनसे बात करूँगी। बस, तू मुझे मकान ढुँढ़वा दे। मकान के लिए यहाँ जैसी भागदौड़ करनी होती है, वह मुझसे नहीं होगी! नन्दी, अब तो मैं बहुत-बहुत थक गई हूँ।"

और सचमुच ही वे निढाल-सी होकर गोल तकिये के सहारे लेट गईं और दोनों हाथ आँखों पर रख लिए।

जाने कैसी-कैसी ममता उमड़ आई उन पर। मैं उनके पास सरककर बहुत धीरे-धीरे उनके बाल सहलाने लगी।

श्रुति दी की ज़िन्दगी के इतने बड़े निर्णय की गवाह मैं हूँ। नयी ज़िन्दगी की शुरुआत करने का भार मुझ पर है। बच्चों की तरह निर्भर कर रही हैं ये मुझ पर, कितना विश्वास है इनको! मुझे अपने को इस विश्वास के लायक बनाना ही होगा, घर में तो यह हाल है कि एक गिलास पानी भी कोई पिलाए तो प्यास मिटे।

एकाएक ख़याल आया, इनके पीने के लिए कुछ ठंडा मँगवाऊँ। संयोग से मैं उठती उसके पहले ही पर्दे के पीछे से छोटी बहन ने आवाज दी, "दीदी, यह ले लीजिए।"

आवाज़ के साथ ही श्रुति दी उठकर बैठ गईं।

"आप लेटी रहिए, यहाँ कोई नहीं आएगा, मैंने पहले ही सबको मना कर रखा है।" अब तो कम-से-कम श्रुति दी समझ ही लेंगी कि बिना जाने ही उनकी बात को मैंने पूरी गम्भीरता से लिया है, उन्हें तसल्ली हो जानी चाहिए कि उन्होंने किसी ग़लत व्यक्ति को अपना विश्वास नहीं दिया है?

मैंने बीच की टेबल पर ट्रे रखी, एक प्लेट में कटा हुआ तरबूज था और दो गिलासों में स्क्वैश। चलो, ये लोग कभी-कभी तो अक़ल से काम कर लेती हैं।

"मैं कुछ नहीं लूँगी, मेरी ज़रा भी इच्छा नहीं हो रही है।"

पर मैंने ज़बर्दस्ती करके उन्हे खाने पर मजबूर किया, ठीक वैसे ही जैसे कभी-कभी

नाराज होने पर माँ मुझे करती हैं। मैंने सोच लिया था कि नहीं खाएँगी तो डाँट लगाऊँगी–'खाना-पीना छोड़ने से कहीं समस्याएँ पीछा छोड़ती हैं', पर उन्होंने एक-दो बार कहने से ही खा लिया।

खा-पीकर वे थोड़ी स्वस्थ लगीं तो पहली बार ख़याल आया कि शायद उन्होंने सवेरे से ही कुछ नहीं खाया है। मन हुआ, इसी पर डाँट दूँ, मेरा हौसला धीरे-धीरे बढ़ रहा था और दोनों के बीच आज तक लिहाज़ की जो दूरी रही थी वह अपने-आप सिमट रही थी, पर फिर चुप ही रही, अभी तो बहुत मौके आएँगे।

वे फिर शुरू से अपने और विभु दा के बारे में बताने लगीं। वे कुछ इस ढंग से बता रही थीं, मानो एक बार अपना अतीत दोहराकर, अपने निर्णय को जस्टीफ़ाई कर रही हों, पता नहीं मेरे सामने या अपने खुद के सामने! उनकी आवाज़ में कटुता घुलती जा रही थी और आँखों में अवसाद-भरा आक्रोश।

और मेरे सामने उनकी जिन्दगी के वे पहलू खुलते रहे, जिनका अनुमान भी मैं दो साल तक उनके साथ रहकर नहीं लगा सकी थी। पर अब इस नए सन्दर्भ में रह-रहकर मेरे मन में उनके जब-तब कहे हुए वाक्य, हँसते-खिलखिलाते हुए एकदम उदास हो जाना, पहनने-ओढ़ने या सजने-सँवरने के प्रति एक अरुचि, बात-बात में वापस लौट जाने की बात जैसे इन सबके अर्थ स्पष्ट होने लगे। एक बार उनके बहुत हँसने पर मैंने टोका था तो हँसते हुए जवाब दिया था–जानती है नन्दी, वही आदमी बहुत हँसता है, जिसके भीतर गहरे घाव होते हैं। तब भी मुझे कभी ख़याल नहीं आया, सचमुच, मैं तो महामूर्ख हूँ। निहायत ही बच्ची... तभी तो इतने सारे संकेतों से भी कभी असली बात का अनुमान तक नहीं लगा सकी।

साथ ही मन की भीतरी परतों पर कहीं हलका-सा सन्तोष भी कौंधा–जिन श्रुति दी को हमेशा अपने से बड़ा और श्रेष्ठ समझती आ रही हूँ, वे भीतर से कहीं इतनी दयनीय, इतनी पराजित हैं, इनकी असली स्थिति तो केवल दया के लायक है। पर तभी मन की इस टुच्ची बात को मैंने भीतर-ही-भीतर दबोच लिया।

सारी बात सुनाकर जैसे अपने निर्णय पर मेरा समर्थन पाने के लिए उन्होंने पूछा, "अब तू ही बता नन्दी, इन सबके बाद मैंने यह निर्णय लिया तो क्या ग़लत किया?"

मन में पहला उत्तर तो यही उभरा–"ग़लत! आप इतने दिन रह भी लीं, मैं होती तो कभी की अलग हो गई होती।" पर इस बचकाने और अदूरदर्शितापूर्ण उत्तर को पीछे ठेलकर बड़े सधे हुए स्वर में मैंने कहा :

"ग़लत-सही की बात तो मैं नहीं कहूँगी श्रुति दी, पर फिर भी इतना ज़रूर

कहूँगी कि इस स्थिति में भी घर तोड़ना न इतना आसान है, न उचित। निर्णय लेना आसान है, पर उसे अमल में लाना बहुत मुश्किल होगा।"

मुझे खुद अपनी बात बड़ी सन्तुलित और विवेकपूर्ण लगी। स्थिति में भीतर तक इन्वॉल्व हो पाने का नया आत्मविश्वास जागा। उसी से भरी-भरी मैं बोली, "आप कुछ दिन सबर करें, थोड़ा धीरज रखें। मैं एक बार विभु दा से बात करूँगी, उसके बाद ही आप कुछ करेंगी।"

उन्होंने मेरी ओर इस तरह देखा, मानो विश्वास नहीं हो रहा। फिर एक लम्बी साँस छोड़कर, बड़े हताश-से स्वर में बोलीं, "क्या होगा बात करके? तुझे यह निर्णय आज का लग रहा है, पर जानती नहीं, इसके पीछे कितने अनखाये दिन और अनसोयी रातें हैं। बहसों के लम्बे-लम्बे दौर हैं। जब कहीं भी कुछ बाक़ी नहीं रहा, तभी तो यह निर्णय लिया।"

और उनका स्वर फिर कहीं गहरे में डूब गया। एकाएक वे फूटकर रो उठीं।

उनका रोना मुझे भीतर तक मथ गया। मैंने उनका सिर अपनी गोद में लिया और दुलार से उनके बाल सहलाने लगी। मैं चुप करा रही थी, पर खुद मुझे रोना आ रहा था।

आठ बजे के क़रीब मैंने उनसे खाने के लिए ज़िद की, पर इस बार वे नहीं मानीं। तब टैक्सी करके मैं खुद उन्हें घर तक छोड़ने गई। वे मना करती रहीं, पर मैंने भीतर-ही-भीतर जैसे तय कर लिया था कि जब तक स्थिति सँभलती नहीं, उनकी हर बात का भार मुझ पर ही रहेगा।

खाने के बाद रोज़ की तरह भाई-बहन ताश खेलने के लिए बुलाने लगे, मना करने पर ज़िद करने लगे, तो मुझे गुस्सा आ गया...इन्हें क्या कभी समझ नहीं आएगी? दुनिया में कहीं कुछ हो जाए, इन्हें अपने खेल से मतलब! पर फिर दया आई, बेचारे बच्चे हैं, ये बात की गम्भीरता को कैसे समझ सकते हैं?

रात में सोयी तो लगा, पता नहीं मुझे सब कुछ बताकर श्रुति दी हलकी हुईं या नहीं, पर मैं सचमुच बहुत बोझिल हो उठी, कितनी बड़ी जिम्मेदारी है मुझ पर!

विभु दा से छह बजे गरियाहाट क्वालिटी में मिलने की बात हुई। उन्होंने कहा, "यदि वहाँ भीड़ होगी तो लेक्स चले चलेंगे।" वे स्वयं बात करने को उत्सुक लगे।

आगे होकर विभु दा को बात करने का आमन्त्रण दे तो दिया है, पर अब बात क्या करूँगी। कहीं उन्होंने यही कहकर झिड़क दिया कि यह हमारा निहायत ही निजी मामला है, तुम बीच में पड़नेवाली कौन होती हो, तब? पर नहीं, इतने रूड़ वे हैं नहीं।

सारे दिन मैं मन-ही-मन तर्क गढ़ती रही। क्या-क्या कहकर मैं श्रुति दी का केस रखूँगी...कैसे-कैसे उन्हें कन्विंस करूँगी? कभी किसी विषय पर बहुत खुलकर उनसे बात करने का मौक़ा नहीं मिला, फिर भी मैंने तय कर लिया कि मैं कतई संकोच नहीं करूँगी।

विभु दा से बात करते ही लग गया कि वे मेरी और श्रुति दी के बीच हुई सारी बात जानते हैं, तो श्रुति दी ने सब कुछ बता दिया? जाने क्यों मुझे अच्छा नहीं लगा, फिर भी मैं विभु दा की बात ध्यान से सुनती रही।

यह समस्या का दूसरा पहलू था। अपनी दलीलों और तर्कों को भरसक कुशलता से पेश करने के बावजूद उन्हें कहीं अपने पक्ष की कमज़ोरी का एहसास था, वे बार-बार यही कह रहे थे कि श्रुति व्यर्थ ही जिद किये बैठी है, तुम समझाओ। नन्दिता, वह तुम पर बहुत भरोसा करती है, तुम पर बहुत निर्भर भी कर रही है।

विभु दा के स्वर में याचना का स्पर्श जैसे-जैसे बढ़ता जा रहा था, अपनी नज़रों में मेरा महत्त्व भी उतना ही बढ़ता जा रहा था।

अब मेरे बोलने की बारी थी। एक-से-एक ज़ोरदार तर्क और चुस्त वाक्य मेरे दिमाग़ में आए चले जा रहे थे। मैं कभी बहुत ज़्यादा नहीं बोलती पर आज स्वयं अपनी तर्क-शक्ति पर चमत्कृत थी। निश्चित रूप से विभु दा पर मेरी बातों का प्रभाव और मेरा रौब पड़ रहा था।

दस बज गए, पर हम किसी भी निष्कर्ष पर नहीं पहुँच पाए और अब घर पहुँचना बहुत ज़रूरी लग रहा था। विभु दा मुझे घर छोड़ने आए। दरवाज़े पर खड़े-खड़े भी क़रीब बीस-पच्चीस मिनट तक और बातें होती रहीं।

ऊपर पहुँची तो माँ ने आड़े हाथों लिया, ''कहाँ थी तू अब तक? समय का भी कुछ ख़याल है, ग्यारह बज रहे हैं।''

माँ पर गुस्सा आने लगा। वे समझती क्यों नहीं, कितनी बड़ी ज़िम्मेदारी मुझ पर है। क्या समझेंगी—उसके लिए तो घर में क्या सब्ज़ी बनेगी इस बात का फैसला और किसी की जिन्दगी का सबसे महत्त्वपूर्ण फैसला एक-सी अहमियत रखता है।

मैं कपड़े बदलकर लेट गई तो माँ का खीज-भरा स्वर सुनाई दिया, ''खाना तो खा ले।''

''मुझे भूख नहीं।''

''यह रोज़-रोज़ तेरी भूख कहाँ चली जाती है?''

सचमुच जैसे मेरी भूख ही मर गई है। रात में नींद भी तो नहीं आती ठीक से। सारे समय आँखों के सामने श्रुति दी का सूखा-मुर्झाया चेहरा, सूजी-सूजी

फीकी, निस्तेज-सी आँखें ही घूमती रहतीं। ज़िन्दगी के सबसे मधुर अध्याय ने कैसी कटुता भर दी है उनके जीवन में! जीवन का सारा रस ही जैसे निचुड़ गया!

माँ आजकल रात-दिन मेरी शादी को लेकर ही परेशान रहती हैं। न जाने कहाँ-कहाँ बात चला रखी है। कहीं ऐसा ही मेरे साथ भी हो जाए, तो? मन में जाने कैसा-कैसा भय समाने लगा।

"नहीं, मुझे अभी अपनी बात नहीं, केवल श्रुति दी की बात ही सोचनी है।" यह कहकर ही मैंने व्यर्थ के भय को धकेल दिया।

दूसरे दिन नहाकर निकली तो कमरे में श्रुति दी मेरा इन्तजार कर रही थीं। लगा, जैसे रात इन्होंने मुझसे मिलने की प्रतीक्षा में काटी है। मैंने सारे पर्दे खींचे और उनके पास आ बैठी।

मैं विभु दा से हुई बातें बता रही थी और उनके चेहरे पर तरह-तरह के भाव आ-जा रहे थे। कभी वे भभक-सी पड़तीं और उनकी आँखें पनीली हो जातीं। फिर बड़े भीगे स्वर में बोलीं, "तुझे परेशान कर डाला न नन्दी! तू भी क्या सोचती होगी कि कहाँ फँस गई। पर क्या बताऊँ, घंटे-भर भी तुझसे बात कर लेती हूँ, तो थोड़ा जी हलका हो जाता है, वरना मन सारे समय घुमड़ता रहता है। सवेरे चार बजे से ही इन्तजार कर रही थी कि कब दिन निकले और तेरे पास आऊँ।"

और एकाएक मुझे ख़याल आया—हो सकता है, उधर विभु दा ने अभी से मुझे मिलने के लिए प्रतीक्षा करना शुरू कर दिया हो?

लाइब्रेरीवाला जब किताबें लेने आया, तो पहली बार मुझे ख़याल आया कि यह सब करते-करते पन्द्रह दिन हो गए हैं। इन दिनों में मुझे ज़रा भी तो होश नहीं रहा। वही लम्बी-लम्बी बहसें और तर्क, पर बात है कि जहाँ-की-तहाँ अटकी हुई है।

अब मैंने महसूस कर लिया है कि यह दो व्यक्तित्व, दो अहं का झगड़ा है, और ये लोग घर तोड़ने को तैयार हैं, अपना अहं नहीं तोड़ेंगे। यों गलती विभु दा की है; पर महसूस करते हुए भी वे मानने को तैयार नहीं हैं। मुझे खुद लगने लगा है कि अब श्रुति दी को अलग ही हो जाना चाहिए।

और इसीलिए जब उन्होंने मुझसे कहा, "तू यह बहसबाजी छोड़ नन्दी और मेरे लिए मकान तलाश कर दे। तर्क-वितर्क करते बहुत समय बीत गया," तो मैं मान गई। हालाँकि मन में पराजय की हलकी-सी क़चोट ज़रूर थी।

"विभु यह सोचते हैं कि मैं अलग नहीं रह सकती। स्वभाव से मैं बहुत डिपेंडेंट हूँ, ठीक है, हर आदमी किसी-न-किसी पर डिपेंड करता है, मैं भी करती

हूँ। पर विभु पर नहीं। उन पर निर्भर करूँगी तो कितनी बड़ी क़ीमत माँगेंगे वे, उतना सब देने की सामर्थ्य नहीं है मुझमें।'' फिर एक क्षण रुकी, ''खाने के लिए अपनी नौकरी पर निर्भर करती हूँ, और जीने के लिए अपनी कला पर।'' फिर मेरी ओर देखकर बोलीं, ''तेरे पास ही घर मिल गया तो संकट-मुसीबत के समय तुझ पर निर्भर करूँगी, विभु इस सबमें आते ही कहाँ हैं?''

पता नहीं, यह सब कहकर वे मुझे आश्वस्त कर रही थीं या अपने-आपको!

मैंने तय कर लिया अब उन्हें मकान दिलवाकर ही रहूँगी। विभु दा श्रुति दी को, इनकी कला को कुचलकर रख देना चाहते हैं, यह सब नहीं होगा।

रोज़ सवेरे आठ बजे से ग्यारह बजे तक हम मकान देखते, एक दिन में दलाल हमको दस-बारह घर दिखा देता, लौटते तो टैक्सी का बिल मैं ही देती, श्रुति दी बहुत बिगड़तीं, एक-दो बार तो उन्होंने मुझे डाँटा भी, पर वे इतनी पस्त हो चुकी थीं कि उनसे डाँटा भी नहीं जाता था।

रेस्तराँ का या टैक्सी का बिल देकर मुझे कभी कष्ट नहीं होता, बल्कि एक उपलब्धि की ही भावना होती। मिली हुई ज़िम्मेदारी को सफलतापूर्वक निभाने का सन्तोष होता।

आख़िर एक मकान ठीक हो गया, घर लौटे तो श्रुति दी दीवान पर निर्जीव-सी लेट गईं, जैसे किसी तरह एक लम्बी यन्त्रणापूर्ण यात्रा के छोर तक पहुँची हैं, एक थकान और अवसाद-भरी निश्चिन्तता।

बहुत कहने पर भी उस दिन उन्होंने कुछ खाया-पिया नहीं, चलते समय बोलीं, ''बस नन्दी, अब शाम को तू ही मकान-मालिक के पास जाकर किराया दे देना। कुछ कम कर दे तो बहुत अच्छा वरना यही सही। अब मुझसे तो कुछ भी नहीं होगा।''

और भरसक अपने आँसुओं को पीती-सी चली गईं।

शाम को दलाल ने बताया कि मकान-मालिक बम्बई गया है और दो-तीन दिन बाद लौटेगा, तभी बात होगी। श्रुति दी को सूचना दी तो बड़े थके-से स्वर में बोलीं, ''ठीक है नन्दी, जब हो जाए तो मुझे बता देना। मैंने तो सब कुछ तेरे हाथों में छोड़ दिया है।''

पता नहीं श्रुति दी ने ये दो दिन कैसे काटे, पर मुझे सचमुच समय गुजारना भारी पड़ गया। मैं अपनी ज़िन्दगी से कटकर इन लोगों के साथ कुछ इस प्रकार जा मिली थी कि अब कुछ भी करने में मन ही नहीं लगता था।

कितना अच्छा होता यदि इस घर को बचा पाती। तब केवल श्रुति दी ही नहीं, विभु दा भी कृतज्ञ होते मेरे प्रति।

मैंने लिलुआवाले दादा को राज़ी कर लिया कि वे एक दिन आकर श्रुति दी का सामान शिफ्ट करवा देंगे। सामान ही कितना होगा।

रसोई का ज़रूरी सामान मैं एक ही दिन में लेक-मार्केट से खरीद दूँगी। बाक़ी फिर धीरे-धीरे जम जाएगा। चाहती तो यही हूँ कि सब कुछ जमा कर ही उन्हें यहाँ लाऊँ। उन्हें कुछ भी न करना पड़े, किसी तरह की कोई परेशानी न उठानी पड़े।

तीसरे दिन सवेरे मैं चाय पीकर उठी ही थी कि श्रुति दी आईं।

"अरे, आप?" मुझे श्रुति दी बहुत दुबली दिखाई दीं। उनके हाथ में एक पैकेट था। "विभु भी आए हैं", उनके कहने के साथ ही विभु दा अन्दर घुसे। उनके हाथ में जलजोग का डिब्बा था। मेरी ओर बढ़ाते हुए बोले, "बड़ी मुश्किल से तुम्हारी श्रुति दी का दिमाग ठीक हुआ है। लो, इस खुशी में यह मिठाई खाओ।"

मैं अवाक्-सी कभी श्रुति दी का मुँह देखती, कभी उनका।

"एक तुम बेवकूफ, एक यह बेवकूफ।" और उन्होंने डिब्बा खोलकर मेरी ओर बढ़ा दिया।

मैंने श्रुति दी की ओर देखा, बहुत फीकी-सी मुस्कुराहट उनके चेहरे पर थी, मुझे देखते-देखते उन्होंने नज़र फेर ली। लगा, जैसे वे मुझसे कतरा रही हैं।

"देखो, नन्दिता, श्रुति तुम्हारे लिए क्या लाई है।" और उन्होंने जल्दी से पैकेट उठाकर खोल दिया।

टसर सिल्क की हाथ से पेंट की हुई सुन्दर-सी साड़ी थी।

"कल सारे दिन और सारी रात यही बनी है।" उन्होंने पूरी साड़ी खोलकर दीवान पर फैला दी।

"क्या लाजवाब बनी है! पहनोगी तो बस सारे कलकत्ता में तुम्हीं तुम चमकोगी।"

मैं साड़ी की प्रशंसा करना चाहती हूँ, इस सारी बात पर प्रसन्नता व्यक्त करना चाहती हूँ, पर मुँह से एक शब्द तक नहीं निकलता। जाने क्यों मैं अपने को बहुत अपमानित-सी महसूस कर रही हूँ। पर उन्हें शायद मेरे मनोभावों को जानने की फुर्सत नहीं—वे आपस में ही पूर्ण हैं। मैं तो जैसे कहीं रही नहीं।

"चलो श्रुति, जल्दी करो।" और उन्होंने पीठ पर हाथ रखकर श्रुति दी को उठाया।

यह सारी अदा ही मुझे निहायत चीप और छिछोरी लग रही है, अपने सारे

खुलेपन के बावजूद विभु दा मुझे नम्बरी चालाक और घाघ लग रहे हैं। मेरा मन वितृष्णा से भर उठा।

''इनके दिमाग़ की गर्मी शान्त करने के लिए इन्हें आज दीघा ले जा रहा हूँ। लौटकर मिलेंगे, हाँ!''

बड़ी मुश्किल से मेरे मुँह से निकला, ''चलिए, अच्छा हुआ।''

विभु दा विजेता की तरह श्रुति दी को लेकर धड़धड़ सीढ़ियाँ उतर गए। अपने को एक तरह ठेलती हुई मैं भी पीछे-पीछे नीचे आई। टैक्सी खड़ी थी। मीटर पर नज़र गई तो अनायास ही वे सारे आँकड़े आँखों के सामने तैर गए जो मकान ढूँढ़ने के दौरान मीटर पर चढ़े थे।

भीतर बैठकर श्रुति दी ने मेरा हाथ अपने हाथ में लेकर दबाया, उस स्पर्श में कृतज्ञता, स्नेह, आत्मीयता सब कुछ था, पर मैं जैसे कहीं से सुन्न हो गई थी।

पीछे धूल और धुएँ का गुबार छोड़ती हुई टैक्सी आगे बढ़ गई। जाने क्यों मुझे लग रहा था, जैसे कोई मुझे बुरी तरह चीट कर गया है।

बड़े थके-थके कदमों से मैं ऊपर आई। दीवान पर साड़ी फैली पड़ी थी। और मुझे लग रहा था, जैसे बच्चे को पहले तो कोई बहुत बड़ा आश्वासन दे और फिर एक-दो टॉफी से बहलाकर चलता बने।

स्त्री-सुबोधिनी

प्यारी बहनो,

न तो मैं कोई विचारक हूँ, न प्रचारक, न लेखक, न शिक्षक। मैं तो एक बड़ी मामूली-सी नौकरीपेशा घरेलू औरत हूँ, जो अपनी उम्र के बयालीस साल पार कर चुकी है। लेकिन इस उम्र तक आते-आते जिन स्थितियों से मैं गुज़री हूँ, जैसा अहम अनुभव मैंने पाया...चाहती हूँ, बिना किसी लाग-लपेट के उसे आपके सामने रखूँ और आपको बहुत सारे खतरों से आगाह कर दूँ। मैं जानती हूँ कि अपने जीवन के निहायत ही निजी अनुभवों को यों सरेआम कहकर मैं खुद अपने लिए बहुत बड़ा खतरा मोल लूँगी। मेरे मात्र पाँच साल के अल्पकालीन विवाहित जीवन पर भी संकट आ सकता है। पर क्या करूँ, मेरा नैतिक दायित्व मुझे ललकार रहा है कि अपनी हज़ार-हज़ार मासूम किशोरी बहनों को...जो या तो ऐसी ही स्थिति में पड़ी हैं या कि कभी भी पड़ सकती हैं...अपने अनुभव से कुछ नसीहत दूँ, बरबादी की ओर जाने से बचा लूँ, खतरा उठाकर भी यदि मैं दो-चार बहनों की...

क्या कहा, आपकी दिलचस्पी बेकार की लफ़्फ़ाजी में नहीं है! आप असली बात जानना चाहती हैं! बहुत अच्छे! लफ़्फ़ाजी के प्रति यदि आपके मन में अरुचि है, तो यह शुभ लक्षण है। बहुत शुभ। आप शर्तिया बहुत सारे खतरों से बची रहेंगी। साँप का काटा और बातों का मारा व्यक्ति बेचारा उठ नहीं पाता। मुझे ही देखिए, मेरी जो दुर्दशा हुई थी, उसका कारण...

अच्छा-अच्छा, अब एक भी बेकार की बात नहीं। बिना किसी लाग-लपेट के सीधी बात सुनिए। सीधी और सच्ची।

मेरा अपने बॉस से प्रेम हो गया। वाह! आपके चेहरों पर तो चमक आ गई। आप भी क्या करें? प्रेम कम्बख्त है ही ऐसी चीज़। चाहे कितनी ही पुरानी और घिसी-पिटी क्यों न हो जाए...एक बार तो दिल फड़क ही उठता है...चेहरे चमचमाने ही लगते हैं। खैर, तो यह कोई अनहोनी बात नहीं। डॉक्टरों का नर्सों से, प्रोफेसरों का अपनी छात्राओं से, अफ़सरों का अपनी स्टेनो-सेक्रेटरी से प्रेम हो जाने का

हमारे यहाँ आम रिवाज है। यह बात बिलकुल अलग है कि उनकी ओर से इसमें प्रेम कम और शग़ल ज़्यादा रहता है। पर यह बात तो मुझे बहुत बाद में समझ में आई। मैंने तो अपनी ओर से ईमानदारी के साथ ही शुरू किया था। ईमानदारी और समर्पण के साथ।

शिंदे नए-नए तबादला होकर हमारे विभाग में आए थे। बेहद खुशमिज़ाज और खूबसूरत। आँखों में ऐसी गहराई कि जिसे देख लें, वह गोते ही लगाता रह जाए। बड़ा शायराना अन्दाज़ था उनका और जल्दी ही मालूम पड़ गया कि वे कविताएँ भी लिखते हैं। पत्र-पत्रिकाओं में वे धड़ाधड़ छपती भी रहती हैं और इस क्षेत्र में उनका अच्छा खासा नाम है। आयकर विभाग की अफ़सरी और कविताएँ! हैं न कुछ बेमेल-सी बात! पर यह उनके जीवन की हक़ीकत थी।

मैं स्थितियों और उम्र के उस दौर से गुज़र रही थी, जब लड़कियों में प्रेम के लिए विशेष प्रकार का लपलप भाव रहता है। बूढ़ी माँ तीनों छोटे भाई-बहनों को लेकर गाँव में रहती थी और मैं इस महानगरी में कामकाजी महिलाओं के एक होस्टल में। न घर का कोई अंकुश था और न इस बात की सम्भावना कि कहीं मेरा ठौर-ठिकाना लगा देंगे। मेरा ठिकाना वे लगाते भी क्या, उनकी ज़िन्दगियाँ ठिकाने लगी रहें, और घर की मशीन जैसे-तैसे चलती रहे, इसके लिए मुझे ही हर महीने मनीआर्डर में तेल डालकर भेजना पड़ता था। सब ओर से असुरक्षित और असहाय होकर ही मैंने ज़िन्दगी के सत्ताईस साल पूरे कर लिए और एकाएक ही मुझे लगने लगा कि नहीं, इस तरह अब और नहीं चलेगा। हर रोज़ हज़ार-हज़ार इच्छाएँ मुँह बाये खड़ी रहतीं और मैं उनके सामने ढेर हो जाती। आखिर मैंने अपनी नाक और आँखों को कुछ अधिक सजग और तेज़ कर लिया। बस, ऐसा करते ही मुझे हर नौजवान की नज़रों में अपने लिए विशेष संकेत दिखने लगे और उनकी बातों में विशेष अर्थ और आमंत्रण की गंध आने लगी। तभी भिड़ गया शिंदे। उसके तो संकेत भी बहुत साफ थे...निमंत्रण भी बहुत खुला। लगा, किस्मत ने छप्पन पकवानों से भरी थाली मुझ भुक्कड़ के आगे परोसकर रख दी है। सो मैंने न उसका आगा-पीछा जानने की कोशिश की और न अपना आगा-पीछा सोचने की। बस, आँख मूँदी और प्रेम की डगर पर चल पड़ी।

हर प्रेम की शुरुआत क़रीब-क़रीब एक-सी होती है। प्रेमियों को वे सारी बातें चाहे जितनी रोमांचकारी और गुदगुदानेवाली लगें, देखने-सुननेवालों को बड़ी उबाऊ और सपाट लगने लगती हैं। घबराइए नहीं, मैं आपको उन बातों से क़तई बोर करने नहीं जा रही। बस, इतना ही समझ लीजिए कि शामें हमारी किसी रेस्तराँ के नीम-अँधेरे कोने में बीततीं, तो कभी बाग के झुरमुट के बीच। कभी

हम आपस में उँगलियाँ उलझाए रहते, तो कभी वह मेरी लटों से खिलवाड़ करता रहता। एक बार उसने कविता में मेरे बालों की उपमा बदली से दे दी। बस, फिर क्या था, मैं जब-तब गोदी में रखे उसके सिर पर झुककर बदली छितरा देती और वह उचककर...

यह क्या, आपकी आँखों में तो अविश्वास उभर आया। मैं समझ गई। एक सीनियर अधिकारी और ऐसी छिछोरी फिल्मी हरक़तें। पर सच मानिए, अब भी मैं दावे के साथ कह सकती हूँ कि यहाँ के हर पुरुष के भीतर एक ऐसा ही फिल्मी हीरो आसन मारे बैठा रहता है जब तक वह पूरी तरह तृप्त न हो जाए, मरता नहीं। उम्र के किसी भी दौर पर, उस समय चाहे वह छह बच्चों का बाप ही क्यों न हो...ज़रा सा मौक़ा मिलते ही भड़भड़ाकर जाग उठता है और पूरी तरह अपनी गिरफ्त में जकड़ लेता है। फिर तो बड़ी-बड़ी तोपें तक ऐसी बचकाना और बेवकूफ़ाना हरकतें करती हैं कि बस, तौबा! न कोई शर्म, न उम्र का लिहाज! आजकल की लड़कियों ने इस राज़ को अच्छी तरह समझ लिया है, इसलिए वे शादी करते ही हनीमून जाने को लग जाती हैं। फिर किसी पहाड़ी जगह में, सारे नाज़-नखरों के साथ, फ़िल्मी अदाकारी की तर्ज पर प्रेम के ऐसे-ऐसे दिलकश दाँवपेंच दिखाती हैं कि हीरो साहब पूरी तरह ढेर! कम-से-कम आगे के दस साल तो सुरक्षित। पर हनीमून की नौबत तो शादी के बाद ही आती है न! मैं तो उन बहनों को सावधान करना चाहती हूँ, जो शादी के पहले ही से इस हीरो के चंगुल में आकर अपने को चौपट कर लेती हैं।

माफ़ कीजिए, फिर बहक गई! क्या करूँ? चाहती हूँ, इस प्रसंग की एक-एक बारीक़ी आपको समझा दूँ। वरना इस चक्कर में फँसने के बाद तो समझ एकदम भोंथरी हो जाती है, जैसे मेरी हो गई थी। हाँ, तो मेरा और शिंदे का प्रेम चल निकला। एक बात साफ कर दूँ, बहुत ज़रूरी है। आप कहीं यह न समझ लें कि मैं शिंदे से इसलिए प्रेम करने लगी थी कि वही मेरा बॉस था और उसके प्रेम के प्रकाश में मुझे अपना कैरियर दिपदिपाता हुआ दिखाई देता। नहीं, प्रेम जैसी पवित्र चीज़ को मैं घटिया क़िस्म के स्वार्थों से अलग करके ही देखती थी। तभी तो पूरे आठ साल तक शिंदे के प्रेम की अखंड जोत जलाए अपने को होम करती रही।

लीजिए, आप हँस रही हैं। क्या करूँ, मुश्किल यह है कि टुच्चे लोगों ने प्रेम में निहायत ही घटिया किस्म की घालमेल करके उसे इतना हलका, झूठा और बाज़ारू बना दिया है कि उसके असली रूप की बात करते ही लोग हँसने लगते हैं। पर आप मेरी बात का यक़ीन मानिए...मेरा प्रेम क़तई-क़तई कैरियर-ओरिएंटेड नहीं था। बड़ी मुश्किल से पाए हुए अपने इस विवाहित जीवन को दाँव पर

लगाकर, अपनी जो यह दुःख भरी गाथा सुना रही हूँ, वह भी केवल उन्हीं बहनों के लिए, जो प्रेम को मीराबाई के भाव से ग्रहण करती हैं।

हाँ, तो मैं पूरी तरह शिंदेमयी हो गई, पर तभी एक भयंकर झटका लगा। बल्कि कहूँ कि जो लगा, उसके लिए झटका शब्द हलका ही है। मालूम पड़ा कि शिंदे के एक अदद बीवी है, जो पहली बार पुत्रवती बनकर पाँच महीने बाद अपने मैके से लौटी है यानी एक अदद बीवी और एक अदद बच्चा। मुझे तो सारी दुनिया ही लड़खड़ाती नज़र आने लगी। लगा, मैं बहुत बड़ा धोखा खा गई हूँ। मेरे भीतर गुस्सा बुरी तरह बलबलाने लगा। इसने यह बात बताई क्यों नहीं? और बीवी-बच्चे के रहते मेरी ओर प्रेम का हाथ बढ़ाने का मतलब? मैंने जब भी उससे घर और घरवालों के बारे में पूछा, वह तीन-चार शेर दोहरा दिया करता था, जिनका शाब्दिक अर्थ होता था, "मेरा न कोई घर है न दर, न कोई अपना न पराया। इस ज़मीन और आसमान के बीच मैं अकेला हूँ, बिलकुल अकेला", पर मेरे लिए इन शेरों का सीधा-सादा अर्थ था—हरी झंडी, लाइन क्लीयर। सो मैं सपाटे से चल पड़ी। बल्कि चलने में थोड़ी फुर्ती भी की। आप तो जानती ही होंगी कि इस उम्र तक शादी न होने पर लड़कियों में एक खास तरह की हड़बड़ाहट आ जाती है। चाहती हैं, जैसे भी हो, जल्दी-से-जल्दी प्रेमी को पूरी तरह क़ब्ज़े में करके, पति बनाकर अपनी टेंट में खोंस लें। झूठ नहीं बोलूँगी। मैं भी इसी नेक इरादे से लपक रही थी कि बीच में ही औंधे मुँह गिरी।

पर गिरने नहीं दिया शिंदे ने। हाथों-हाथ झेल लिया। गुस्से से मैं पगला रही थी और आँखों से आँसुओं की झड़ी लगी हुई थी। मन हो रहा था, सामने बैठे इस आदमी की चिंदिया बिखेरकर रख दूँ और फिर कभी इसकी सूरत नहीं देखूँ। पर उसने बिना किसी बात का मौका दिए मुझे बाँहों में भर लिया और धुआँधार रोने लगा, "पिता के दबाव में आकर की हुई शादी मेरे जीवन की सबसे बड़ी ट्रेजेडी बन गई...बीवी के रहते भी मैं कितना अकेला हूँ...दो अजनबियों की तरह एक छत के नीचे रहने की यातना..." ऐसी-ऐसी बातों के न जाने कितने टुकड़े आँसुओं से भीग-भीगकर टपक रहे थे। मेरा विवेक मुझसे संकल्प करवा रहा था कि लौट जाओ, इस दिशा में अब एक कदम भी आगे मत बढ़ो। मैं रो-रोकर अपना संकल्प दोहरा रही थी। वह रो-रोकर अपना दुख दोहरा रहा था।

इसी तरह हम दो-तीन बार और मिले। वही बातें, वही रोना। मैंने सोचा था कि आँसुओं के साथ मैं अपना सारा प्रेम और ग़म भी बहा दूँगी और हमेशा के लिए अलविदा कहकर लौट जाऊँगी। पर हुआ एकदम उलटा। आँसुओं के जल से सिंचकर प्रेम की बेल तो और ज़्यादा लहलहा उठी। अब देखिए न, मीरा का

पद–'अँसुवन जल सींच-सींच...' बचपन से पढ़ा था। पर हम सबकी ट्रेजेडी यही है कि स्कूली शिक्षा को जीवन में गुनते नहीं। शिक्षा एक तरफ़, जीवन एक तरफ़ इसीलिए ठोकर खाते हैं। यही हुआ। उसका दुखी और दयनीय चेहरा देखकर मेरे मन में प्रेम का ज्वार उमड़ने लगा। उसके आँसुओं ने प्रेम को इतना गीला और रपटीला बना दिया कि वापस मुड़ने को तैयार मेरा पैर, अपने-आपको स्वाहा करने के लिए आगे बढ़ गया।

पर इतना सब करने के बावजूद मेरी आँखों में जब-तब संदेह और आशंका के डोरे उभर आते। मेरी पकड़ में पहले जैसी मज़बूती नहीं रह गई, शिंदे इस मैदान का पक्का खिलाड़ी था। मेरे असमंजस और दुविधा को चट भाँप गया। केवल भाँप ही नहीं गया, वरन उसने यह भी महसूस कर लिया कि बीवी की उपस्थिति से हमारे प्रेम में आपातकालीन स्थिति पैदा हो गई है। अब यदि उसे बचाकर रखना है, तो प्रेम करने के तरीके में एक क्रांतिकारी परिवर्तन लाना होगा। बिना उसके मामला चलनेवाला नज़र नहीं आ रहा था। रेस्तराँ और बाग-बगीचों के बीच तो यह परिवर्तन आ नहीं सकता था, इसलिए बड़ी शिद्दत के साथ एक कमरे की तलब महसूस होने लगी। वैसे पहले भी कई बार वह इस अपनी तरह की इच्छा और ज़रूरत का इज़हार कर चुका था, पर मैंने हमेशा दो टूक जवाब पकड़ा दिया। आप विश्वास करें या न करें, पर निश्चय ही मैं पहले बड़े संस्कारोंवाली लड़की थी। हर तरह की मर्यादा में मेरा पूरा विश्वास था। उस तरह के आमंत्रण को मैं स्वीकार कर ही नहीं सकती थी। पर स्थिति ने मुझे बेहद-बेहद कमज़ोर बना दिया था और मैं सोचने लगी थी कि यदि पूरी तरह पाना है तो अपने को पूरी तरह देना भी पड़ेगा।

तीन-चार कमरा-मुलाक़ातों में ही मैंने समझ लिया कि इन मुलाक़ातों के कारण उसके भीतर किसी तरह का अपराध-बोध, या कुछ ग़लत करने का भाव लेशमात्र भी नहीं है। वह काफी तृप्त और छका हुआ लगता था। मुझे समझते देर नहीं लगी कि शरीर के स्तर पर भी मैंने अपने को उसके लिए अनिवार्य बना लिया है। मुझे पक्का विश्वास हो गया कि मेरा यह समर्पण तुरूप के इक्के की तरह कारगर सिद्ध होगा और बाज़ी मेरे हाथ। निश्चय ही इन मुलाक़ातों ने मेरे प्रेम को बड़ी मज़बूत बैसाखियाँ थमा दीं और मेरे लड़खड़ाते क़दम फिर जम गए।

वह मेरे साथ भविष्य की योजनाएँ बनाता, पर उन्हें अमल में लाए, तब तक के लिए एक मौन समझौता हम लोगों के बीच हो गया। अपना शरीर, अपनी भावनाएँ उसने मेरे ज़िम्मे कर दीं और घर, बच्चा, बूढ़ा बाप और सारी पारिवारिक खिचखिच बीवी के जिम्मे। इस विभाजन से मैं कुछ समय के लिए परम प्रसन्न।

यों भी इस उम्र में आदमी को सबसे ज़्यादा भरोसा अपने शरीर पर ही होता है। शरीर पा लिया, समझो दुनिया-जहान हथिया लिया। ऊपर से मुझे वह कभी बातों से, तो कभी कविताओं से समझाता रहता कि मन और शरीर की पवित्र भूमि पर ही असली प्रेम पनपता है। घर ही चहारदीवारी के बीच निरंतर होनेवाली खिचखिच में तो वह मरता ही है। मैं समझती रहती और अपने को बहुत पुख़्ता ज़मीन पर महसूस करती। वह बातें ही ऐसी करता कि संदेह की कोई गुंजाइश नहीं छोड़ता। मुझे पूरा विश्वास था कि एक दिन वह खूँटे से उखड़कर मेरी गिरफ्त में आ जाएगा।

बीवी की याद और बात से ही शिंदे अपना चेहरा एकदम मायूस बना लेता और बिना कहे ही मेरे दिमाग़ में यह बिठाने की कोशिश करता कि बीवी बनते ही औरत बहुत उबाऊ और त्रासदायक बन जाती है...कि रिश्तों में बँधते ही प्रेम नीरस और बेजान हो जाता है...कि सच्चे प्रेमियों को तो हमेशा मुक्त ही रहना चाहिए। मैं इन सब बातों को सुनती-समझती तो सही, पर गले नहीं उतार पाती, क्योंकि बीवी बनने की ललक जब-तब मेरे भीतर जोर मारती थी। सच बात है, मुझे तो घर भी चाहिए था, पति भी और बच्चे भी। पर उसे तो जैसे बीवी नाम से ही चिढ़ हो गई थी। कभी-कभी तो वह अपनी बीवी के कर्कश स्वभाव और तुनकमिज़ाजी की बात करते-करते रो तक पड़ता। तब मैं लपककर उसे बाँहों में भरती, अपने होठों से उसके आँसू पोंछती और उसे हौसला बँधाती कि जल्दी ही हम कुछ ऐसा करेंगे कि वह इस दुख से मुक्त हो...कि मैं उसे एक सही, सुखद जिन्दगी दूँगी। यह आश्वासन उसके लिए कम, मेरे अपने लिए ज्यादा होता था।

दिन सरकते जा रहे थे और अपने प्रेम के तरीके में क्रांतिकारी परिवर्तन लाने के बावजूद स्थिति जहाँ-की-तहाँ थी यानी कि मैं अपने हॉस्टल के कमरे में बन्द, शिंदे अपनी बीवी की मुट्ठी में। साल-भर पहले का जागा आत्मविश्वास फिर डगमगाने लगा और मुझे लगा कि अब कोई धाँसू कार्यक्रम अपनाना पड़ेगा।

आज सोचती हूँ तो अपने पर ही सौ-सौ धिक्कार के साथ आश्चर्य भी होता है कि कैसे मेरी बुद्धि पर ऐसा मोटा परदा पड़ गया था कि यह भी नहीं सोच सकी कि उसकी बीवी भी आखिर मेरी तरह ही एक स्त्री है...अपने पति के छलावे और मक्कारी की शिकार। पर नहीं, यह तो तब समझ में आया जब उसकी मक्कारी ने मुझे तबाही के कगार पर ला पटका। झूठ नहीं बोलूँगी, उस समय तो उसके प्रेम में अंधी होने के कारण, वह जो कुछ भी कहता-समझाता, मुझे उस पर पूरा यकीन ही नहीं होता बल्कि मैं भी उसी की तरह दुनिया-भर के छल-छंद

सोचा करती। तभी तो मैंने सोचा कि उसकी बीवी को हमारे प्रेम-प्रसंग की जानकारी तो अवश्य होगी...वह काफी दुखी भी होगी...क्यों न मैं जब-तब वहाँ उपस्थित होकर उसके त्रास को इतना बढ़ा दूँ कि वह खुद ही इस अपमानजनक स्थिति को नकारकर अलग हो जाए। रक़ीब को सामने देखकर अच्छों-अच्छों के हौसले पस्त हो जाते हैं, फिर अपमान और उपेक्षा की आग में झुलसी इस औरत का हौसला ही क्या होगा! और यही सोचकर आखिर मैं एक दिन शिंदे के घर जा धमकी।

एक सुहागिन औरत की सारी नियामतों यानी कि बूढ़े ससुर के वरदहस्त की छत्र-छाया और बच्चे के पोतड़ों की बन्दनवार के बीच, दूधों नहाई पूतों फली भाव से वह कुर्सी पर विराजमान थी। मुझे देखकर उसके चेहरे पर किसी तरह का कोई विकार नहीं आया। बस, सहजता में लिपटा एक प्रश्नवाचक उभरा और 'हरखू, इन्हें बिठाओ और साहब से बोलो, कोई मिलने आया है' के साथ बिला गया। विकार तो मुझे देखकर शिंदे के चेहरे पर आया, जिसे उसने थोड़ी-सी कोशिश करके अफ़सरी नकाब के नीचे ढक लिया। दफ़्तरी भाषा में दफ़्तरी बातें करके उसने मुझे चलता किया। पर बाहर निकलते समय हाथ दबाकर लाड़ में लिपटी हलकी-सी फटकार के साथ शाम को कमरे पर आने का निमंत्रण भी दे दिया।

मैं उसकी बीवी को त्रस्त करने गई थी, पर खुद ही त्रस्त और पस्त होकर लौटी। मुझे आश्चर्य हो रहा था कि वह औरत है या मांस का लौंदा? इसका आदमी तीन साल से एक दूसरी लड़की के साथ मस्ती मार रहा है और इसे न कोई तकलीफ़, न कष्ट! मैं इसकी जगह होऊँ तो शायद एक दिन भी इस तरह की अपमानजनक स्थिति को बर्दाश्त न करूँ। इसके शरीर पर चमड़ी लिपटी है, या गैंडे की खाल? यह तो मुझे बाद में अपने अनुभव ने सिखाया कि अधिकतर शादी-शुदा औरतें ऐसी होती हैं, जिन्हें अपने घर की दीवारों से बेशुमार लगाव होता है। इतना ज्यादा कि धीरे-धीरे उन दीवारों को ही अपने शरीर के चारों ओर लपेट लेती हैं। फिर मान-सम्मान के सारे हमले उनसे टकराकर बाहर ही ढेर हो जाते हैं और वे उनसे बे-असर सती-साध्वी-सी भीतर सुरक्षित बैठी रहती हैं।

शाम को शिंदे मुझ पर एकदम बरस पड़ा कि मैंने उसके घर जाने की मूर्खता क्यों की? कितना चौकस रहना पड़ता है उसे हर समय, जिससे उसकी बीवी को इस प्रसंग की हवा भी न लग सके, वरना तो वह शूर्पनखा की तरह ऑफिस, परिवार और सारे शहर में हड़बौंग मचाकर रख देगी। मौका लगा तो मेरा झोंटा पकड़कर सड़क पर जूते लगवाएगी, और बड़ी चालाकी से उसने मेरे मन में अपनी पत्नी के लिए, जिसे वह अक्सर कोतवाल कहता था—ढेर सारी नफ़रत और

आक्रोश भर दिया। साथ ही जल्दी करने की अपनी नादानी-भरी मूर्खता पर मुझे बेहद शर्मिंदा भी किया।

देखा आपने कि कैसे शातिराना अंदाज से पुरुष नफ़रत और गुस्से की सुई अपनी ओर से सरकाकर दोनों औरतों की ओर घुमा देता है। वे ही आपस में लड़ें-भिड़ें, कोसें-गलियाएँ और वह जो असली गुनाहगार है, अपने पर आँच आए बिना आराम से दोनों का सुख भोगता रहे। पर उस समय तो मैं जब-जब बहुत अधीर होती, वह समझाता कि सहजीवन का मधुरतम पक्ष तो हम भोग ही रहे हैं, मैं क्यों बेकार में शादी-ब्याह और घर में जकड़कर इस मधुर सम्बन्ध का गला घोंटना चाहती हूँ। और इसी चक्कर में वह मधु उँड़ेलती हुई तीन-चार फड़कती कविताएँ मेरे नाम ठोंक देता। मीठी-मीठी पप्पियों के बीच बड़ी ऊँची-ऊँची बातें मेरे ज़हन में बिठा देता। कुछ समय के लिए मुझे लगने लगता कि मैं आम औरत से कुछ अलग, कुछ विशिष्ट, कुछ ऊँची हूँ। मेरे कंधों पर स्त्री-पुरुष के सम्बन्धों को एक नई दिशा देने का दायित्व है। अगली पीढ़ी अधिक स्वस्थ, अधिक मुक्त ज़िन्दगी जी सके, इसके लिए हमें पहल करनी होगी, एक उदाहरण रखना होगा—चाहे उसके लिए हमें खाद ही क्यों न बनना पड़े। शिंदे तो ये बातें झाड़कर मज़े से अपनी बीवी का बगलगीर हो जाता और मैं असली अर्थों में खाद बनी अपने कमरे में सड़ती रहती।

तभी शिंदे का तबादला हो गया। मैं एक बार फिर डगमगा गई। मुझे लगा कि बस, अब यह मेरी ज़िन्दगी से निकला। रो-रोकर मेरा बुरा हाल था, पर फिर उसने मुझे हाथों-हाथ झेल लिया। एक नई योजना से मेरे आँसू पोंछ दिए। तय हुआ कि नई जगह अभी वह अकेला ही जाएगा और उसके जाने के तीन-चार दिन बाद मैडिकल-लीव लेकर मैं उसके पास पहुँच जाऊँगी। उसने मुझे बताया कि उसने यह तबादला करवाया ही इसलिए है कि शहरी तबादला उसकी जिन्दगी के तबादले की भूमिका बन जाए। यह तो मुझे बाद में मालूम पड़ा कि शिंदे ने तबादला इसलिए करवाया था कि हमारे सम्बन्धों की सुरसुराहट उसकी बीवी के कानों तक पहुँचने लगी थी। बात पूरी तरह खुले, उसके पहले ही वह शहर छोड़ देना चाहता था। पर मैं तो यह समझकर कि केवल मेरी खातिर शिंदे ने बड़े शहर की बड़ी सम्भावनाओं को छोड़ छोटी जगह चुनी है, एकदम निहाल हो गई और उसकी बातों के जादू में बँधी-बँधी एक सप्ताह बाद ही उसके पास पहुँच गई।

आपको बहुत ग़लत लग रहा है न? लगना ही चाहिए। अब तो मुझे भी लगता है। पर उस समय तो बस, शिंदे में ही प्राण बसते थे...लगता था, उसके

बिना जी नहीं सकूँगी। ग़लत-सही की समझ ही कहाँ रह गई थी! मैं उसे पाना चाहती थी और वह मुझे खोना नहीं चाहता था।

उसके साथ होटल में गुज़ारे वे दिन! मैं तो भूल ही गई कि हम दोनों के बीच कोई तीसरा भी है। तबीयत एकदम लहलहा उठी। इस बार उसने बाक़ायदा योजना बनाई कि पत्नी को अब यहाँ न बुलाकर उसके पिता के घर भेज देगा। और धीरे-धीरे उसे कानूनी कार्रवाई करने के लिए राजी कर लेगा...यदि नहीं हुई तो, मजबूर करेगा।

पंखों पर सवार होकर मैं लौटी थी। आँखों में उसने ढेर सारे सपने आँज दिए थे और उठते-बैठते मुझे अपना स्वीट-होम ही दिखाई देता। मैंने उसे एक फड़कता हुआ प्रेम-पत्र लिखा। बातों का तो वह बादशाह था ही, पत्र लिखने में भी उसे कमाल हासिल था। शरीरों में जो दूरी आ गई थी, उसे वह पत्रों की भाषा से पाटता रहा। पत्रों में मुझे वह 'दिव्य-प्रेम' का दर्शन समझाता। मेरे जन्म-दिन पर अपने इसी दिव्य-प्रेम में डुबोकर उसने एक खूबसूरत-सा तोहफा मेरे लिए भेजा। कभी वह चाँदनी रात के गीत लिखकर भेजता, तो कभी साथ बिताए मधुर क्षणों की याद को ताजा करनेवाली कविताएँ।

जानता था कि इन बातों से मुझे तसल्ली नहीं होगी, इसलिए तसल्ली देने के लिए वह खुद सशरीर आ पहुँचा। ऑफिस का काम निकालकर वह जब-तब आ ही जाया करता था। उसने आँखों में सचमुच के आँसू भरकर कहा कि मैं ही शिंदे की प्राण हूँ, शिंदे की प्रेरणा हूँ। घर-परिवार के अतिरिक्त शिंदे का जो कुछ भी है—और वही तो असली शिंदे है—वह उसने मुझे पूरी तरह सौंप रखा है और तुरन्त उसने अपनी बात का प्रमाण पेश कर दिया—मुझे समर्पित किया हुआ अपना नया कविता-संग्रह। हाथ से लिखा हुआ था—'प्राण को'।

उसकी प्रेरणा और प्राण बनने का हश्र यह हुआ कि वह तो दिन-दूना, रात-चौगुना फलत-फूलता रहा। धन-यश-सफलता, मान-सम्मान—सभी का मालिक और मैं भीतर-ही-भीतर झुलसकर काठ का कुन्दा हो गई। सब ओर से मरी, मुरझाई, टूटी और पस्त! मैं समझ गई कि मैं बुरी तरह ठगी गई हूँ!

धीरे-धीरे उम्र की बढ़ोत्तरी और ऑफिस और दुनियादारी की निरंतर बढ़ती ज़िम्मेदारियों के बीच शिंदे की रोमानी ज़रूरत घटती चली गई। परिणाम यह हुआ कि हमारे बीच चलनेवाले पत्रों की संख्या कम और मज़मून मौसम के सर्द-गर्म होने पर आकर टिक गया। और फिर एक दिन उसके पास से गृह-प्रवेश का निमंत्रण-पत्र मिला। जाने का कोई तुक नहीं था, फिर भी मैं चली गई। महज़ सारी स्थिति का ज़ायजा लेने के लिए।

लम्बा-चौड़ा आधुनिक ढंग का बना हुआ मकान। लकदक फर्नीचर। बीवी निकलकर आई, तो लगा, यह कोई दूसरी औरत है। शरीर पर चर्बी की तीन-चार परतें चढ़ी हुईं और परम तृप्ति का एक डकार भाव सारे चेहरे पर पुता हुआ। आठ साल का एक सुन्दर-सा बच्चा भी निकलकर आया। लगा, जैसे शिंदे ने ही अपने को पूरी तरह उँडेल दिया हो उसमें। हू-ब-हू शिंदे।

और मेरा मन हो रहा था कि शिंदे के दोनों कंधे झकझोरकर पूछूँ—'राम धुन की तरह तुम मेरी हो, तुम मेरी हो' की रट लगानेवाले शिंदे साहब, बताइए तो, आपकी ज़िन्दगी के इस सारे तामझाम में मैं कहाँ हूँ...मैं कितनी हूँ?

पर पूछकर अब होना ही क्या था? मैं लौट आई, इस अहसास के साथ कि प्रेम के इस खेल में वह सधे हुए खिलाड़ी की तरह खेला और मैं निहायत अनाड़ी की तरह। आठ साल तक चलनेवाला प्रेम-प्रसंग महज़ एक खिलवाड़ था जिसकी बाज़ी बड़ी होशियारी से शिंदे ने बाँटी। भ्रमजाल के कटते ही नज़र साफ़ हुई तो बाज़ी में बँटे हुए पत्तों का यह नक्शा रह-रहकर आँखों में उभरने लगा :

तुरूप का इक्का यानी घर...उसके पास
तुरूप का बादशाह यानी बच्चा...उसके पास
तुरूप की बेगम यानी बीवी और
प्रेम करने के लिए प्रेमिका...उसके पास
तुरूप का गुलाम यानी नौकर-चाकर
गाड़ी-बंगला...उसके पास

लब्बो-लुबाब यह कि तुरूप के सारे पत्ते उसके पास और मुझे मिले उसके दिए हुए छक्के-पंजे, यानी टोटके की तरह पुड़िया में बँधे, दार्शनिक लफ़्फ़ाजी में लिपटे हवाई प्यार के चंद जुमले। इन टटपूँजिया पत्तों के सहारे मैं ज्यादा-से-ज्यादा इतने ही कर सकती थी कि ज़िन्दगी-भर उसकी पूँछ पकड़े रहती और उसे ही अपनी उपलब्धि समझ-समझकर सन्तोष करती। मन बहुत घबराता, तो उसी पूँछ से हवा करके उसके साथ बिताए मधुर क्षणों पर जमी समय की धूल उड़ाकर कुछ समय के लिए अपना खालीपन भर लेती।

पर भला बताइए, इससे कहीं जिन्दगी चल सकती थी? यह तो लाख-लाख शुक्र है खुदा का कि मेरी तहस-नहस ज़िन्दगी को नए सिरे से सँवारने के लिए...

लेकिन छोड़िए, इस प्रसंग की कोई ज़रूरत नहीं। निहायत हवाई बातें पल्ले से बाँधे-बाँधे मैंने अपनी ज़िन्दगी को बरबादी के कगार पर ला पटका था। अब चाहती हूँ, ठेठ दुनियादारी की बातें अपनी हज़ार-हज़ार मासूम किशोरी बहनों के पल्ले से बाँध दूँ, जिससे वह मेरी तरह भटकने से बच जाएँ।

- इस देश में प्रेम के बीज मन और शरीर की 'पवित्र भूमि' में नहीं, ठेठ घर-परिवार की उपजाऊ भूमि में ही फलते-फूलते हैं।
- भूलकर भी शादीशुदा आदमी के प्रेम में मत पड़िए। 'दिव्य' और 'महान' प्रेम की खातिर बीवी-बच्चों को दाँव पर लगानेवाले प्रेम-वीरों की यहाँ पैदावार ही नहीं होती। दो नावों पर पैर रखकर चलनेवाले शूरवीर ज़रूर सरेआम मिल जाएँगे।
- हाँ, शादीशुदा औरतें चाहें, तो भले ही शादीशुदा आदमी से प्रेम कर लें। जब तक चाहा प्रेम किया, मन भर गया तो लौटकर अपने खूँटे पर।
- न कोई डर, न घोटाला, जब प्रेम में लगा हो शादी का ताला।

शायद

जहाज़ की बत्तियाँ जलीं तो लगा, जैसे पानी में बिछी अँधेरे की चादर में अनेक दरारें पड़ गई हों। चारों ओर बल्बों की झूलती बन्दनवार देखकर ही राखाल को ख़याल आया कि इस बार वह दीवाली घर पर ही मनाएगा। कितना अच्छा होता, किसी तरह वह पूजा पर ही पहुँच पाता।

सारे यात्री ऊबे हुए हैं। पर ऊपर से सबने अपने को ऐसा व्यस्त बना रखा है कि किनारा आने पर लगेगा, जैसे अप्रत्याशित रूप से ही किनारा आ गया हो। प्रतीक्षा का बोझिल समय काटने के ये कितने पुराने नुस्खे हैं, पर फिर भी हर यात्री इन्हें ही अपनाता है। सिर्फ रेलिंग के साथ लगकर खड़ी वह औरत न ताश खेल रही है, न पढ़ रही है। पिछले एक घंटे में उसने तीन बार अलग-अलग लोगों से समय पूछा है, कुछ इस भाव से मानो महज़ घड़ी मिलाना चाह रही हो। हालाँकि हाथ में विदेश से ख़रीदी हुई कोई नई घड़ी है, जिसके ग़लत समय देने की सम्भावना कम है। हो सकता है, किनारे पर भी कोई इतनी ही व्यग्रता से प्रतीक्षा कर रहा हो।

"अच्छा किया, उसने किसी को ख़बर नहीं दी..." आठ के क़रीब जहाज़, किनारे पर लगेगा। राखाल छह बजे से ही अपनी वर्दी उतारकर ऊपर आ गया था। काम के दौरान भी ऊपर आते हैं, पर उन दैत्याकार मशीनों से मुक्ति, पूरे दो महीने के लिए मुक्ति पाने की भावना से ऊपर आने का अपना ही एक आनन्द है। उसे खुद लग रहा है, जैसे वह जहाज़ का एक अदना-सा कर्मचारी नहीं, वरन् एक सम्भ्रान्त यात्री है, जो तीन साल विदेश रहकर घर लौट रहा है।

एकाएक घर की तस्वीर उसकी आँखों के सामने उभर आई—ग़राज पर बना हुआ नीची छतवाला लम्बा-सा कमरा। वह घर पहुँचेगा, तब तक बच्चे ज़रूर सो चुके होंगे। माला किसी-न-किसी काम में लगी होगी। वह अपना हर पत्र इसी पंक्ति से शुरू करती है—"उत्तर जल्दी नहीं दे सकी, क्योंकि समय ही नहीं मिला" और अन्त में लिखती है—"अब बस करती हूँ, बहुत काम पड़ा है।" बीच में घर

की कठिनाइयों की, बढ़ती महँगाई और बच्चों के बढ़ते आवारापन की बातें होती हैं, जिससे राखाल अब बहुत ऊबने लगा है। हर पत्र में मशीनी ढंग से लिखा हुआ "प्राणनाथ" सम्बोधन पूरी तरह निष्प्राण हो चुका है।

पहली बार जब वह ज़हाज पर आया था, तो माला के पत्रों को कई-कई बार पढ़ता था। उस सबके बीच में दस साल का लम्बा समय गुज़र चुका है। फिर भी सोए हुए बच्चे और जागती हुई माला की कल्पना ने उसके मन में हलकी-सी गुदगुदी पैदा कर दी। उसे अपने साथियों की याद आई। जब वह नीचे कपड़े बदल रहा था, सब-के-सब बिना किसी शरम-हया के फब्तियाँ कस रहे थे, "मशीनों के बीच रह-रहकर साला मशीन बन गया है। अब ऊपर जाकर फेफड़ों में साफ हवा भरेगा, जिससे कुछ ताक़त आए, कुछ जान आए...नहीं तो टाँय-टाँय फिस्स नहीं हो जाएगी।"

उसके दो साथी कुँवारे हैं और एक की बीवी किसी और के साथ रहने लगी है। जब वह अपनी तनख़्वाह का बड़ा भाग घर भेजता था, तो सब उसे चिढ़ाते थे, पर माला का पत्र आने पर सब पढ़ते थे। जॉन को अपनी बीवी नए सिरे से याद आ जाती थी और वह फूट-फूटकर रोने लगता था। ऐसे मौक़ों पर राखाल ही उसे तसल्ली देता था...पर जितनी तसल्ली वह देता था, उससे ज़्यादा तसल्ली उसके मन में रहती थी कि माला उसे कभी छोड़कर नहीं जा सकती। निहायत उबा देनेवाले पत्र भी उसे कहीं हलके-से आश्वस्त तो करते ही थे।

उसे याद आया कि पिछली बार छुट्टी से आने के आठ महीने बाद बुलबुल पैदा हुई थी और दस महीने जीकर वह मर गई। माला ने उसे ख़ूब कोस-कोसकर सूचना दी थी। अभी तो छोटू भी सवा साल का है। दो छोटे बच्चों को घर के सारे काम-काज के साथ वह नहीं सँभाल सकती, फिर बढ़ती महँगाई। कहाँ से खिलाए, कहाँ से पहनाए? और जब वह मर गई, तब फिर कई पत्र उसी की ख़बर से भरे हुए थे—'हाय, इससे तो मैं मर जाती, तो अच्छा था! सबसे सुन्दर थी। ऐसा तो एक भी बच्चा नहीं हुआ। भगवान को लेना ही था, तो दिया ही क्यों था?'

राखाल को न उसके होने की ख़ुशी थी, न मरने का कोई ग़म। एक हलकी-सी भावना यही थी कि चलो, अच्छा हुआ कि सब कुछ उसके पीछे ही हो गया। साथ ही मन में कहीं उभरा, अच्छा हुआ कि इस बात को भी अब तो डेढ़ साल हो गया, वरना सारी छुट्टियाँ मातमपुर्सी में ही बीत जातीं।

दूर किनारे की बत्तियाँ दिखाई देने लगीं तो ताश में डूबा वह पूरा-का-पूरा दल रेलिंग के सहारे आ खड़ा हुआ। सबके चेहरों पर उल्लास थिरकने लगा। बच्चे

दूर खड़ी छोटी-छोटी आकृतियों को ही रूमाल हिलाने लगे। भीड़ से कटकर खड़ी वह अकेली महिला बाइनाकूलर लगाकर किसी को ढूँढ़ रही है। एकाएक राखाल की नंगी आँखों के सामने माला की आकृति तैर गई।

वह अपने साथियों और अफ़सरों से विदा लेकर बाहर आया और टैक्सी में बैठा। हर समय जहाज़ के तहख़ानों में बन्द रहने के बाद दूर-दूर तक फैला हुआ कलकत्ता; रात-दिन चारों ओर लरज़ती और थिरकती लहरों के बाद लम्बी-लम्बी मौन और स्थिर सड़कें और उन पर उन्मुक्त भाव से प्रकाश उँडेलती बत्तियों को देखकर उसे नए सिरे से अपने होने का बोध होने लगा।

टैक्सी लेंसडाउन मेन रोड से बाईं लेन में मुड़ी और चार मकान छोड़कर खड़ी हो गई। वह उतरकर ग़राज पर बने अपने मकान को देखने लगा। खिड़की से बहुत ही मन्दी रोशनी बाहर आ रही है, शायद भीतर जीरो पावर का बल्ब जल रहा है।

टैक्सी के ठहरने से, फाटक के खुलकर बन्द होने से, भीतर किसी तरह की हलचल नहीं हुई। हाँ, सामने कपूर साहब के घर की खिड़की से एक कटा हुआ धड़ झाँका, दो क्षण रुका और फिर ग़ायब हो गया। माला के घर शायद कभी कोई टैक्सी आकर ठहरी ही नहीं।

''रानी!'' राखाल ने आवाज़ दी, तो ''कौऽऽन?'' के साथ ही माला बाहर निकल आई और राखाल को देखते ही उसके चेहरे पर आश्चर्य-भरा उल्लास फैल गया।

''यह क्या, तुम? कोई ख़बर नहीं, सूचना नहीं,'' और एक तरह से झपटकर उसने राखाल के हाथ से होल्डाल ले लिया। टैक्सीवाले को पैसे देकर एक बड़ा और एक छोटा बक्सा सँभालते राखाल सँकरी-सी सीढ़ियाँ चढ़ने लगा। उसके पीछे माला होल्डाल को ठेलती हुई। बीच में पहुँचते ही राखाल ने बक्सा सीढ़ी पर टिकाया और घूमकर अँधेरे में ही माला का हाथ पकड़कर जोर से दबाया। ''चलो, चलो, यह गिर जाएगा।'' हाथ छुड़ाते हुए माला ने कहा। उसके हाथ में कोई प्रतिक्रिया, कोई हरकत नहीं हुई। राखाल को माला का हाथ बड़ा सर्द और निर्जीव-सा लगा और वही ठंडक जैसे उसकी अपनी रगों में समाने लगी।

कमरे में घुसते ही माला ने मरकरी लाईट जलाई। चौदह फुट लम्बा कमरा और ज़मीन पर सोते तीन बच्चे उजागर हो गए। नाक-नक्श के साथ माला के चेहरे की झुर्रियाँ...गालों पर पड़े काले-काले चकत्ते और रूखे-सूखे बालों में से झाँकते कई सफेद बाल...।

''तुमने ख़बर क्यों नहीं दी...? ख़बर देते तो हम सब लोग लेने आते। बच्चे

कितने ख़ुश होते...'' वह जैसे एकाएक राखाल का स्वागत करने में अपने को असमर्थ पा रही थी।

''अच्छा, तुम ज़रा सुस्ताकर हाथ-मुँह धोओ, मैं जल्दी से खाने को कुछ बना देती हूँ।''

''खाना मैं खाकर आया हूँ, कुछ भी बनाने की ज़रूरत नहीं है।''

पर माला फिर भी ''अभी आई'' कहकर नीचे उतर ही गई।

बच्चे बिना चद्दर के गन्दे और पैबन्द लगे बिस्तरों पर लेटे हैं। रीना करवट लेकर सो रही है, इसलिए उसका चेहरा दिखाई नहीं दे रहा है। बच्चू और छोटू चित सो रहे हैं। छोटू नंगा है और उसका मुँह भी काफी गन्दा है। खिड़की पर फटी साड़ी का पर्दा एक ओर को सरककर झूल रहा है।

एकाएक मरकरी लाइट का दूधिया आलोक उसकी आँखों में चुभने लगा। उसने बत्ती बुझा दी। कमरे का नंगापन क्षण-भर को अँधेरे में डूब गया। राखाल बच्चों को बचाता हुआ आया और खिड़की पर बैठ गया। इस घर में यही उसकी स्थायी सीट है।

''यह क्या, बत्ती क्यों बुझा दी?'' अँधेरे में राखाल को माला की केवल आकृति-भर दिखाई दी, पर वह आकृति उसे पूरे नाक-नक्शवाली माला से ज्यादा परिचित महसूस हुई...

''रहने दो, बच्चों को परेशानी होगी।''

''लो, थोड़ा-सा दूध है, तुम पी लो।'' और अँधेरे में ही बढ़कर उसने प्याला राखाल के हाथ में थमा दिया। फिर बड़े जतन से वह उसका बिस्तर लगाने लगी। घर की शायद सबसे साफ़ चादर बिछाई। उसके हर काम से उसके मन का उल्लास छलक पड़ रहा था। वह लगातार कुछ-न-कुछ बोले चली जा रही थी।

''मुझे तो दो साल काटना ही इतना भारी पड़ता था, इस बार तुमने पूरे तीन साल लगा दिए! पूजा पर कीतनी-कीतनी राह देखी! बेचारे बच्चों को एक-एक नया कपड़ा तक न दिलवा सकी! दादा की बिजली की दुकान ख़ूब अच्छी चलने लगी है, सो यह लाइट तो जरूर लगवा दी, पर इतना नहीं हुआ कि बहन के बच्चों को एक-एक कपड़ा ही दिलवा देते! टुकुर-टुकुर मेरे बच्चे दूसरों के घरों में ताकते रहे।'' माला का गला रुँध गया।

यह सब तो राखाल को छुट्टी-भर सुनना ही है, पर आज वह नहीं सुनना चाहता। बिस्तर पर लेटकर उसने माला को अपने पास लिटा लिया। उसका ध्यान माला की बातों से ज़्यादा माला की देह पर लगा हुआ है।

''क्या करता, पूजा पर जहाज़ इस तरफ़ था ही नहीं। प्राइवेट शिपिंग कम्पनी

है, छुट्टी के क़ायदे-क़ानून पर झगड़ा भी नहीं किया जा सकता।'' फिर उसे तसल्ली देता-सा बोला, ''कोई बात नहीं, बच्चों को कल ख़ुश कर दूँगा।''

और फिर उसने माला को अपनी बाँहों में दबोचना चाहा तो वह छिटककर दूर हो गई, ''माफ़ करो बाबा, तुम्हारा क्या है? तुम तो अपने कर-कराके चल देते हो। पीछे से जो गुज़रती है, मैं जानती हूँ।'' फिर भरे गले से बुलबुल का प्रसंग शुरू हो गया।

''उस बेचारी ने तो जाना ही नहीं, बाबा किसे कहते हैं। बीमारी की हालत में टुकुर-टुकुर ऐसे ताकती थी, मानो कह रही हो कि 'माँ, बचा लो!' कपूर साहब ने अपने डॉक्टर जमाई से खूब इलाज करवाया। शंकर ने दवाइयों के लिए रुपए उधार दिए। ख़ूब भाग-दौड़ भी की, पर यह तो अपना कर्ज वसूल करके चली ही गई...'' और माला फूट-फूटकर रोने लगी।

राखाल का सारा शरीर शिथिल हो गया। उसे माला पर क्रोध-सा आने लगा। जो चली गई, उसका ख़याल है और जो आया है, उसकी कोई चिन्ता नहीं! जाने क्यों, उसे लगने लगा, जैसे वह किसी और के बारे में सुन रहा है। मानो उस मृत बच्ची से, माला के दुख से, उसका अपना कोई सम्बन्ध ही नहीं है।

रो-धोकर माला तो सो गई, पर राखाल को किसी तरह नींद नहीं आई। उसे भी तो नहीं लग रहा कि वह घर में है। अभी भी यही लग रहा है, मानो वह जहाज़ में बैठा है और उसके और माला के बीच बहुत-बहुत दूरी है।

सवेरे नींद खुली, तो धूप कमरे में भर गई थी। बच्चों के बिस्तर सिमट गए थे। नीचे से माला और बच्चों की मिली-जुली आवाज़ें आ रही थीं। भरी धूप में उसे यह कमरा कुछ नया-नया लगा। उसने जोर की अँगड़ाई ली और एक सिगरेट सुलगा ली।

दीवार पर हमेशा की तरह माँ दुर्गा की तस्वीर है। उस पर लगी रोली और चंदन के छींटे कुछ ताज़ा लग रहे हैं। शायद इसी पूजा पर लगाए होंगे। उस तस्वीर के पास ही दीवार पर एक छोटा-सा चौकोर निशान बना है। राखाल को याद आया, यहाँ हमेशा उसकी तस्वीर लगी रहती थी, अब वह तस्वीर नहीं है। वह इधर-उधर देखने लगा। कमरे में ठीक-ठाक चीज के नाम पर एक छोटी-सी अलमारी मात्र है–शीशे के दरवाज़ेवाली। इसमें उसकी बाहर से लाई हुई चीज़ें रखी हैं, उन्हीं के बीच उसे अपनी तस्वीर दिखाई दी। उसका फ्रेम टूट चुका था।

तभी रीना ने कमरे में झाँका और उसे जगा हुआ देखकर शरमाते हुए नमस्ते की।

"रीना, यहाँ आओ बेटा!" और उसने अपने दोनों हाथ फैला दिए। रीना उसकी सबसे लाडली बिटिया है। पर रीना पहले की तरह दौड़कर उसकी बाँहों में नहीं समा गई। बस, मुस्कुराती हुई उसके पास आ खड़ी हुई।

तीन साल में रीना सचमुच बहुत बड़ी हो गई है—तेरह साल की। उसकी नज़र रीना की हलकी-सी उभरती छाती पर पड़ी। बेटी की जवानी की कल्पना ही उसके लिए नया अनुभव थी।

रीना नीचे दौड़ गई और दो मिनट बाद ही बच्चू आकर उसकी गोद में लद गया। पीछे-पीछे माला ट्रे में बड़े करीने से सजाकर चाय लाई और रीना चार साल के छोटे को लादकर। राखाल को लगा, जैसे सब लोग उसके जागने की प्रतीक्षा कर रहे थे।

रात को मैले कपड़ों में लिपटे और बिखरे बालवाले बच्चे इस समय धुले-साफ कपड़ों में थे। छोटू की आँखों में मोटा-मोटा काजल था और टाँगों में निकर। माला की माँग में सिन्दूर की लाली पीछे तक चली गई थी। एक औपचारिक मेहमान की तरह उसकी खातिर हो रही थी। फिर भी यह सब उसे अच्छा लगा। आने के बाद पहली बार लगा कि वह अपने घर आया है। चाय के साथ-साथ अपने बीवी-बच्चों के साथ होने की गर्मी भी उसने महसूस की।

बाँहें फैलाकर उसने छोटे को गोद में लेना चाहा। पिछली बार वह साल-भर के छोटू को सारे समय पेट पर बिठाकर खिलाया करता था, पर अब छोटू उसे पहचान नहीं पाता। राखाल ने उसे जबरदस्ती खींचा तो वह रो पड़ा और छिटककर माला के पास चला गया।

"छोटू, बाबा, बाबा! जाओ बेटा, प्यार करेंगे!"

रीना भी समझाती है, "छोटू। बाबा, जाओ, चीज़ देंगे "

"एक-दो दिन में पहचान लेगा, तो फिर एक मिनट भी नहीं छोड़ेगा।" राखाल को लगा, जैसे माला तसल्ली दे रही है।

बच्चू बराबर रट लगाए हुए है, "बाबा, क्या लाए हमारे लिए?" वैसे सभी की आँखों में यही उत्सुकता छलक रही है।

राखाल ने बक्सा खोलकर चीज़ें निकालनी शुरू कीं। तीनों बच्चे बक्से के इर्द-गिर्द सिमट आए। कपड़े, खिलौने, पेन, रिबन, जरसी, मोजे...बच्चू हर चीज पर झपटता, तो माला उसे डाँट देती। फिर भी भीतर-ही-भीतर गद्‌गद होने के कारण उसकी झुर्रियों में कोमलता और स्निग्धता भर आई है। रीना को जो कुछ दिया, उसने चुपचाप ले लिया। पहले रीना और बच्चों में कितना झगड़ा होता था! रीना का यों बड़ा हो जाना उसे कहीं कष्ट देने लगा।

"यह तुम्हारे लिए है," और बक्स की सबसे कीमती चीज़ निकालकर उसने माला की ओर बढ़ा दी।

डिबिया खोलकर एकटक घड़ी की ओर देखते हुए माला बोली, "मैं अब क्या घड़ी लगाऊँगी! चलो, रीना के काम आएगी।"

बच्चे अपनी-अपनी चीज़ें बटोरकर दौड़ गए। आसपास के घरों में शायद उसके आने का समाचार पहुँच चुका था। सामनेवाले कपूर साहब की लड़की बरामदे में से ही झाँक रही है।

"नमस्कार दादा!" हँसता हुआ शंकर उसके सामने आ खड़ा हुआ। राखाल को लगा, उसके होंठ और दाँत पहले से भी ज्यादा कत्थई हो गए हैं। जाने क्यों, राखाल इस आदमी को कभी पसन्द नहीं कर पाया।

बड़े ठंडे लहजे में उसने जवाब दिया, "कहो, अच्छे तो हो?"

"हाँ दादा, सब आपकी मेहरबानी है।"

"चाय पियो, शंकर!" मनुहार करती-सी माला बोली।

"आज तो मिठाई खिलाओ, बोउ दी, दादा आए हैं!" शंकर के होंठों का कत्थई रंग और फैल गया।

"दादा, इस बार तो आपने तीन साल लगा दिए! बोउ दी ने भारी कष्ट सहा। बुलबुल को तो आपने देखा भी नहीं, पर बोउ दी को तो वह बूढ़ी कर गई।"

चुभती-सी नजरों से राखाल ने देखा। मन में कहीं उभरा–"तो तुझे भी अब माला के जवानी-बुढ़ापे की चिन्ता हो गई है।"

"शंकर नहीं होता तो मैं कुछ न कर पाती। तुम्हारा अहसान मैं कभी नहीं भूलूँगी, वरना आज के जमाने में..."

"बस, मुझे तुम्हारी यही बात अच्छी नहीं लगती। मुसीबत में अपने लोग ही तो काम आते हैं।"

शंकर ने टेरेलिन की कमीज पहन रखी थी। एकाएक राखाल की नज़र खूँटी पर टँगी अपनी विदेशी कमीज पर गई। उसने उठकर कमीज़ पहन ली। मन-ही-मन संदेह को तोड़ता एक हलका-सा सन्तोष भी जागा। तभी सिगरेट का ख़याल आया। उठकर बोला, "लो शंकर, सिगरेट पिओ। देखो, इस सिगरेट का जायका कैसा है?"

चाय के बरतन समेटती हुई माला बोली, "इस बार शंकर के रुपए ज़रूर चुका देना। हर महीने बहुत काट-छाँट करके भी दस रुपए से ज़्यादा नहीं दे पाती। यह तो बेचारा शंकर है, जो..."

और राखाल को लगा, जैसे माला ने एकाएक घसीटकर उसे शंकर से नीचे

ले जाकर पटक दिया हो। यह बात अभी ही कहनी थी! तुम दुनिया-भर का कर्जा करो और मैं चुकाता फिरूँ? बेइज्जती अलग!

"अच्छा, दादा बाबू, अभी तो चला," और होंठ फैलाकर चारों ओर कत्थई रंग बिखेरता हुआ शंकर भी नीचे उतर गया।

राखाल तौलिया लेकर बाथरूम में घुस गया।

बाथरूम में ज़रूरत से ज्यादा देर लगाकर वह ऊपर पहुँचा, तो कमरा ख़ाली था। हाँ, कोने में एक स्टूल पर टेबल-फैन रखा था। ज़रूर यह शंकर ने लाकर रखा होगा, शायद माला ने ही माँग लिया हो।

उसने एक सिगरेट सुलगाई और नीचे जाने की बजाय खिड़की पर आकर बैठ गया। सामने कपूर साहब के बरामदे में रीना उनकी पम्मी के साथ खड़ी किसी बात पर खिलखिलाकर हँस रही थी। उसके हाथ में राखाल की लाई हुई चीज़ें हैं।

कपूर साहब के मकान से ही सटा हुआ शंकर का ग़राज है। ग़राज, लगता है, पहले से बहुत बढ़ गया है। कई गाड़ियाँ खड़ी हैं मरम्मत के लिए, तभी एक गाड़ी के पीछे से शंकर निकलकर आया। उसके कन्धे पर छोटू बैठा है। उसे कन्धे पर बिठाए-बिठाए शंकर कुछ काम कर रहा है। एकाएक उसे ख़याल आया, तीन साल पहले जब वह आया था, तब उसी तरह बच्चू उस पर चढ़ा रहता था।

खिड़की पर बैठे-बैठे राखाल को लगने लगा, जैसे सारा घर हिचकोले खा रहा है। नहीं, शायद लगातार जहाज़ पर रहने के कारण ही ऐसी अनुभूति हो रही है। एक-दो दिन में ठीक हो जाएगा।

पसीने से लथपथ माला आई, "मछली का झोल और भात बना रही हूँ। बोलो, और क्या बनाऊँ?"

"कुछ भी बना लो, जो तुम्हारी इच्छा?"

"अपनी इच्छा से तो रोज़ ही बनाती हूँ, जब तक तुम हो, तुम्हारी इच्छा का बना दूँ। जहाज़ का खाना खा-खाकर शरीर तो आधा रह गया!"

"तुम्हारे हाथ का कुछ भी खाऊँगा तो सेहत ठीक हो जाएगी।" राखाल हलके से मुस्कराया।

"छोड़ो भी, अब कुछ भी अच्छा खिला सकूँ, ऐसी स्थिति ही नहीं," और एक निःश्वास छोड़कर माला उसी व्यस्त भाव से उतर गई।

राखाल को लगा, जैसे उसी के पास करने को कुछ नहीं है। बच्चे अपने में मस्त हैं, माला अपने में।

सिगरेट समाप्त करके वह नीचे उतरकर ग़राज में बनी हुई रसोई में चला गया।

"तुम यहाँ गर्मी में क्यों आए? चलो, ऊपर चलकर बैठो।" आसन बिछाकर वहीं बैठते हुए राखाल को याद आया—पहले जब वह जहाज़ पर से आया करता था, तो माला हर समय उसे अपने पास ही बिठाए रखना चाहती थी।

खाने पर फिर सारा परिवार जुट गया। इस समय बच्चों के लिए राखाल से ज़्यादा महत्त्व राखाल के बहाने मिलनेवाले इस खाने का है।

खाना-पीना समाप्त हुआ, तो माला ने बच्चों से कहा, "जाओ, दादा के यहाँ जाकर ख़बर कर दो कि बाबा आए हैं। और देखो, धूप में लौटकर मत आना। वहीं खेलते रहना, शाम को हम लोग आएँगे तो लेते आएँगे।"

बच्चों ने राखाल के लाए हुए कपड़े चढ़ाए और इतराते हुए दौड़ गए। माला नीचे बरतन साफ करने लगी।

राखाल ने कमरे की खिड़की बन्द कर दी और ज़मीन पर चटाई डालकर चित लेट गया। माला ने शायद जान-बूझकर ही बच्चों को आने के लिए मना कर दिया है।

जहाज़ से उतरकर टैक्सी में बैठे-बैठे माला से मिलने की जैसी अकुलाहट हो रही थी, वैसी ही अकुलाहट उसे फिर होने लगी।

शायद फिर नीचे कोई आ गया है। माला के बात करने की आवाज़ आ रही है। कोई महिला-स्वर ही है। पता नहीं, किस-किसको पाल रखा है। थोड़ी देर वह बेचैनी से राह देखता रहा, फिर ज़ोर से आवाज दी, "मा ऽ लाऽ!"

अपने स्वर का रौबीलापन उसे स्वयं बड़ा अच्छा लगा।

"आई," और मिनट बाद साड़ी से ही हाथ पोंछती हुई, पसीने से भीगी माला आ खड़ी हुई—"पिशी माँ तुम्हें प्रणाम करने आई हैं।"

"कौन पिशी माँ?" लेटे-लेटे ही उसने खीजे-से स्वर में पूछा। पर तभी एक वृद्ध-सी विधवा दरवाजे पर हाथ जोड़कर खड़ी हो गई।

"प्रणाम जमाई बाबू।"

"तुम नहीं जानते, पर पिशी माँ नहीं होतीं तो बुलबुल की बीमारी में मेरे बच्चे भूखे मर गए होते, पूरे छह महीने तक पिशी माँ ने खाना बनाया, घर सँभाला। आज भी मेरा आधा काम तो वे ही करती हैं, बिलकुल माँ की तरह मेरा ख़याल रखती हैं।"

गद्‌गद होती-सी पिशी माँ बोलीं, "अच्छा, अभी चलूँगी, कोई काम हो तो बता दो, कुछ सौदा लाना हो तो..."

"सवेरे ही गौरी से मँगवा लिया था, कुछ होगा तो बता दूँगी।"

पिशी माँ धीरे-धीरे सीढ़ियाँ उतर गईं। लगा, बुढ़िया समझदार है।

"यह क्या तुम्हें गर्मी नहीं लग रही है? खिड़की बन्द कर दी और पंखा भी नहीं चला रखा है।" और माला ने उठकर भड़ाक से खिड़की खोल दी।

"बन्द कर दो खिड़की, बहुत चौंधा लगता है।" नहीं, माला के मन में शायद कहीं कोई इच्छा नहीं बची रह गई है।

माला ने खिड़की बन्द कर दी। पंखा चला दिया, "शंकर तुम्हारे लिए ही रख गया है। हर बात का इतना ख़याल रखता है कि क्या बताऊँ?" और माला पास आकर बैठ गई।

"शाम को दादा के यहाँ से लौटकर आएँ तो कपूर साहब से मिल आना। आज के ज़माने में ऐसे भले लोग मिलते नहीं। इतना पैसा है, पर घमंड तो छू तक नहीं गया। तुम कहो तो तुम्हारी लाई हुई चीजों में से एक-एक चीज पम्मी और शंकर के बच्चों को दे दूँ। उनके अहसान तो क्या उतार सकेंगे, फिर भी।"

माला के पास क्या और कोई बात नहीं है करने के लिए?

"तुम कितने रुपए लाए हो साथ में? शंकर के तीन सौ रुपए और चुकाने हैं। बुलबुल की दस महीने की बीमारी ने तो मुझे तन-मन और धन से एकदम ही कंगाल कर दिया, फिर भी बच जाती, तो सबर करती..." माला का स्वर फिर भर्रा आया।

कौन थी यह बुलबुल? कौन थी? सुना था, बच्चे सेतु होते हैं, पर यह तो बने हुए सेतु को तोड़ गई! माला कितनी दूर जा पड़ी है उससे! शंकर, कपूर साहब, पिशी माँ...सबके बीच राखाल का अपना अस्तित्व जैसे घुलने लगा।

"तुम भी सोचोगे कि मैं जब-तब बस पैसे का ही रोना रोती हूँ। पर तुम्हीं बताओ, क्या करूँ, महँगाई का तो कोई ठिकाना ही नहीं। तीन बच्चों का और अपना पेट कैसे भरती हूँ, मैं ही जानती हूँ।"

माला क्या जानती नहीं कि राखाल कुछ नहीं कर सकता है? अधिक-से-अधिक रुपया वह घर ही भेज देता है। फिर भी वह यह सब क्यों सुना रही है? शायद उसे गवाह बनाकर अपनी तकलीफ़ों को दोहरा रही है—सिर्फ अपने को हलका करने के लिए। अच्छा होता, वह राखाल न होकर ब्लाटिंग पेपर होता, जो माला के सारे दुखों को सोख लेता।

शाम को दादा के घर पहुँचे, तो दादा और बोउ दी बड़े तपाक से मिले, "आओ जमाई बाबू, आओ! इस बार तो आपने तीन साल लगा दिए! बहुत दुबले हो गए हैं। जहाज़ का खाना भी कोई खाना है भला! नमकीन हवा हड्डियों तक को गला देती होगी।"

राखाल का मन हुआ, कह दे—"नमकीन हवा क्या हड्डियाँ गलाएँगी, हड्डियाँ

तो तुम्हारे घर में गली थीं, जब बेकारी के छह महीने तुम्हारे यहाँ बिताए थे।'' राखाल के मन में वे दिन खुदे हुए हैं...।

तभी दादा के तीनों बच्चे दौड़ते हुए आए। बोउ दी ने हँसते हुए कहा, ''जब से रीना-बच्चू ने ख़बर दी है कि बाबा आए हैं, तभी से ऐसे उछल रहे हैं, जैसे इन्हीं के बाबा आए हों। माला के घर को तो ये कभी दूसरा समझते ही नहीं।''

''बुआ का घर क्या दूसरा होता है?'' दादा ने दाँत दिखाते हुए कहा।

''बड़ी उतावली हो रही है न देखने के लिए कि क्या लाए? अरे सबर करो, अभी आए देर नहीं हुई कि अपना टैक्स वसूलने आ खड़े हुए!'' और अपने मज़ाक पर खुद ही खी-खी करके हँसने लगी।

राखाल ने जेब से निकालकर एक-एक कंघा और रिबन दोनों लड़कियों को पकड़ा दिया और एक सस्ता-सा पेन लड़के को।

लगा, बोउ दी को काफी निराशा हुई, जिसका प्रमाण चाय के समय मिल गया—एक प्लेट में दो संदेश और एक कप चाय बस!

बाहर खेलते रीना-बच्चू को शायद वह भी नहीं मिला। भीतर आकर वे खाली प्लेट के बचे हुए चूरे से शायद यह अंदाज लगाने की कोशिश कर रहे थे कि बाबा ने क्या खाया।

''कमीने कहीं के!'' वह बाहर निकलकर बच्चों को ज़रूर मिठाई खिलाएगा।

कमरे के सामनेवाले आँगन में बच्चे दौड़-दौड़कर खेल रहे थे। राखाल ने देखा, बच्चू दाहिनी टाँग से थोड़ा लँगड़ाता है। सवेरे से उसने बच्चू को एक बार भी इस तरह चलते हुए नहीं देखा, या शायद गौर नहीं किया।

''अरे बच्चू, ठीक से क्यों नहीं चलते?'' राखाल ने वहीं से झिड़का, बच्चू ठिठककर खड़ा हो गया।

''लो, और सुनो, चलेगा कैसे बेचारा! हड्डी तोड़कर चार महीने खाट पर रहा! अब तो ज़रा-सी कसर रह गई है, धीरे-धीरे ठीक हो जाएगी,'' बोउ दी ने कहा। फिर वह एक गहरी साँस लेकर बोली, ''इस बार क्या-क्या कष्ट सहा है बेचारी माला ने! मेरा तो कलेजा मुँह को आता था। बुलबुल तो जाती ही रही...'' और झूठमूठ को उन्होंने आँचल से आँखें पोंछ लीं।

बच्चू की हड्डी टूट गई! पर अब? माला ने तो उसे कभी ख़बर नहीं दी। एक बार फिर उसने पत्रों की बातें याद करने की कोशिश की। नहीं, इतनी बड़ी बात वह नहीं भूल सकता था। एक अजीब-सी बेचैनी उसे होने लगी।

बाहर निकलते ही उसने माला को आड़े हाथों लिया, ''तुमने मुझे बच्चू के पैर की हड्डी टूटने की ख़बर तक नहीं दी! कब टूटी हड्डी? कैसे टूटी?''

"क्या करती ख़बर करके, तुम कर ही क्या लेते सिवाय परेशान होने के?"

"फिर भी तुमको लिखना तो चाहिए था। पीछे जो कुछ होता है, मुझे मालूम तो रहे। मेरे बच्चे का पैर टूट गया और इसकी ख़बर मुझे दूसरे लोग दें! आखिर मैं..." आगे राखाल से कुछ कहा नहीं गया।

"पीछे जो कुछ होता है, वह भोगना तो मुझे ही पड़ता है। दूर रहकर तुम चिन्ता करने के सिवाय कर ही क्या सकते हो? बेकार ही परेशान होते," माला का स्वर कातर हो आया।

राखाल समझ नहीं पाया कि माला उस पर आरोप लगा रही है, या अपना अपराध स्वीकार कर रही है।

सचमुच उसके पीछे क्या-क्या नहीं हो गया। बुलबुल हुई और मर गई। रीना की सारी चंचलता और बचपना ऐसा गया कि उसने बेझिझक होकर उससे बात तक नहीं की। बच्चू के पैर की हड्डी टूटी और जुड़ गई। छोटू इतना बड़ा हो गया कि उसे पहचानता नहीं और माला?

लौटकर वह घर नहीं आया। सबको लेकर देशप्रिय पार्क में बैठ गया। बच्चों के माँगने के पहले ही सबको एक-एक आने की मुड़ी दिलवाकर उसने उन्हें अपने पास बिठाया और उनकी पढ़ाई-लिखाई के बारे में पूछने लगा।

"यह बच्चू तो सारे दिन आवारागर्दी करता है। चार महीने बिस्तर पर रहा सो पढ़ाई-लिखाई तो यों चौपट है, उस पर भी मज़ाल है जो किताब लेकर बैठ जाए! शंकर के लड़के को पढ़ाने के लिए मास्टर आता है, कई बार उसने कहा भी कि बच्चू, तू भी बैठ जाया कर, पर बच्चू को खेलने-कूदने से फुरसत हो तब न?"

आक्रोश और खीज माला के स्वर का स्थायी भाव हो गया है। राखाल ने बच्चू को बाँहों में भरकर अपने पास खींचते हुए कहा, "देखना, अब बच्चू कैसे पढ़ता है, कोई शंकर-वंकर का मास्टर नहीं, मैं पढ़ाऊँगा इसे। क्यों बेटा, अच्छे नम्बरों से पास होना है न तुम्हें?"

बच्चू ने गरदन हिलाकर 'हाँ' कर दी। फिर राखाल रीना से बतियाने लगा, वह पहले की तरह ही झेंप-झेंपकर जवाब देती रही।

पर छोटू उसके पास अभी भी नहीं आया। उसे देखकर मुस्कराता ज़रूर था, पर जब राखाल हाथ बढ़ाता, तो वह माला की गोद में दुबक जाता।

"एक-दो दिन में पहचान जाएगा। पहले तो जब तुम गए थे, तब बहुत दिनों तक तुम्हारी फोटो को देखकर 'बाबा-बाबा' किया करता था। अब इतने दिन हो गए कि भूल गया।"

दो घंटे पार्क में बिताकर जब रात में वे लोग घर लौटे तो राखाल का मन बहुत हलका हो आया था। केमिस्ट के यहाँ से खरीदा गोल सिक्का रात के बारे में भी उसे आश्वस्त कर रहा था।

गली में कल की तरह आज भी अँधेरा था। फिर भी वह गली, नीची छतवाला कमरा एकाएक उसे अधिक आत्मीय और अपने लगने लगे। अभी भी जैसे उसके फेफड़ों में पार्क की हवा भरी थी।

माला को लस्त-पस्त करके छोड़ा, तब पहली बार 'घर' आने का बोध उसकी रग-रग में तैर गया।

थोड़ी देर में माला की नाक बजने लगी। उसे बड़ी देर से सिगरेट की तलब महसूस हो रही थी। उसने सिगरेट निकाली और खिड़की पर बैठ गया।

इस बार जब राखाल सोया तो मकान हिचकोले नहीं खा रहा था।

दूसरे दिन उठकर ही राखाल ने रीना-बच्चू को बैठाकर पढ़ाया और जब वे स्कूल चले गए, तो कमरे की सफ़ाई शुरू की। माला पहले मना करती रही, फिर खुद भी आकर जुट गई।

उसके पास कुछ रुपए और होते, तो घर में थोड़ा सामान डलवा जाता। दो-तीन गोल मूढ़े, एकाध कुर्सी—खैर, छोड़ो, खुद भूख काट-काटकर जो थोड़ा-बहुत पैसा उसने बचाया है, उससे यहाँ बाल-बच्चों को खिलाएगा, थोड़ा-बहुत घुमाएगा, सबको एक सिनेमा दिखाएगा। बच्चे ही नहीं, आस-पास के लोग भी जान लें कि वह आया है।

चौका-बरतन करके माला ऊपर चढ़ी तो उससे रहा नहीं गया, "तुम सारे काम से छुट्टी पाकर नहा तो लिया करो।" पसीने से लथपथ माला को देखकर उसका आधा उत्साह ही मर जाता।

"कितनी बार नहाऊँ, अब मुझे कुछ नहीं अखरता, आदत हो गई है।" और पसीना सुखाने के लिए वह पंखे के सामने जा बैठी।

"सुनो।"

राखाल ने माला की ओर देखा।

"पिशी माँ का एक भांजा है, इंटर पास है, कहीं फैक्टरी में काम करता है, रात में बी.ए. की पढ़ाई करता है...।"

राखाल बात को पकड़ नहीं पाया।

"पिशी माँ रीना के सम्बन्ध के लिए कह रही है कभी से। घर में ज़्यादा लोग नहीं हैं, और लेने-देने का भी खटराग नहीं होगा।"

राखाल जैसे आसमान से गिर पड़ा।

"तुम्हारा दिमाग़ तो ठीक है? अभी रीना है ही कितनी बड़ी? पढ़ेगी-लिखेगी नहीं क्या?"

"इसमें दिमाग ख़राब होने की क्या बात है भला? आखिर शादी तो करनी ही है। सम्बन्ध जितनी जल्दी हो जाए, अच्छा है। तुम दूर रहते हो, लड़का ढूँढ़ेगा ही कौन? यह तो भाग से घर बैठे ही लड़का मिल रहा है। तुम बुलाकर मिल लो, देख सुन लो, तसल्ली कर लो..."

माला थी कि बोले चली जा रही थी और राखाल की यह समझ में नहीं आ रहा था कि वह उसे कैसे चुप करे।

"दादा से कहा कि एक बार लड़के को बुलाकर देख लो, कुछ बात कर लो, तो कतरा गए–शादी ब्याह का मामला है, जमाई बाबू के आने से ही ठीक रहेगा। अरे, मैं खूब समझती हूँ। बुलाएँगे, तो कुछ खिलाना-पिलाना पड़ेगा। कौन खर्चा करे?"

"माला, पर रीना क्या बहुत छोटी नहीं है?" राखाल के स्वर में अजीब-सी बेबसी आ गई।

"क्या छोटी है? तेरह पूरे होनेवाले हैं। और कौन आज ही ब्याह होने जा रहा है? कुछ न करके दो-तीन हज़ार तो चाहिए ही। मुझे तो रात-दिन यही चिन्ता लगी रहती है।"

राखाल की आँखों के सामने जाने कैसी धुंध छाने लगी और थोड़ी देर पहले का जमाया हुआ कमरा फीका लगने लगा।

"दादा बाबू, आपने बुलाया?" अपने कत्थई होंठ फैलाए हुए शंकर सामने आ खड़ा हुआ।

"बैठो, बैठो," हजामत बनाते हुए राखाल ने कहा।

"लो, आपने तो कमरे की शक्ल ही बदल दी! अब लग रहा है कि घर का मालिक आ गया।" शंकर हँसने लगा। पर राखाल को अब शंकर की हँसी उतनी बुरी नहीं लगी।

एक अधमैले तौलिए से रगड़कर मुँह पोंछते हुए राखाल ने कहा, "माला तुम्हारा कुछ हिसाब बता रही थी। मुझे पहले तो मालूम नहीं था, वरना पूरे का ही प्रबन्ध करके लाता।" स्वर में घर के मालिकवाला रौब पूरी तरह था।

"अरे दादा बाबू, आप चिन्ता न करिए, रुपए कौन भागे जा रहे हैं।"

"नहीं भाई, कर्ज जितनी जल्दी चुक जाए, अच्छा।" और राखाल ने अपना छोटा-सा सन्दूक खोलकर उसमें से सौ रुपए का नोट निकालकर दे दिया।

शंकर ने नोट जेब में रखा और चल दिया। राखाल ने बचे हुए गिने। 'अस्सी'। पहली तारीख़ को तनख़्वाह मिलेगी, उसमें से माला को घर-खर्च के लिए रुपए देने के बाद पचास रुपए बचेंगे। कुल हुए एक सौ तीस। इन्हीं रुपयों से उसे दो महीने तक अपने बीवी-बच्चों को घुमाना-फिराना और फिर लौटकर जाना है।

अनायास ही रंजू की बात याद आई कि जहाज़वालों को तो शादी करनी ही नहीं चाहिए। यहाँ रात-दिन मशीनों से सिर फोड़ो, पैसा मिले, तो घरवालों की हाज़िरी में भेज दो। भैया, हम अच्छे हैं, जिस घाट उतरे, तफरी कर ली...। न किसी का देना, न लेना। तब उसकी आँखों के आगे माला और बच्चे तैर जाते थे।

वह तौलिया लेकर नहाने चला गया।

आज पिशी माँ का भाँजा आनेवाला है अपने चाचा के साथ। राखाल के मना करने पर भी माला ने बुला ही लिया। साथ में दादा से भी कह दिया कि वह भी आ जाएँ।

दादा चार बजे ही आ धमके। कलफ लगा कुरता और चुन्नटदार धोती। एक जगह बैठे-बैठे ही कुछ ऐसे सक्रिय लग रहे हैं, जैसे घर के मालिक, कर्ता-धर्ता वही हों, राखाल तो मात्र आगन्तुक है। राखाल को दादा की उपस्थिति-भर ही बहुत कष्ट देती है, पर माला की जिद, "बात जम गई और पीछे कुछ भी करना हुआ, तो रो-झींककर दादा से ही तो करवाना होगा। पैसे का मामला न हो तो भाग-दौड़ थोड़ी-बहुत कर ही देंगे।"

कपूर साहब के यहाँ से बरतन, दरी, चादर और थोड़ा-बहुत टीम-टाम का सामान लाकर माला ने भरसक कमरे को ठीक कर दिया। माला के मन में उत्साह है। राखाल ने काम में मदद जरूर की, पर बड़े बे-मन से।

पता नहीं रीना को पता भी है या नहीं? ज़रूर होगा। इन बातों की गन्ध पाने के लिए लड़कियों के पास छठी इंद्रिय होती है। कैसा लग रहा होगा उसे? रीना ने राखाल और अपने बीच संकोच की एक दीवार खड़ी कर ली है, वरना वह खुद ही पूछ लेता।

लड़का आया—गहरा साँवला रंग और चेचक के दाग। राखाल का रहा-सहा उत्साह भी जाता रहा। राखाल ने वैसे तय कर लिया था कि इन लोगों के आने के बाद वह दादा को इतना मुखर नहीं रहने देगा। घर के मालिक की हैसियत

से वही सारी बातचीत करेगा। पर लड़के की सूरत देखकर यह निर्णय अपने-आप पिघल गया।

दादा बात भी कर रहे हैं और धोती का छोर उठाकर ऊपर-नीचे आ-जा भी रहे हैं।

"करने दो जो मर्जी आए। अन्तिम निर्णय तो मैं ही दूँगा। दादा और माला, किसी की नहीं चलने दूँगा।"

"हम तो कभी से मिलना चाह रहे थे, पर आपके लौटने का इंतज़ार था।" चाचा ने कहा, तो राखाल को थोड़ा सन्तोष हुआ। पहली बार होंठों पर मुस्कुराहट आई। चलो, कम-से-कम यह तो मालूम हुआ कि घर का मालिक मैं हूँ।

फिर इधर-उधर की बातचीत चलने लगी। चाचा ने पूछा, "अच्छा, राखाल बाबू, आप तो बहुत देश-विदेश घूमते हैं, अपने देश जैसी संस्कृति कहीं देखने को मिलती है?" राखाल को लगा, चाचाजी उसके विदेश घूमने से काफी प्रभावित हैं।

वह कुछ कहता, उसके पहले ही दादा बोले, "अरे नहीं, गांगुली बाबू, जमाई बाबू का काम तो जहाज़ का है। देश-विदेश कहाँ घूम पाते हैं, बेचारे! जहाज़ पर ही तो रहना पड़ता है। फिर भी कुछ मालूम हो तो बोलो जमाई बाबू, अपने देश जैसी संस्कृति कहीं देखी?"

राखाल भीतर-ही-भीतर भुन गया—जहाज़ पर नौकरी नहीं करते, कहो, जहाज़ में पाखाना साफ करते हैं! कमीना कहीं का! इस माला को मना कर दो, फिर भी मरेगी इस दादा के पीछे! आज वह माला की अच्छी तरह ख़बर लेगा।

बात संस्कृति से नौकरी पर आ गई और लगे हाथ ही बेकारी की समस्या और सरकार की धुनाई भी हो गई।

ऐसे संकट के दिनों में भी अपने भतीजे को फैक्टरी में नौकरी दिलवा देने की सफलता पर अपार गर्व महसूस करते हुए गांगुली बाबू रसगुल्ले पर रसगुल्ले खाते रहे। 'लड़कीवाले भले ही हों, पर खाने में बराबरी के ही उतरेंगे' के भाव से दादा मुकाबला करते रहे।

"खाए जा कम्बख्त, मुफ्त का माल है! अपने घर तो संदेश देकर छुट्टी कर दी!"

उन लोगों के जाते ही खुलकर राखाल ने घोषणा कर दी, "यह लड़का बिलकुल नहीं चलेगा। पिशी माँ से कह देना, बात ख़त्म कर दे," अपने स्वर की दृढ़ता पर राखाल स्वयं विस्मित था।

"जमाई बाबू, ऐसा लड़का आपको मिलेगा नहीं। लड़कों का भी कोई रंग-रूप देखा जाता है! रंग का है भी क्या—गोरा या काला। बाकी नौकरी करता है, बी.ए.

की पढ़ाई कर रहा है। परिवार का खटराग नहीं, रीना अकेली राज करेगी। सबसे बड़ी बात लेने-देने का झमेला नहीं, दहेज दिया जाएगा आपसे?''

''मैंने कहा न कि यह सम्बन्ध नहीं होगा। मुझसे क्या होगा, क्या नहीं, यह मैं समझ लूँगा। कोई चेहरा है लड़के का?''

राखाल के इस रूप से माला स्तब्ध। दादा भुनभुनाकर चले गए, ''आप तो बाहर रहते हैं, यहाँ बीवी-बच्चे हमारे नाम को झींकते रहते हैं। आज के ज़माने में अपना घर चलाना ही मुश्किल, किस-किसका करते फिरो!''

''और बुलाओ दादा को! मेरा अपमान कर गए खूब अच्छी तरह, अब तो कलेजा ठंडा हो गया? जैसा भाई, वैसी बहन!''

माला रो पड़ी।

माला को यों ही रोता छोड़कर राखाल बाहर निकल गया। सामने ही कोनेवाले स्टाल से पान लगवाकर खाया और डंडी से चूना चूसता हुआ पार्क में टहलने लगा।

परम संतुष्ट-सा वह घर पहुँचा...

कपूर साहब का सामान जा चुका था और कमरा बड़ा उखड़ा-उखड़ा लग रहा था। माला नीचे रसोई में थी और बच्चे बाहर।

लड़के को ना-पास करके ही उसे लग रहा था, जैसे घर में उसने अपने को पूरी तरह पास कर लिया है। गांगुली मोशाय और दादा के साथ-ही-साथ उसके अपने मन की खिन्नता और जड़ता भी चलती गई। एक नया आत्मविश्वास जागा।

'यह मेरा घर है, इसमें मेरी इच्छा के खिलाफ कुछ नहीं हो सकता।'

राखाल ने सबका कार्यक्रम ठीक कर लिया।

सवेरे रीना उसके सिर में तेल डालकर आधा घंटे तक चम्पी करती। बच्चू अंग्रेज़ी की स्पेलिंग याद करता और सवाल करता।

अब सब्ज़ी गौरी या पिशी माँ नहीं लाती, राखाल खुद बाज़ार करने जाता। हफ़्ते में एक दिन मछली भी लाता।

छोटू का लिवर बढ़ा हुआ था, तो खुद उसे अस्पताल ले गया। उसे नहीं पसन्द कि हर बात में दूसरों का अहसान लिया जाए।

शाम को बच्चू खड़े होकर उसके पैर दबाता और साथ ही पहाड़े भी याद करता। खाने के बाद बच्चों को वह पढ़ाने बैठ जाता।

मशीनों के बीच रहते समय उसे कभी याद नहीं रहता कि वह बी.एस-सी.

है। उसकी अपनी ज़िन्दगी तो बरबाद हो गई, पर वह चाहता है कि कम-से-कम बच्चों की ज़िंदगी तो बना दे।

उसे आज भी याद है कि जब वह कलकत्ते में ही नौकरी करता था और रीना हुई थी, तो माला की एक आकांक्षा थी कि वह अपनी बिटिया को डॉक्टर बनाएगी...और अब?

रविवार की शाम को माला और बच्चों को लेकर घूमने जाता। उस समय शंकर या कपूर साहब दिख जाते तो वह दो मिनट ठहरकर ज़रूर उनसे कुछ बात करता, फिर बड़ी लापरवाही से कहता, ''ज़रा बच्चों को घुमा लाऊँ। अक्तूबर समाप्त हो रहा है, पर अब भी गर्मी ख़त्म नहीं हुई! शाम को घर में घुटन हो जाती है।''

पहली तारीख़ को आफ़िस जाकर तनख़्वाह ले आया। माला को हर महीने की तरह रुपए दिए और पचास रुपए अपने पास रख लिए।

''लाओ, इस बार तो ये रुपए मुझे दे दो, तुम क्या करोगे? न हो तो शंकर को दे दो।''

माला हमेशा उसे ख़र्चा करने के लिए टोकती रहती, पर वह हमेशा झिड़क देता। इस बार भी उसने इनकार कर दिया, ''नहीं कुछ रुपया मेरे पास चाहिए। बच्चों को घुमाना-फिराना, खिलाना-पिलाना तो है, वे बेचारे क्या जानेंगे कि उनका बाबा आया है।''

पैसे के मामले में वह माला पर क़तई निर्भर नहीं रहना चाहता, बल्कि चाहता है माला उस पर निर्भर करे।

धीरे-धीरे राखाल की छुट्टियाँ और पास के रुपए समाप्त होने आए। राखाल ने छोटू का नाम भी रजिस्टर करवा दिया। जनवरी से वह भी स्कूल जाने लगे।

सरकारी स्कूल में फीस ज़्यादा नहीं लगती, पर कापी-किताब, पैंसिल आदि के खर्चे की ही माला को चिन्ता है। राखाल ने समझा दिया, ''इस बार बीस रुपए की तरक्की मिलेगी, वह सब तुम्हारे पास भेज दिया करूँगा, तुम बच्चों को ठीक से पढ़ने दो।

''और देख रीना, माँ स्कूल छुड़वाए, तो छोड़ना मत। मुझे लिख देना। तू मुझे बराबर चिट्ठी लिखा कर, सारे हाल-चाल, समझी!

''बच्चू बेटा, मेरे पीछे मन लगाकर पढ़ना। अच्छे नम्बरों से पास होओगे तो इनाम भेजूँगा। बच्चू तो मेरा राजा-बेटा है।

''छोटू बाबा, इस बार लौटकर आऊँ तो भूलना मत। हम आए, तो छोटू बाबू

हमको पहचानते नहीं, हमारे पास आते नहीं, और अब हम नहाने जाएँ तो बाहर खड़े होकर रोते हैं। अब तो नहीं भूलोगे न बेटे? हमारी तस्वीर के सामने खड़े होकर बातें किया करना।''

और राखाल भर्राए गले से हँस दिया।

उसके बाद खाना बनाती माला की ओर नज़र गई, तो समझ में नहीं आया कि क्या कहे? केवल इतना ही कह पाया, ''देखो, तुम हर बात की सूचना ज़रूर देना। यह ठीक है कि मैं दूर रहकर कुछ नहीं कर सकता, पर कम-से-कम जान तो सकता हूँ।''

उसके बाद बड़ा बोझिल-सा मौन वहाँ पर छा गया।

तीन दिन बाद वह चला जाएगा और माला अभी से उदास रहने लगी है। उसका अपना मन जैसे कहीं से डूबने लगा है।

रात में माला उससे सटकर सो रही है, ''इतना खर्चा यहाँ न करते और शंकर के बचे हुए दो सौ रुपए चुका देते तो अच्छा होता। पहले तो यही कहकर टालती रही कि तुम आओगे तो दे दूँगी...अब कौन-सा बहाना बनाऊँगी!''

राखाल इस समय यह बात नहीं करना चाहता। फिर भी माला को तसल्ली देने के लिए कह दिया, ''मैं जाते ही रुपए भेज दूँगा।''

कल उसे अपनी जाइनिंग रिपोर्ट देनी है और परसों सवेरे दस बजे जहाज़ खुलेगा। आज कुछ और भी तो किया जा सकता है।

दूसरे दिन ऑफिस से लौटकर वह शंकर से मिल लिया। दादा के यहाँ अब वह नहीं जाएगा। कपूर साहब से वह शाम को मिल आएगा।

आज आखिरी शाम है। खाना साथ लेकर सारा परिवार लेक्स पर जा बैठा। खाने में वही मछली का झोल और भात। सब चुप-चुप बैठे हैं। बच्चू मछली पर वैसे ही टूट पड़ रहा है। सिर्फ छोटू इस समय माला की गोद में नहीं, राखाल की अपनी गोद में है।

शाम का अँधेरा उसके मन पर उतरता आ रहा है। माला की आँखें इस बात की गवाह हैं कि दिन में वह कई बार रो चुकी है।

दूसरे दिन राखाल सबको लेकर आठ बजे ही जहाज़ पर पहुँच गया। उसने अपनी हाज़िरी लगवा दी। तीन साथियों में से केवल रंजू इस बार साथ है, दो किसी और जहाज़ में चले गए।

वर्दी पहनकर वह फिर बच्चों और माला के पास आ खड़ा हुआ। रीना

चुपचाप रो रही है। माला रोने के साथ-साथ उसे याद दिला देती है, "शंकर के रुपए जैसे भी हो, भेज देना।"

और राखाल की आँखों के सामने बहुत दिनों बाद जैसे शंकर के होंठों और दाँतों का रंग एकाएक कौंध गया।

छोटू उसकी गोद में ही लदा हुआ है। वह बार-बार उसे प्यार कर लेता है।

जहाज़ खुलने का समय क़रीब आ रहा है। राखाल ने छोटू को माला की गोद में दिया, तो वह मचल पड़ा। दोनों हाथ बढ़ा-बढ़ाकर और पैर पछाड़कर वह रो रहा है, "बाबा के पास जाऊँगा।"

माला ने गले में आँचल डालकर राखाल के पैर छुए, तो राखाल भी जैसे अपने को नहीं सँभाल सका। छोटू के गाल पर प्यार करके और रीना, बच्चू के सिर पर हाथ फेरकर राखाल मुड़ गया।

हिचकियों के बीच माला के शब्द सुनाई दे रहे थे, "अपना खयाल रखना...चिट्ठी जल्दी-जल्दी भेजना...शंकर के रुपए जाते ही भेजना...इस बार तीन साल मत लगाना..."

जहाज़ छूट गया। दहाड़ मारती लहरों की आवाज़ और आस-पास के सारे शोर-शराबे के बीच भी उसे पछाड़ खाते हुए छोटू के रोने की आवाज़ सुनाई दे रही है। किनारा धीरे-धीरे दूर होता जा रहा है। किनारे की आकृतियाँ धुँधली होती जा रही हैं। पर उसकी आँखों के सामने चारों प्राणी ज्यों-के-त्यों खड़े हैं।

अब किनारा बिलकुल नहीं दिखाई दे रहा है। दिखाई दे रहा है लैंसडाउन का घर।

माला ने गद्दे उठाकर दोनों बक्से निकाल दिए होंगे। बक्से दब जाने से उसे बड़ी असुविधा होती थी, पर वह जैसे-तैसे चला ही रही थी, शायद इसी दिन की प्रतीक्षा में। टेबल-फैन और स्टूल वापस शंकर के गराज में चला गया होगा।

शंकर सारा अपनापन दिखाकर माला को तसल्ली दे रहा होगा—'रोती क्यों हो बोउ दी! मैं तो हूँ।'

कपूर साहब के बरामदे में से उनकी लड़की पम्मी चिल्लाकर कह रही होगी—'माशी माँ, डॉक्टर बाबू के पास जाना हो तो तैयार रहिए, पापा दस बजे निकलेंगे।'

पिशी माँ घर का छोटा-मोटा सामान लाते-लाते रीना के लिए फिर कोई लड़का खोज लाएगी। कौन जाने फिर वही लड़का आ जाए! सभी तो उसके पक्ष में थे।

एकाएक उसे लगने लगा, शायद वह एक बहुत ही नकली-से माहौल में रहकर लौटा है।

शायद माला कई बातों में केवल उसके डर के मारे ही चुप रही है। बच्चू मन मारकर पढ़ने बैठता था। अब वह पहले की तरह निश्चिंत होकर, बस्ता कोने में पटक, शंकर के गराज या फुटपाथों पर खेलता फिरेगा। रीना घर के काम से छुट्टी पाते ही कपूर साहब के बरामदे में खड़ी होकर बतियाया करेगी। छोटू शंकर के कन्धे पर टँगकर उसके सिर पर तबला बजाया करेगा।

बच्चे खेल-खेल में तस्वीर का शीशा न फोड़ दें, इस डर से माला उसकी तस्वीर को फिर आलमारी में बन्द कर देगी। और छोटू के मन में उसकी याद बहुत धुँधली हो जाएगी।

"अब नीचे भी चलोगे या यहीं टँगे रहोगे?" पूरे हाथ का धौल जमाकर रंजू हँस रहा था।

राखाल नीचे उतर आया। मशीनों के बीच पहुँच उसे एक अजीब-सी राहत मिली। वही परिचित गन्ध, वे ही चिर-परिचित मशीनें। लगा, जैसे अपनी असली जगह आ गया।

"यार, तुम जैसे लोगों को बहुत घुलना-मिलना नहीं चाहिए बीवी-बच्चों में। इतनी शिक्षा देता है यह गुरु, तुम लोग फिर भी सीखते नहीं हो। बेटा, अपनी ज़िन्दगी तो इन मशीनों के साथ बँधी है, समझे! इनको तेल पिलाओ और चलाओ।"

और फिर उसके हाथ में तेल की कुप्पी थमाते हुए बोला, "इधर के हिस्से की ऑइलिंग तो कर बे ज़रा लपक के।"

राखाल ने कुप्पी ली और मशीन के सामने खड़े होकर कुप्पी की नोक छेदों में लगाकर पूरे मनोयोग से तेल डालने लगा।

त्रिशंकु

'घर की चहारदीवारी आदमी को सुरक्षा देती है पर साथ ही उसे एक सीमा में बाँधती भी है। स्कूल-कॉलेज जहाँ व्यक्ति के मस्तिष्क का विकास करते हैं, वहीं नियम-कायदे और अनुशासन के नाम पर उसके व्यक्तित्व को कुंठित भी करते हैं...बात यह है बंधु, कि हर बात का विरोध उसके भीतर ही रहता है।'

ये सब मैं किसी किताब के उदाहरण नहीं पेश कर रही। ऐसी भारी-भरकम किताबें पढ़ने का तो मेरा बूता ही नहीं। ये तो उन बातों और बहसों के टुकड़े हैं जो रात-दिन हमारे घर में हुआ करती हैं। हमारा घर यानी बुद्धिजीवियों का अखाड़ा। यहाँ सिगरेट के धुएँ और काफी के प्यालों के बीच बातों के बड़े-बड़े तूमार बाँधे जाते हैं...बड़ी-बड़ी शाब्दिक क्रांतियाँ की जाती हैं। इस घर में काम कम और बातें ज़्यादा होती हैं। मैंने कहीं पढ़ा तो नहीं, पर अपने घर से यह लगता ज़रूर है कि बुद्धिजीवियों के लिए काम करना शायद वर्जित है। मातुश्री अपनी तीन घंटे की तफरीहनुमा नौकरी बजाने के बाद मुक्त। थोड़ा-बहुत पढ़ने-लिखने के बाद जो समय बचता है वह या तो बात-बहस में जाता है या फिर लेट लगाने में। उनका ख़याल है कि शरीर के निष्क्रिय होते ही मन-मस्तिष्क सक्रिय हो उठते हैं और वे दिन के चौबीस घंटों में से बारह घंटे अपना मन-मस्तिष्क ही सक्रिय बनाए रखती हैं। पिताश्री और भी दो क़दम आगे! उनका बस चले तो वे नहाएँ भी अपनी मेज पर ही।

जिस बात की हमारे यहाँ सबसे अधिक कताई होती है, वह है—आधुनिकता! पर ज़रा ठहरिए, आप आधुनिकता का ग़लत अर्थ मत लगाइए। यह बाल कटाने और छुरी-काँटे से खानेवाली आधुनिकता क़तई नहीं है। यह है ठेठ बुद्धिजीवियों की आधुनिकता! यह क्या होती है सो तो ठीक-ठीक मैं भी नहीं जानती—पर हाँ, इसमें लीक छोड़ने की बात बहुत सुनाई देती है। आप लीक को दुलत्ती झाड़ते आइए, सिर-आँखों पर—लीक से चिपककर आइए, दुलत्ती खाइए।

बहसों में यों तो दुनिया-जहान के विषय पीसे जाते हैं पर एक विषय शायद

सब लोगों का बहुत प्रिय है और वह है शादी। शादी यानी बर्बादी। हलके-फुलके ढंग से शुरू हुई बात एकदम बौद्धिक स्तर पर चली जाती है—विवाह-संस्था एकदम खोखली हो चुकी है...पति-पत्नी का सम्बन्ध बड़ा नकली और ऊपर से थोपा हुआ है...और फिर धुआँधार ढंग से विवाह की धज्जियाँ उड़ाई जाती हैं। इस बहस में अक्सर स्त्रियाँ एक तरफ़ हो जातीं और पुरुष एक तरफ़ और बहस का माहौल कुछ ऐसा गरम हो जाया करता कि मुझे पूरा विश्वास हो जाता कि अब ज़रूर एक-दो लोग तलाक दे बैठेंगे। पर मैंने देखा कि ऐसा कोई हादसा कभी हुआ नहीं। सारे ही मित्र लोग अपने-अपने ब्याह को खूब अच्छी तरह तह-समेटकर, उस पर जमकर आसन मारे बैठे हैं। हाँ, बहस की रफ़्तार और टोन आज भी वही है।

अब सोचिए, ब्याह को कोसेंगे तो फ्री-लव और फ्री-सेक्स को तो पोसना ही पड़ेगा। इसमें पुरुष लोग उछल-उछलकर आगे रहते—कुछ इस भाव से मानो बात करते ही इनका आधा सुख तो वे ले ही लेंगे। पापा खुद बड़े समर्थक! पर हुआ यों कि घर में हमेशा चुप-चुप रहनेवाली दूर-दराज की एक दिदिया ने बिना कभी इन बहसों में भाग लिये ही इस पर पूरी तरह अमल कर डाला तो पाया कि सारी आधुनिकता अड़ड़ड़धम! वह तो फिर ममी ने बड़े सहज ढंग से सारी बात को सँभाला और निरर्थक विवाह के बंधन में बाँधकर दिदिया का जीवन सार्थक किया। हालाँकि यह बात बहुत पुरानी है और मैंने तो बड़ी दबी-ढकी ज़बान से इसका ज़िक्र ही सुना है।

वैसे पापा-ममी का भी प्रेम-विवाह हुआ था। यों यह बात बिलकुल दूसरी है कि होश सँभालने के बाद मैंने उन्हें प्रेम करते नहीं केवल बहस करते ही देखा है। विवाह के पहले अपने इस निर्णय पर ममी को नाना से भी बहुत बहस करनी पड़ी थी और बहस का यह दौर बहुत लम्बा भी चला था शायद। इसके बावजूद यह बहस-विवाह नहीं, प्रेम-विवाह ही है, जिसका जिक्र ममी बड़े गर्व से किया करती हैं। गर्व, विवाह को लेकर नहीं, पर इस बात को लेकर है कि किस प्रकार उन्होंने नाना से मोर्चा लिया। अपने और नाना के बीच हुए संवादों को वे इतनी बार दोहरा चुकी हैं कि मुझे वे कंठस्थ से हो गए हैं। आज भी जब वे उसकी चर्चा करती हैं तो लीक से हटकर कुछ करने का सन्तोष उनके चेहरे पर झलक उठता है।

बस, ऐसे ही घर में मैं पल रही हूँ—बड़े मुक्त और स्वच्छंद ढंग से। और पलते-पलते एक दिन अचानक बड़ी हो गई। बड़े होने का यह अहसास मेरे अपने भीतर से इतना नहीं फूटा, जितना बाहर से। इसके साथ भी एक दिलचस्प घटना

जुड़ी हुई है। हुआ यों कि घर के ठीक सामने एक बरसाती है—एक कमरा और उसके सामने फैली छत! उसमें हर साल दो-तीन विद्यार्थी आकर रहते...छत पर घूम-घूमकर पढ़ते, पर कभी ध्यान ही नहीं गया। शायद ध्यान जाने जैसी मेरी उम्र ही नहीं थी। इस बार देखा, वहाँ दो लड़के आए हैं। थे तो वे दो ही, पर शाम तक उनके मित्रों का एक अच्छा-खासा जमघट हो जाता और सारी छत ही नहीं, सारा मोहल्ला तक गुलज़ार! हँसी-मज़ाक, गाना-बजाना और आस-पास की जो भी लड़कियाँ उनकी नज़र के दायरे में आ जातीं, उन पर चुटीली फब्तियाँ। पर उनकी नज़रों का असली केंद्र हमारा घर...और स्पष्ट कहूँ तो मैं ही थी। बरामदे में निकलकर मैं कुछ भी करूँ, उधर से एक न एक रिमार्क हवा में उछलता हुआ टपकता और मैं भीतर तक थरथरा उठती। मुझे पहली बार लगा कि मैं हूँ...और केवल हूँ ही नहीं...किसी के आकर्षण का केंद्र हूँ। ईमानदारी से कहूँ तो अपने होने का यह पहला अहसास बड़ा रोमांचक लगा और अपनी ही नज़रों में मैं नई हो उठी...नई और बड़ी!

अजीब-सी स्थिति थी। जब वे फब्तियाँ कसते तो मैं गुस्से से भन्ना जाती—हालाँकि उनकी फ़ब्तियों में अशिष्टता कहीं नहीं थी...थी तो केवल मन को सहलानेवाली एक चुहल। पर जब वे नहीं होते या होकर भी आपस में ही मशगूल रहते तो मैं प्रतीक्षा करती रहती...एक अनाम-सी बेचैनी भीतर-ही-भीतर कसमसाती रहती। आलम यह है कि हर हालत में ध्यान वहीं अटका रहता और मैं कमरा छोड़कर बरामदे में ही टँगी रहती।

पर इन लड़कों के इस हल्ले-गुल्लेवाले व्यवहार ने मोहल्लेवालों की नींद ज़रूर हराम कर दी। हमारा मोहल्ला यानी हाथरस-खुरजा के लालाओं की बस्ती। जिनके घरों में किशोरी लड़कियाँ थीं वे बाँहें चढ़ा-चढ़ाकर दाँत और लात तोड़ने की धमकियाँ दे रहे थे क्योंकि सबको अपनी लड़कियों का भविष्य खतरे में जो दिखाई दे रहा था। मोहल्ले में इतनी सरगर्मी और मेरे ममी-पापा को कुछ पता ही नहीं। बात असल में यह है कि इन लोगों ने अपनी स्थिति एक द्वीप जैसी बना रखी है। सबके बीच रहकर भी सबसे अलग।

एक दिन मैंने ममी से कहा, "ममी, ये जो सामने लड़के आए हैं, जब देखो मुझ पर रिमार्क पास करते हैं। मैं चुपचाप नहीं सुनूँगी, मैं भी यहाँ से जवाब दूँगी।"

"कौन लड़के?" ममी ने आश्चर्य से पूछा।

कमाल है, ममी को कुछ पता ही नहीं। मैंने कुछ खीज और कुछ पुलक के मिले-जुले स्वर में सारी बात बताई। पर ममी पर कोई विशेष प्रतिक्रिया ही नहीं हुई।

"बताना कौन हैं ये लड़के..." बड़े ठंडे लहजे में उन्होंने कहा और फिर पढ़ने लगीं। अपना छेड़ा जाना मुझे जितना सनसनीखेज लग रहा था, उस पर माँ की ऐसी उदासीनता मुझे अच्छी नहीं लगी। कोई और माँ होती तो फेंटा कसकर निकल जाती और उनकी सात पुश्तों को तार देती। पर माँ पर जैसे कोई असर ही नहीं।

दोपहर ढले लड़कों की मज़लिस छत पर जमी तो मैंने ममी को बताया :

"देखो, ये लड़के हैं जो सारे समय इधर देखते रहते हैं और मैं कुछ भी करूँ उस पर फब्तियाँ कसते हैं।" पता नहीं मेरे कहने में ऐसा क्या था कि माँ एकटक मेरी ओर देखती रहीं, फिर धीरे से मुस्कराईं। थोड़ी देर तक छतवाले लड़कों का मुआयना करने के बाद बोलीं :

"कॉलेज के लड़के मालूम होते हैं, पर ये तो एकदम बच्चे हैं!"

मन हुआ, कहूँ कि मुझे बच्चे नहीं तो क्या बूढ़े छेड़ेंगे? पर तभी ममी बोलीं, "कल शाम को इन लोगों को चाय पर बुला लेते हैं और तुमसे दोस्ती करवा देते हैं।"

मैं तो अवाक्!

"तुम इन्हें चाय पर बुलाओगी?" मुझे जैसे ममी की बात पर विश्वास ही नहीं हो रहा था।

"हाँ; क्यों, क्या हुआ? अरे, यह तो हमारे ज़माने में होता था कि मिल तो सकते नहीं, बस, दूर से ही फ़ब्तियाँ कस-कसकर तसल्ली करो। अब तो ज़माना बदल गया।"

मैं तो इस विचार-मात्र से ही पुलकित। लगा, माँ सचमुच कोई ऊँची चीज़ हैं। ये लोग हमारे घर आएँगे और मुझसे दोस्ती करेंगे। एकाएक मुझे लगने लगा कि मैं बहुत अकेली हूँ और मुझे किसी की दोस्ती की सख्त आवश्यकता है। इस मोहल्ले में मेरा किसी से विशेष मेल-जोल नहीं और घर में केवल ममी-पापा के दोस्त ही आते हैं।

दूसरा दिन मेरा बहुत ही संशय में बीता। पता नहीं ममी अपनी बात पूरी भी करती हैं या यों ही रौ में कह गईं और बात ख़त्म! शाम को मैंने याद दिलाने के लिए ही कहा :

"ममी, तुम सचमुच ही उन लड़कों को बुलाने जाओगी?" शब्द मेरे यही थे, वरना भाव तो था कि ममी जाओ न—प्लीज़!

और ममी सचमुच ही चली गईं। मुझे याद नहीं, ममी दो-चार बार से अधिक मोहल्ले में किसी के घर गई हों। मैं साँस रोककर उनके लौटने की प्रतीक्षा करती

रही। एक विचित्र-सी थिरकन मैं अंग-प्रत्यंग में महसूस कर रही थी। कहीं ममी साथ ही लेती आईं तो? कहीं वे ममी से बदतमीजी से पेश आए तो? पर नहीं, वे ऐसे लगते तो नहीं हैं। कोई घंटे-भर बाद ममी लौटीं। बेहद प्रसन्न!

"मुझे देखते ही उनकी तो सिट्टी-पिट्टी ही गुम हो गई। उन्हें लगा, अभी तक तो लोग अपने-अपने घरों से ही उनके लात-दाँत तोड़ने की धमकी दे रहे थे, मैं जैसे सीधे घर ही पहुँच गई उनकी हड्डी-पसली एक करने। पर फिर तो इतनी ख़ातिर की बेचारों ने कि बस! बड़े ही स्वीट बच्चे हैं। बाहर से आए हैं—हॉस्टल में जगह नहीं मिली इसलिए कमरा लेकर रह रहे हैं। शाम को जब पापा आएँगे तब बुलवा लेंगे!"

प्रतीक्षा में समय इतना बोझिल हो जाता है, यह भी मेरा पहला अनुभव था। पापा आए तो ममी ने बड़े उमगकर सारी बात बताई। सबसे कुछ अलग करने का सन्तोष और गर्व उनके हर शब्द में से जैसे छलका पड़ रहा था। पापा ही कौन पीछे रहनेवाले थे। उन्होंने सुना तो वे भी प्रसन्न।

"बुलाओ लड़कों को! अरे खेलने-खाने दो और मस्ती मारने दो बच्चों को।" ममी-पापा को अपनी आधुनिकता तुष्ट करने का एक जोरदार अवसर मिल रहा था।

नौकर को भेजकर उन्हें बुलवाया गया तो अगले ही क्षण सब हाज़िर! ममी ने बड़े क़ायदे से परिचय करवाया और 'हलो—हाऽई' का आदान-प्रदान हुआ।

"तनु बेटे, अपने दोस्तों के लिए चाय बनाओ!"

धत्तेरे की! ममी के दोस्त आएँ तब भी तनु बेटा चाय बनाए और उसके दोस्त आएँ तब भी! पर मन मारकर उठी।

चाय-पानी होता रहा। खूब हँसी-मज़ाक भी चली। वे सफ़ाई पेश करते रहे कि मोहल्लेवाले झूठ-मूठ ही उनके पीछे पड़े रहते हैं...वे तो ऐसा कुछ भी नहीं करते। 'जस्ट फार फन' कुछ कर दिया वरना इस सबका कोई मतलब नहीं।

पापा ने बढ़ावा देते हुए कहा, "अरे, इस उमर में तो यह सब करना ही चाहिए। हमें मौका मिले तो आज भी करने से बाज न आएँ।"

हँसी की एक लहर यहाँ से वहाँ तक दौड़ गई। कोई दो घंटे बाद वे चलने लगे तो ममी ने कहा, "देखो, इसे अपना ही घर समझो। जब इच्छा हो, चले आया करो। हमारी तनु बिटिया को अच्छी कम्पनी मिल जाएगी...कभी तुम लोगों से कुछ पढ़ भी लिया करेगी और देखो, कुछ खाने-पीने का मन हुआ करे तो बता दिया करना, तुम्हारे लिए बनवा दिया करूँगी..." और वे लोग पापा के खुलेपन और ममी की आत्मीयता और स्नेह पर मुग्ध होते हुए चले गए। बस, जिससे दोस्ती

करवाने के लिए उन्हें बुलाया गया था, वह बेचारी इस तमाशे की मात्र दर्शक-भर ही बनी रहीं।

उनके जाने के बाद बड़ी देर तक उनको लेकर ही चर्चा होती रही। अपने घर की किशोरी लड़की को छेड़नेवाले लड़कों को घर बुलाकर चाय पिलाई जाए और लड़की से दोस्ती करवाई जाए, यह सारी बात ही बड़ी थ्रिलिंग और रोमांचक लग रही थी। दूसरे दिन से ममी हर आनेवाले से इस घटना का उल्लेख करतीं। वर्णन करने में पटु ममी नीरस बात को भी ऐसा दिलचस्प बना देती हैं, फिर यह तो बात ही बड़ी दिलचस्प थी। जो सुनता वही कहता—वाह, यह हुई न कुछ बात! आपका बड़ा स्वस्थ दृष्टिकोण है चीज़ों के प्रति, वरना लोग बातें तो बड़ी-बड़ी करेंगे पर बच्चों को घोटकर रखेंगे और ज़रा-सा शक-शुबह हो जाए तो बाकायदा जासूसी करेंगे। और ममी इस प्रशंसा से निहाल होती हुई कहती—'और नहीं तो क्या? मुक्त रहो और बच्चों को मुक्त रखो। हम लोगों को बचपन में 'यह मत करो...यहाँ मत जाओ' कह-कहकर कितना बाँधा गया था! हमारे बच्चे तो कम-से-कम इस घुटन के शिकार न हों!'

पर ममी का बच्चा उस समय एक दूसरी ही घुटन का शिकार हो रहा था और वह यह कि जिस नाटक की हीरोइन उसे बनना था, उसकी हीरोइन ममी बन बैठीं।

ख़ैर, इस सारी घटना का परिणाम यह हुआ कि उन लड़कों का व्यवहार एकदम ही बदल गया। जिस शराफ़त को ममी ने उन पर लाद दिया, उसके अनुरूप व्यवहार करना उनकी मजबूरी बन गया। अब जब भी वे अपनी छत पर ममी-पापा को देखते तो अदब में लपेटकर एक नमस्कार और मुझे देखते तो मुस्कान में लपेटकर एक 'हाऽइ' उछाल देते। फ़ब्तियों की जगह बाकायदा हमारा वार्तालाप शुरू हो गया...बड़ा खुला और बेझिझक वार्तालाप। हमारे बरामदे और छत में इतना ही फासला था कि जोर से बोलने पर बातचीत की जा सकती थी। हाँ, यह बात ज़रूर थी कि हमारी बातचीत सारा मोहल्ला सुनता था और काफ़ी दिलचस्पी से सुनता था। जैसे ही हम लोग चालू होते, पास-पड़ोस की खिड़कियों में चार-छह सिर और धड़ आकर चिपक जाते। मोहल्ले में लड़कियों के प्रेम-प्रसंग न हो, ऐसी बात तो थी नहीं, बाकायदा लड़कियों के भागने तक की घटनाएँ घट चुकी थीं। पर वह सब कुछ बड़े गुप्त और छिपे ढंग से होता था। और मोहल्लेवाले जब अपनी पैनी नज़रों से ऐसे किसी रहस्य को जान लेते थे तो बड़ा सन्तोष उन्हें होता था। पुरुष मूँछों पर ताव देकर और स्त्रियाँ हाथ नचा-नचाकर, खूब नमक-मिर्च लगाकर इन घटनाओं का यहाँ से वहाँ तक प्रचार करतीं। कुछ इस

भाव से कि अरे, हमने दुनिया देखी है...हमारी आँखों में कोई धूल नहीं झोंक सकता है। पर यहाँ स्थिति ही उलट गई थी। हमारा वार्तालाप इतने खुलेआम होता था कि लोगों को खिड़कियों की ओट में छिप-छिपकर देखना-सुनना पड़ता था और सुनकर भी ऐसा कुछ उनके हाथ नहीं लगता था जिससे वे कुछ आत्मिक सन्तोष पाते।

पर बात को बढ़ना था और बात बढ़ी। हुआ यह कि धीरे-धीरे छत की मजलिस मेरे अपने कमरे में जमने लगी। रोज़ ही कभी दो, तो कभी तीन या चार लड़के आकर जम जाते और दुनिया-भर के हँसी-मज़ाक और गपशप का दौर चलता। गाना-बजाना भी होता और चाय-पानी भी। शाम को ममी-पापा के मित्र आते तो इन लोगों में से कोई बैठा ही होता। शुरू में जिन लोगों ने 'मुक्त रहो और मुक्त रखो' की बड़ी प्रशंसा की थी, उन्होंने मुक्त रहने का जो रूप देखा तो उनकी आँखों में भी कुछ अजीब-सी शंकाएँ तैरने लगीं। ममी की एकाध मित्र ने दबी ज़बान में कहा भी—'तनु तो बड़ी फास्ट चल रही है।' ममी का अपना सारा उत्साह मंद पड़ गया था और लीक से हटकर कुछ करने की थ्रिल पूरी तरह झड़ चुकी थी। अब तो उन्हें इस नंगी सच्चाई को झेलना था कि उनकी निहायत ही कच्ची और नाजुक उम्र की लड़की तीन-चार लड़कों के बीच घिरी रहती है। और ममी की स्थिति यह थी कि वे न इस स्थिति को पूरी तरह स्वीकार कर पा रही थीं और न अपने ही द्वारा बड़े जोश में शुरू किए इस सिलसिले को नकार ही पा रही थीं।

आख़िर एक दिन उन्होंने मुझे अपने पास बिठाकर कहा, "तनु बेटे, ये लोग रोज़-रोज़ यहाँ आकर जम जाते हैं। आखिर तुमको पढ़ना-लिखना भी तो है। मैं तो देख रही हूँ कि इस दोस्ती के चक्कर में तेरी पढ़ाई-लिखाई सब चौपट हुई जा रही है। इस तरह तो यह सब चलेगा नहीं।"

"रात को पढ़ती तो हूँ!" लापरवाही से मैंने कहा।

"खाक पढ़ती है रात को, समय ही कितना मिलता है? और फिर यह रोज़-रोज़ की धमा-चौकड़ी मुझे वैसे भी पसन्द नहीं। ठीक है, चार-छह दिन में कभी आ गए, गपशप कर ली, पर यहाँ तो एक न एक रोज़ ही डटा रहता है।" ममी के स्वर में आक्रोश का पुट गहराता जा रहा था।

ममी की यह टोन मुझे अच्छी नहीं लगी, पर मैं चुप।

"तू तो उनसे बहुत खुल गई है, कह दे कि वे लोग भी बैठकर पढ़ें और तुझे भी पढ़ने दें। और तुझसे न कहा जाए तो मैं कह दूँगी।"

पर किसी के भी कहने की नौबत नहीं आई। कुछ तो पढ़ाई की मार से, कुछ

दिल्ली के दूसरे आकर्षणों से खिंचकर हॉस्टलवाले लड़कों का आना कम हो गया। पर सामने के कमरे से शेखर रोज़ ही आ जाता...कभी दोपहर में, तो कभी शाम को! तीन-चार लोगों की उपस्थिति में उसकी जिस बात पर मैंने ध्यान नहीं दिया, वही बात अकेले में सबसे अधिक उजागर होकर आई। वह बोलता कम था, पर शब्दों के परे बहुत कुछ कहने की कोशिश करता था और एकाएक ही मैं उसकी अनकही भाषा समझने लगी थी...केवल समझने ही नहीं लगी थी, प्रत्युत्तर भी देने लगी थी। जल्दी ही मेरी समझ में आ गया कि शेखर और मेरे बीच प्रेम जैसी कोई चीज़ पनपने लगी है। यों तो शायद मैं समझ ही नहीं पाती पर हिन्दी फिल्में देखने के बाद इसको समझने में खास मुश्किल नहीं हुई।

जब तक मन में कहीं कुछ नहीं था, सब कुछ बड़ा खुला था पर जैसे ही 'कुछ' हुआ तो उसे औरों की नज़र से बचाने की इच्छा भी साथ ही आई। जब कभी दूसरे लड़के आते तो सीढ़ियों से ही शोर करते आते...ज़ोर-ज़ोर से बोलते। लेकिन शेखर जब भी आता, रेंगता हुआ आता और फुसफुसाकर हम बातें करते। वैसे बातें बहुत ही साधारण होती थीं...स्कूल की, कॉलेज की। पर फुसफुसाकर करने में ही वे कुछ विशेष लगती थीं। प्रेम को कुछ रहस्यमय, कुछ गुपचुप बना दो तो वह बड़ा थ्रिलिंग हो जाता है वरना तो एकदम सीधा-सपाट! पर ममी के पास घर और घरवालों के हर रहस्य को जान लेने की एक छठी इंद्रिय है जिससे पापा भी काफी त्रस्त रहते हैं...उससे उन्हें यह सब समझने में ज़रा भी देर नहीं लगी। शेखर कितना ही दब-छिपकर आता और ममी घर के किसी भी कोने में होतीं...फट् से प्रकट हो जातीं या फिर वहीं से पूछतीं—'तनु, कौन है तुम्हारे कमरे में?'

मैंने देखा कि शेखर के इस रवैये से ममी के चेहरे पर एक अजीब-सी परेशानी झलकने लगी है। पर ममी इस बात को लेकर यों परेशान हो उठेंगी, यह तो मैं सोच भी नहीं सकती थी। जिस घर में रात-दिन तरह-तरह के प्रेम-प्रसंग ही पीसे जाते रहे हों—कुँआरों के प्रेम-प्रसंग, विवाहितों के प्रेम-प्रसंग दो-तीन प्रेमियों से एक साथ चलनेवाले प्रेम-प्रसंग—उस घर के लिए तो यह बात बहुत ही मामूली होनी चाहिए। जब लड़कों से दोस्ती की है तो एकाध से प्रेम भी हो ही सकता है। ममी ने शायद समझ लिया था कि यह सारी स्थिति आजकल की कलात्मक फिल्मों की तरह चलेगी—जिनकी वे बड़ी प्रशंसक और समर्थक हैं—पर जिनमें शुरू से लेकर आखिर तक कुछ भी सनसनीखेज घटता ही नहीं।

जो भी हो, ममी की इस परेशानी ने मुझे भी कहीं विचलित ज़रूर कर दिया। ममी मेरी माँ ही नहीं, मित्र और साथिन भी हैं। दो घनिष्ठ मित्रों की तरह ही हम दुनिया-जहान की बातें करते हैं—हँसी-मज़ाक करते हैं। मैं चाहती थी कि वे इस

बारे में कोई बात करें, पर उन्होंने कोई बात नहीं की। बस, जब शेखर आता तो वे अपनी स्वभावगत लापरवाही छोड़कर बड़े सजग भाव से मेरे कमरे के इर्द-गिर्द ही मँडराती रहतीं।

एक दिन ममी के साथ बाहर जाने के लिए मैं नीचे उतरी तो दरवाज़े पर ही पड़ोस की एक भद्र महिला टकरा गई। नमस्कार और कुशलक्षेम के आदान-प्रदान के बाद वे बात के असली मुद्दे पर आईं।

"ये सामने की छतवाले लड़के आपके रिश्तेदार हैं क्या?"

"नहीं तो।"

"अच्छा? शाम को रोज़ ही आपके घर बैठे रहते हैं तो सोचा, आपके ज़रूर कोई लगते होंगे।"

"तनु के दोस्त हैं।" ममी ने कुछ ऐसी लापरवाही और निःसंकोच भाव से यह वाक्य उछाला कि बेचारी तीर निशाने पर न लगने का ग़म लिये ही लौट गई।

वह तो लौट गईं पर मुझे लगा कि इस बात का सूत्र पकड़कर ही ममी अब ज़रूर मेरी थोड़ी धुनाई कर देंगी। कहनेवाली का तो कुछ न बना पर मेरा कुछ बिगाड़ने का हथियार तो ममी के हाथ में आ ही गया। बहुत दिनों से उनके अपने मन में भी कुछ उमड़-घुमड़ तो रहा ही है पर ममी ने इतना ही कहा :

"लगता है, इनके अपने घर में कोई धंधा नहीं है...जब देखो, दूसरे के घर में चोंच गड़ाए बैठे रहते हैं।"

मैं आश्वस्त ही नहीं हुई बल्कि ममी की ओर से इसे हरा सिगनल समझकर मैंने अपनी रफ़्तार कुछ और तेज़ कर दी। पर इतना ज़रूर किया कि शेखर के साथ तीन घंटों में से एक घंटा ज़रूर पढ़ाई में गुज़ारती। वह बहुत मन लगाकर पढ़ाता और मैं बहुत मन लगाकर पढ़ती। हाँ, बीच-बीच में वह काग़ज की छोटी-छोटी पर्चियों पर कुछ ऐसी पंक्तियाँ लिखकर थमा देता कि मैं भीतर तक झनझना जाती। उसके जाने के बाद भी उन पंक्तियों के वे शब्द...शब्दों के पीछे भाव मेरी रग-रग में सनसनाते रहते और मैं उन्हीं में डूबी रहती।

मेरे भीतर अपनी ही एक दुनिया बनती चली जा रही थी—बड़ी भरी-पूरी और रंगीन। आजकल मुझे किसी की ज़रूरत ही महसूस नहीं होती। लगता जैसे मैं अपने में ही पूरी हूँ। हमेशा साथ रहनेवाली ममी भी आउट होती जा रही हैं और शायद यही कारण है कि इधर मैंने ममी पर ध्यान देना ही छोड़ दिया। रोज़मर्रा की बातें तो होती हैं, पर केवल बातें ही होती हैं—उसके परे कहीं कुछ नहीं।

दिन गुज़रते जा रहे थे मैं अपने में ही डूबी, अपनी दुनिया में और गहरे धँसती जा रही थी—बाहर की दुनिया से एक तरह से बेखबर-सी।

एक दिन स्कूल से लौटी, कपड़े बदले। शोर-शराबे के साथ खाना माँगा, मीन-मेख के साथ खाया और जब कमरे में घुसी तो ममी ने लेटे-लेटे ही बुलाया :

"तनु, इधर आओ।"

पास आई तो पहली बार ध्यान गया कि ममी का चेहरा तमतमा रहा है। मेरा माथा ठनका। उन्होंने साइड-टेबल पर से एक किताब उठाई और उसमें से काग़ज़ की पाँच-छः पर्चियाँ सामने कर दीं। 'तौबा!' ममी से कुछ पढ़ना था सो जाते समय उन्हें अपनी किताब दे गई थी। ग़लती से शेखर की लिखी पर्चियाँ उसी में रह गईं।

"तो इस तरह चल रही है शेखर और तुम्हारी दोस्ती? यही पढ़ाई होती है यहाँ बैठकर...यही सब करने के लिए आता है वह यहाँ?"

मैं चुप! जानती हूँ, गुस्से में ममी को जवाब देने से बढ़कर मूर्खता और कोई नहीं।

"तुमको छूट दी...आज़ादी दी, पर इसका यह मतलब तो नहीं कि तुम उसका नाजायज़ फायदा उठाओ!"

मैं फिर भी चुप।

"बित्ते-भर की लड़की और करतब देखो इनके! जितनी छूट दो उतने ही पैर पसरते जा रहे हैं इनके! झापड़ दूँगी तो सारा रोमांस झड़ जाएगा दो मिनट में..."

इस वाक्य पर मैं एकाएक तिलमिला उठी। तमककर नज़र उठाई और ममी की तरफ़ देखा—पर यह क्या, यह तो मेरी ममी नहीं हैं। न यह तेवर ममी का है, न यह भाषा। फिर भी ये सारे वाक्य बहुत परिचित से लगे। लगा, यह सब मैंने कहीं सुना है और खटाक् से मेरे मन में कौंधा—नाना! पर नाना को मरे तो कितने साल हो गए, ये फिर ज़िंदा कैसे हो गए? और वह भी ममी के भीतर... जो होश सँभालने के बाद हमेशा उनसे झगड़ा ही करती रहीं...उनकी हर बात का विरोध ही करती रहीं।

ममी का 'नानई' लहजेवाला भाषण काफी देर तक चालू रहा, पर वह सब मुझे कहीं से भी छू नहीं रहा था...बस, कोई बात झकझोर रही थी तो यही कि ममी के भीतर नाना कैसे आ बैठे?

और फिर घर में एक विचित्र-सा तनावपूर्ण मौन छा-गया—खासकर मेरे और ममी के बीच। नहीं, ममी तो घर में रही ही नहीं, मेरे और नाना के बीच। मैं ममी को अपनी बात समझा भी सकती हूँ, उनकी बात समझ भी सकती हूँ—पर नाना? मैं तो इस भाषा से भी अपरिचित हूँ और इस तेवर से भी—बात करने का प्रश्न ही कैसे उठता? पापा जरूर मेरे दोस्त हैं, पर बिलकुल दूसरी तरह के। शतरंज

खेलना, पंजा लड़ाना और जो फरमाइश ममी पूरी न करें, उनसे पूरी करवा लेना। बचपन में उनकी पीठ पर लदी रहती थी और आज भी बिना किसी झिझक के उनकी पीठ पर लदकर अपनी हर इच्छा पूरी करवा लेती हूँ। पर इतने 'माई डियर दोस्त' होने के बावजूद अपनी निजी बातें मैं ममी के साथ ही करती आई हूँ। और वहाँ एकदम सन्नाटा—ममी को पटखनी देकर नाना पूरी तरह उन पर सवार हैं।

शेखर को मैंने इशारे से ही लाल झंडी दिखा दी थी सो वह भी नहीं आ रहा और शाम का समय है कि मुझसे काटे नहीं कटता।

कई बार मन हुआ कि ममी से जाकर बात करूँ और साफ़-साफ़ पूछूँ कि तुम इतना बिगड़ क्यों रही हो? मेरी और शेखर की दोस्ती के बारे में तुम जानती तो हो। मैंने तो कभी कुछ छिपाया नहीं। और दोस्ती है तो वह सब तो होगा ही। तुम क्या समझ रही थीं कि हम भाई-बहन की तरह—पर तभी ख़याल आता कि ममी हैं ही कहाँ, जिनसे जाकर यह सब कहूँ।

चार दिन हो गए, मैंने शेखर की सूरत तक नहीं देखी। मेरे हलके से इशारे से ही उस बेचारे ने तो घर क्या, छत पर भी आना छोड़ दिया। हॉस्टल में रहनेवाले उसके साथी भी छत पर न दिखाई दिए, न घर ही आए। कोई आता तो कम-से-कम उसका हालचाल ही पूछ लेती। मैं जानती हूँ वह बेवकूफी की हद तक भावुक है। उसे तो ठीक से यह भी नहीं मालूम कि आखिर यहाँ हुआ क्या है? लगता है, ममी के गुस्से की आशंका मात्र से ही सबके हौसले पस्त हो गए थे?

वैसे कल से ममी के चेहरे का तनाव कुछ ढीला ज़रूर हुआ है। तीन दिन से जमी हुई सख़्ती जैसे पिघल गई हो। पर मैंने तय कर लिया है कि बात अब ममी ही करेंगी।

सवेरे नहा-धोकर मैं दरवाज़े के पीछे अपनी यूनिफॉर्म प्रेस कर रही थी। बाहर मेज़ पर ममी चाय बना रही थीं और पापा अखबार में सिर गड़ाए बैठे थे। ममी को शायद मालूम ही नहीं पड़ा कि मैं कब नहाकर बाहर निकल आई। वे पापा से बोलीं :

"जानते हो, कल रात को क्या हुआ? पता नहीं, तब से मन बहुत खराब हो गया—उसके बाद मैं तो सो ही नहीं पाई।"

ममी के स्वर की कोमलता से मेरा हाथ जहाँ का तहाँ थम गया और कान बाहर लग गए।

"आधी रात के करीब मैं बाथरूम जाने के लिए उठी। सामने छत पर घुप्प

अँधेरा छाया हुआ था। अचानक एक लाल सितारा-सा चमक उठा। मैं चौंकी। गौर से देखा तो धीरे-धीरे एक आकृति उभर आई। शेखर छत पर खड़ा सिगरेट पी रहा था। मैं चुपचाप लौट आई। कोई दो घंटे बाद फिर गई तो देखा, वह उसी तरह छत पर टहल रहा था। बेचारा... मेरा मन जाने कैसा हो आया। तनु भी कैसी बुझी-बुझी रहती है..." फिर जैसे अपने को ही धिक्कारती-सी बोलीं, "पहले तो छूट दो फिर जब आगे बढ़ें तो खींचकर चारों खाने चित कर दो। यह भी कोई बात हुई भला।"

राहत का एक गहरा निःश्वास मेरे भीतर से निकल पड़ा। जाने कैसा आवेग मन में उमड़ा कि इच्छा हुई, दौड़कर ममी के गले लग जाऊँ। लगा, जैसे अरसे के बाद मेरी ममी लौटकर आई हों। पर मैंने कुछ नहीं कहा। बस, अब खुलकर बात करूँगी। चार दिन से न जाने कितने प्रश्न मन में घुमड़ रहे थे। अब क्या, अब तो ममी हैं, और उनसे तो कम-से-कम सब कहा-पूछा जा सकता है।

पर घर पहुँचकर जो देखा तो अवाक्! शेखर हथेलियों में सिर थामे कुर्सी पर बैठा है और ममी उसी कुर्सी के हत्थे पर बैठ उसकी पीठ और माथा सहला रही हैं। मुझे देखते ही बड़े सहज स्वाभाविक स्वर में बोलीं :

"देखा, इस पगले को! चार दिन से ये साहब कालेज नहीं गए हैं। ना ही कुछ खाया-पीया है। अपने साथ इसका भी खाना लगवाना।"

और फिर ममी ने खुद बैठकर बड़े स्नेह से मनुहार कर-करके उसे खाना खिलाया। खाने के बाद कहने पर भी शेखर ठहरा नहीं। ममी के प्रति कृतज्ञता के बोझ से झुका-झुका ही वह लौट गया और मेरे भीतर खुशी का ऐसा ज्वार उमड़ा कि अब तक के सोचे सारे प्रश्न उसी में बिला गए।

सारी स्थिति को सम पर आने में समय तो लगा, पर आ गई। शेखर ने भी अब एक-दो दिन छोड़कर आना शुरू किया और आता भी तो अधिकतर हम लिखाई-पढ़ाई की ही बातें करते। अपने किए पर शर्मिंदगी प्रकट करते हुए उसने ममी से वायदा किया कि वह अब कोई ऐसा काम नहीं करेगा, जिससे ममी को शिकायत हो। जिस दिन वह नहीं आता, मैं दो-तीन बार थोड़ी-थोड़ी देर के लिए अपने बरामदे से ही बात कर लिया करती। घर की अनुमति और सहयोग से यों सरेआम चलनेवाले इस प्रेम-प्रसंग में मोहल्लेवालों के लिए भी कुछ नहीं रह गया था और उन्होंने इस जानलेवा ज़माने के नाम पर दो-तीन लानतें भेजकर, किसी गुल खिलने तक के लिए अपनी दिलचस्पी को स्थगित कर दिया।

लेकिन एक बात मैंने ज़रूर देखी। जब भी शेखर शाम को कुछ ज्यादा देर बैठ जाता या दोपहर में भी आता तो ममी के भीतर नाना कसमसाने लगते और

उसकी प्रतिक्रिया ममी के चेहरे पर झलकने लगती। ममी भरसक कोशिश करके नाना को बोलने तो नहीं देतीं, पर उन्हें पूरी तरह हटा देना भी शायद ममी के बस की बात नहीं रह गई थी।

हाँ, यह प्रसंग मेरे और ममी के बीच में अब रोज़मर्रा की बातचीत का विषय ज़रूर बन गया था। कभी वे मज़ाक में कहतीं, "यह जो तेरा शेखर है न, बड़ा लिजलिजा-सा लड़का है। अरे, इस उम्र में लड़कों को चाहिए घूमें, फिरें...मस्ती मारें। क्या मुहर्रमी-सी सूरत बनाए मजनू की तरह छत पर टँगा सारे समय इधर ही ताकता रहता है।"

मैं केवल हँस देती!

कभी बड़ी भावुक होकर कहतीं, "तू क्यों नहीं समझती बेटे, कि तुझे लेकर कितनी महत्त्वाकांक्षाएँ हैं मेरे मन में! तेरे भविष्य को लेकर कितने सपने सँजो रखे हैं मैंने।"

मैं हँसकर कहती, "ममी, तुम भी कमाल करती हो। अपनी ज़िन्दगी को लेकर भी तुम सपने देखो और मेरी ज़िन्दगी के सपने भी तुम्हीं देख डालो...कुछ सपने मेरे लिए भी छोड़ दो!"

कभी वे समझाने के लहज़े में कहतीं, "देखो तनु, अभी तुम बहुत छोटी हो। अपना सारा ध्यान पढ़ने-लिखने में लगाओ और दिमाग से ये उलटे-सीधे फितूर निकाल डालो। ठीक है, बड़े हो जाओ तो प्रेम भी करना और शादी भी। मैं तो वैसे भी तुम्हारे लिए लड़का ढूँढ़नेवाली नहीं हूँ—अपने-आप ही ढूँढ़ना, पर इतनी अक्ल तो आ जाए कि ढंग का चुनाव कर सको।"

अपने चुनाव के रिजेक्शन को मैं समझ जाती और पूछती, "अच्छा ममी, बताओ जब तुमने पापा को चुना था तो वह नाना को पसन्द था?"

"मेरा चुनाव! अपनी सारी पढ़ाई-लिखाई ख़त्म करके पच्चीस साल की उमर में चुनाव किया था मैंने—खूब सोच-समझकर और अक्ल के साथ, समझी।"

ममी अपनी बौखलाहट को गुस्से में छिपाकर कहतीं। उम्र और पढ़ाई-लिखाई—ये दो ही तो ऐसे मुद्दे हैं जिस पर ममी मुझे जब-तब धाँसती रहती हैं। पढ़ने-लिखने में मैं अच्छी थी और रहा उम्र का सवाल, सो उसके लिए मन होता कि कहूँ—ममी, तुम्हारी पीढ़ी जो काम पच्चीस साल की उम्र में करती थी, हमारी उसे पंद्रह साल की उम्र में ही करेगी, इसे तुम क्यों नहीं समझतीं। पर चुप रह जाती। नाना का जिक्र तो चल ही पड़ता, कहीं वे ही जाग उठे तो?

छःमाही परीक्षाएँ पास आ गई थीं और मैंने सारा ध्यान पढ़ने में लगा दिया था। सबका आना और गाना-बजाना एकदम बन्द! इन दिनों मैंने इतनी जमकर

पढ़ाई की कि ममी का मन प्रसन्न हो गया। शायद कुछ आश्वस्त भी। आखिरी पेपर देने के पश्चात् लग रहा था कि एक बोझ था, जो हट गया है। मन बेहद हलका होकर कुछ मस्ती मारने को कर रहा था। मैंने ममी से पूछा :

"ममी, कल शेखर और दीपक पिक्चर जा रहे हैं, मैं भी साथ चली जाऊँ?" आज तक मैं इन लोगों के साथ कभी घूमने नहीं गई थी—पर इतनी पढ़ाई करने के बाद अब इसकी छूट तो मिलनी ही थी।

ममी एक क्षण मेरा चेहरा देखती रहीं, फिर बोलीं, "इधर आ, यहाँ बैठ। तुझसे कुछ बातें करनी हैं।"

मैं जाकर बैठ गई पर यह न समझ आया कि इसमें बात करने को क्या है—हाँ कहो या ना। लेकिन ममी को बात करने का मर्ज जो है। उनकी तो हाँ-ना भी पचास-साठ वाक्यों में लिपटे बिना नहीं निकल सकती।

"तेरे इम्तिहान ख़त्म हुए, मैं तो खुद पिक्चर का प्रोग्राम बना रही थी। बोल, कौन-सी पिक्चर देखना चाहती है?"

"क्यों उन लोगों के साथ जाने में क्या है?" मेरे स्वर में इतनी खीज भरी हुई थी कि ममी एकटक मेरा चेहरा ही देखती रह गईं।

"तनु, तुझे पूरी छूट दे रखी है बेटे, पर इतनी ही तेज़ चल कि मैं भी साथ तो चल सकूँ।"

"तुम साफ कहो न कि जाने दोगी या नहीं? बेकार की बातें...मैं भी साथ चल सकूँ—तुम्हारे साथ चल सकने की बात भला कहाँ से आ गई?"

ममी ने पीठ सहलाते हुए कहा, "साथ तो चलना ही पड़ेगा। कभी औंधे मुँह गिरी तो उठानेवाला भी तो चाहिए न।"

मैं समझ गई कि ममी नहीं जाने देंगी, पर इस तरह प्यार से मना करती हैं तो झगड़ा भी तो नहीं किया जा सकता। बहस करने का सीधा-सा मतलब है कि उनका बघारा हुआ दर्शन सुनो—यानी पचास मिनट की एक क्लास। पर मैं क़तई नहीं समझ पाई कि जाने में आखिर हर्ज क्या है, हर बात में न-नुकुर। कहाँ तो कहती थीं कि बचपन में, 'यह मत करो, वहाँ मत जाओ' कहकर हमको बहुत डाँटा गया था, और खुद अब वही सब कर रही हैं। देख लिया इनकी बड़ी-बड़ी बातों को। मैं उठी और दनदनाती हुई अपने कमरे में आ गई। हाँ, एक वाक्य ज़रूर थमा आई, 'ममी, जो चलेगा, वह गिरेगा भी और जो गिरेगा, वह उठेगा भी और खुद ही उठेगा, उसे किसी की ज़रूरत नहीं है।'

पता नहीं, मेरी बात की उन पर प्रतिक्रिया हुई या उनके अपने मन में ही कुछ जागा कि शाम को उन्होंने खुद शेखर को उसके कमरे पर आए तीनों-चारों

लड़कों को बुलवाकर मेरे ही कमरे में मज़लिस जमवाई और खूब गरम-गरम खाना खिलवाया। कुछ ऐसा रंग जमा कि मेरा दोपहरवाला आक्रोश धुल गया।

इम्तिहान ख़त्म हो गए थे और मौसम सुहाना था। ममी का रवैया भी अनुकूल था सो दोस्ती का स्थगित हुआ सिलसिला फिर शुरू हो गया और आजकल तो जैसे उसके सिवाय कुछ रह ही नहीं गया था। पर फिर एक झटका।

उस दिन मैं अपनी सहेली के घर से लौटी तो ममी की सख्त आवाज़ सुनाई दी।

"तनु, इधर आओ तो!"

आवाज़ में ही लगा कि यह ख़तरे का सिगनल है। एक क्षण को मैं सकते में आ गई। पास गई तो चेहरा पहले की तरह सख़्त।

"तुम शेखर के कमरे पर जाती हो?" ममी ने बन्दूक दागी। समझ गई कि पीछे गली में से किसी ने अपना करतब कर दिखाया।

"कब से जाती हो?"

मन तो हुआ कि कहूँ जिसने जाने की ख़बर दी है, उसने बाकी बातें भी बता ही दी होंगी...कुछ जोड़-तोड़कर ही बताया होगा। पर ममी जिस तरह भभक रही थीं, उसमें चुप रहना ही बेहतर समझा। वैसे मुझे ममी के इस गुस्से का कोई कारण समझ नहीं आ रहा था। दो-तीन बार यदि मैं थोड़ी-थोड़ी देर के लिए शेखर के कमरे में चली गई तो क्या गुनाह हो गया? पर ममी का हर काम सकारण तो होता नहीं—बस, वे तो मूड़ पर ही चलती हैं।

अजीब मुसीबत थी—गुस्से में ममी से बात करने का कोई मतलब नहीं...और मेरी चुप्पी ममी के गुस्से को और भड़का रही थी।

"याद नहीं है, मैंने शुरू में ही तुम्हें मना किया था कि तुम उनके कमरे पर कभी नहीं जाओगी। तीन-तीन घंटे वह यहाँ धूनी रमाकर बैठता है, उसमें जी भरा नहीं तुम्हारा?"

दुःख, क्रोध और आतंक की परतें उनके चेहरे पर गहरी होती जा रही थीं और मैं समझ नहीं पा रही थी कि कैसे उन्हें सारी स्थिति समझाऊँ।

"वह तो बेचारे सामनेवालों ने मुझे बुलाकर आगाह कर दिया—जानती है, यह सिर आज तक किसी के सामने झुका नहीं, पर वहाँ मुझसे आँख नहीं उठाई गई। मुँह दिखाने लायक मत रखना हमको कहीं भी। सारी गली में थू-थू हो रही है। नाक कटाकर रख दी।"

ग़ज़ब।

इस बार तो सारा मोहल्ला ही बोलने लगा ममी के भीतर से। आश्चर्य है कि

जो ममी आज तक अपने आस-पास से बिलकुल कटी हुई थीं...जिसका मजाक उड़ाया करती थीं—आज कैसे उसके सुर-में-सुर मिलाकर बोल रही हैं।

ममी का भाषण बदस्तूर चालू...पर मैंने तो अपने कान के स्विच ही ऑफ कर लिए। जब गुस्सा ठंडा होगा...ममी अपने में लौट आएँगी तब समझा दूँगी—ममी, इस छोटी-सी बात को तुम नाहक इतना तूल दे रही हो।

पर ज़ाने कैसी डोज़ ले आई हैं इस बार कि उनका गुस्सा ठंडा ही नहीं हो रहा है और हुआ यह कि अब उनके गुस्से से मुझे गुस्सा चढ़ने लगा।

फिर घर में एक अजीब-सा तनाव छा गया। इस बार ममी ने शायद पापा को भी सब कुछ बता दिया है। कहा तो उन्होंने कुछ नहीं...वे शुरू से इस सारे मामले में आउट रहे...पर इस बार उनके चेहरे पर भी एक अनकहा-सा तनाव दिखाई ज़रूर दे रहा है।

कोई दो महीने पहले जब इस तरह की घटना हुई थी तो मैं भीतर तक सहम गई थी, पर इस बार मैंने तय कर लिया है कि इस सारे मामले में ममी को यदि नाना बनकर ही व्यवहार करना है तो मुझे भी ममी की तरह मोर्चा लेना होगा उनसे...और मैं ज़रूर लूँगी। दिखा तो दूँ कि मैं तुम्हारी ही बेटी हूँ और तुम्हारे ही नक्शे-क़दम पर चली हूँ। खुद तो लीक से हटकर चली थीं...सारी जिन्दगी इस बात की घुट्टी पिलाती रहीं, पर मैंने जैसे ही अपना पहला क़दम रखा, घसीटकर मुझे अपनी ही खींची लीक पर लाने के दंद-फंद शुरू हो गए।

मैंने मन में ढेर-ढेर तर्क सोच डाले कि एक दिन बाकायदा ममी से बहस करूँगी। साफ-साफ कहूँगी कि ममी, इतने ही बंधन लगाकर रखना था तो शुरू से वैसे पालतीं। क्यों झूठ-मूठ आज़ादी देने की बातें करती-सिखाती रहीं। पर इस बार मेरा भी मन सुलगकर इस तरह राख हो गया था कि मैं गुमसुम-सी अपने ही कमरे में पड़ी रहती। मन बहुत भर आता तो रो लेती। घर में सारे दिन हँसती-खिलखिलाती रहनेवाली मैं एकदम चुप होकर अपने में ही सिमट गई थी। हाँ, एक वाक्य ज़रूर बार-बार दोहरा रही थी—'ममी, तुम अच्छी तरह समझ लो कि मैं भी अपने मन की ही करूँगी।' हालाँकि मेरे मन में क्या है, इसकी कोई भी रूपरेखा मेरे सामने न थी।

मुझे नहीं मालूम था कि इन तीन-चार दिनों में बाहर क्या हुआ? घर-बाहर की दुनिया से कटी, अपने ही कमरे में सिमटी, मैं ममी से मोर्चा लेने के दाँव सोच रही थी।

पर आज दोपहर मुझे कतई-कतई अपने कानों पर विश्वास नहीं हुआ जब मैंने ममी को अपने बरामदे से ही चिल्लाते हुए सुना :

"शेखर, कल तो तुम लोग छुट्टियों में अपने घर चले जाओगे, आज शाम अपने दोस्तों के साथ खाना इधर ही खाना।"

नहीं जानती, किस जद्दोजहद से गुज़रकर ममी इस स्थिति पर पहुँची होंगी।

और रात को शेखर दीपक और रवि के साथ खाने की मेज़ पर डटा हुआ था। ममी उतने ही प्रेम से खाना खिला रही थीं...पापा वैसे ही खुले ढंग से मज़ाक कर रहे थे, मानो बीच में कुछ घटा ही न हो। अगल-बगल की खिड़कियों में दो-चार सिर चिपके हुए थे। सब कुछ पहले की तरह बहुत सहज-स्वाभाविक हो उठा था...।

केवल मैं इस सारी स्थिति से एकदम तटस्थ होकर यही सोच रही थी कि नाना पूरी तरह नाना थे–शत-प्रतिशत–और इसी से ममी के लिए लड़ना कितना आसान हो गया होगा। पर इन ममी से लड़ा भी कैसे जाए जो एक पल नाना होकर जीती हैं तो एक पल ममी होकर!

रेत की दीवार

धूप ढल गई है, फिर भी आस-पास की छतें सूनी हैं। लोग अभी ऊपर नहीं चढ़े। डूबते सूरज का चौंधा सक्सेना साहब के नए मकान पर पड़ रहा है, जिससे उसकी दीवारें कुछ ज्यादा ही चमक रही हैं।

रवि को याद आया, पिछले साल जब वह छुट्टियों में आया था तभी इस मकान का मुहूर्त हुआ था। उसे भीड़-भाड़ में जाना अच्छा नहीं लगता, खासकर ऐसे आयोजनों में। बाबू को मालूम पड़ा तो बोले, ''रवि भैया, चले चलो बेटा! ये आस-पास के तीन-चार घर तो ऐसे हैं कि इनके घर का काम अपने ही घर के काम जैसा है। देखो न, कोई यह न समझने लगे कि रवि बाहर जाकर क्या पढ़ने लगा, उसमें अपनापन ही नहीं रहा, उसे घमंड हो गया।'' फिर ज़रा रुककर बोले, ''यों अगर बिलकुल इच्छा न हो तो रहने दो। मैं कुछ-न-कुछ कहकर बात सँभाल ही लूँगा, जबर्दस्ती की कोई बात नहीं है। हाँ, तुम्हारी अपनी इच्छा की बात है, देख लो।''

और उसे लगा था कि बाबू जबर्दस्ती करते तो वह कभी नहीं जाता। पर बाबू बात उसकी इच्छा पर छोड़कर जाने कैसे उसे अपनी इच्छा के मुताबिक चला लेते हैं।

चेहरे पर सन्तोष और गर्व का मिला-जुला भाव लिए सक्सेना साहब अपनी व्यावहारिक बात का बखान कर रहे थे, ''मकान तो भैया, घर का होना चाहिए। आज का जैसा ज़माना है, उसमें आदमी अपना मकान बना ले तो बुढ़ापे के लिए निश्चिन्त हो जाए—बाकी आज के ज़माने में किसी का भरोसा नहीं।''

तब उसने बड़ी देर तक बाबू की नज़रों को अपने चेहरे पर ही घूमते हुए महसूस किया था।

एकाएक उसे सक्सेना साहब का मकान सिर उठाए, चुनौती देता-सा लगा। उसने उधर पीठ कर ली। सक्सेना साहब की तुलना में उसे अपना घर और भी अधिक पुराना और जर्जर लगा। जहाँ-तहाँ दीवारों पर पलस्तर उखड़ चुका है और

काई में लिपटी, झाँकती हुई ऊबड़-खाबड़ ईंटें घर में अजीब-सी मनहूसियत घोल रही हैं।

उसे पिछले साल बराबर महसूस होता रहा कि उसके और घर के बीच का फ़ासला धीरे-धीरे बढ़ता जा रहा है। बाबू ने महीने में दो पोस्टकार्ड से कभी ज़्यादा नहीं लिखे और उसमें भी गिनी-चुनी पंक्तियाँ—मेहनत करके पढ़ना, अपनी सेहत का ख़याल रखना। यहाँ सब कुशल है। हम भगवान से सदा तुम्हारी कुशल मनाते रहते हैं।

पहले की तरह आदेश-उपदेश और घर के विस्तृत समाचार नहीं रहते थे और रवि को लगता कि कुछ भी न कह सकनेवाली ये चंद पंक्तियाँ उसके और घर के बीच सेतू नहीं बन पातीं। घर आया तो बढ़ते फासले का यह बोध और भी तीखा होकर उभरा।

टोनी कितना पीला और कमज़ोर हो गया है और उसकी आँखें कैसी बुझी-बुझी और निस्तेज लग रही हैं।

"कितना इलाज करवाया पर कोई दवा नहीं लगती। अब परमानन्द वैद्य की दवाई चल रही है। फिर सच पूछो तो भैया, हमारा तो इन डॉक्टरों पर से विश्वास ही उठ गया। मरीज़ अच्छा हो न हो, मरे चाहे जिए, इन्हें अपनी फीस से मतलब।" शायद उनके मन में टोनी की बीमारी में खर्च किए हुए रुपयों के आँकड़े तैर रहे हैं।

"किसी ज़माने में डॉक्टरों का पेशा बड़ा पुण्य माना जाता था, पर अब तो कसाइयों का हो गया है। मैंने तो सोच लिया है भैया किन डॉक्टरों के हाथ मरने की बजाय मैं तो बीमारी के हाथों मरना ज़्यादा पसन्द करूँगा।"

बाबू का मन गहरी वितृष्णा से भर गया। रवि को लगा, जैसे बाबू टोनी का पूरा इलाज न करवा पाने की अपनी मजबूरी को आक्रोश का जामा पहनाकर ढँकने की कोशिश कर रहे हैं।

नीचे से बराबर अम्मा की आवाज़ आ रही थी। उसने झाँककर देखा, आँगन में कोई दिखाई नहीं दिया। केवल तार पर कपड़े सूख रहे थे—बिन्नी और टोनी के कपड़े, अम्मा और चन्दा की साड़ियाँ, पेटीकोट—पीलापन लिए हुए अधमैले-से। सबसे हटकर किनारे पर सूखता हुआ उसका फ़रवाला तौलिया।

पास की छत पर कुछ हलचल सुनाई दी तो वह नीचे उतरने लगा। अम्मा तुलसी के चबूतरे पर दीया रखकर हाथ जोड़े कुछ प्रार्थना कर रही हैं। वह जानता है, अम्मा केवल एक मनौती मनाही हैं—उसकी सफलता की, उसकी समृद्धि और सम्पन्नता की। अम्मा-बाबू की इन प्रार्थनाओं से उसको बड़ी दहशत होती है। कुछ-कुछ वैसी ही जैसी परीक्षा भवन में घुसते समय होती है।

"रवि भैया, खाना खा लो।"

"बस, अम्मा, पाँच मिनट में, ज़रा नहा लूँ।"

"हाँ, हाँ, ज़रूर। अरे बिन्नी, भैया नहाएँगे, ज़रा नहानघर में झाड़ू मार दे तो। और चन्दा, थोड़ा आटा रहने देना। भैया को गरम फुलके सेंक देना।"

खाना बनाने का काम शायद पूरी तरह चन्दा ने ही सँभाल लिया है। अम्मा अधिकतर टोनी के पास रहती हैं।

रवि नहाकर निकला तो अपना जाँघिया-बनियान धोता लाया। तार पर फैलाने लगा तो अम्मा बिगड़ीं, "यह तुमने क्यों धोए? अरे मैं हूँ, चन्दा है, तुम्हारे दो कपड़े कोई भी धो-सुखा देता। वहाँ इतनी मेहनत करते हो, छुट्टियों में घर आकर तो थोड़ा आराम किया करो।"

वह जब भी छुट्टियों में घर आता है, अम्मा का व्यवहार उसके प्रति 'विशेष' ही रहता है। पर आज जाने क्यों इस अतिरिक्त दुलार से उसे बड़ी बेचैनी हो रही है। लग रहा है, जैसे अनजाने ही उस पर बोझ लादा जा रहा है। उसने अम्मा को झिड़क दिया, "क्या बेकार की बातें करती हो अम्मा, मैं अपने दो कपड़े नहीं धो सकता?"

रसोई में घुसा तो चन्दा ने आसन पट्टा लगा रखा था। लोहे की सलाख डालकर अँगीठी खोदी तो कोयले दहकने लगे। चन्दा जल्दी-जल्दी फुलका बेलने लगी।

अम्मा पास आकर बैठ गईं और अपनी चुँधियाई आँखों से वे थाली में झुक-झुककर देखने लगीं, "यह क्या, चटनी नहीं परसी? प्याज़ के साथ पोदीने की पत्ती कुतर देती तो क्या हो जाता? इत्ती बड़ी हो गई, ढंग से परसना तक नहीं आता।" अम्मा उठीं और रवि के मना करते-करते प्याज़ काटने बैठ गईं।

"क्या बताएँ भैया, काम में इसका मन ही नहीं लगता। कालेज में भर्ती नहीं करवाया सो साल-भर होने आया, पर अभी जैसे इसका मुँह बना ही रहता है। न किसी से हँसती है, न बोलती है।"

चन्दा के ललाट पर सलवटें उभरीं और ग़ायब हो गईं। लगा, जैसे प्रतिवाद करने के लिए आए हुए शब्दों को उसने पीछे ठेल दिया। वह नीचा मुँह किए रोटी बेलती रही। रवि का मन हुआ कि चन्दा को हँसाए, पहले की तरह खाने की होड़ लगाए, पर उससे कुछ भी नहीं बोला गया।

"एक रोटी तो और ले लेता।" अम्मा कहती ही रह गईं, पर वह उठ गया। "अब नहीं खाया जाएगा अम्मा, बहुत खा लिया।"

अम्मा ने टोनी की खाट बाहर आँगन में निकाल ली। बरामदे में टिमटिमाता हुआ बल्ब का प्रकाश ही अँधेरे में डूबा-डूबा-सा लग रहा था।

रवि टोनी की खाट पर बैठकर धीरे-धीरे उसके बाल सहलाने लगा। टोनी शायद जाग रहा था, फिर भी आँख मूँदे पड़ा रहा।

चन्दा रसोई का काम ख़त्म करके बत्ती के नीचे मुड़िया डालकर बिनाई करने लगी। रवि पहचान गया, वह उसके पुराने स्वेटर की ही ऊन है। पिछले साल ही वह स्वेटर घर पर डाल गया था।

आँगन के किनारे बने नल के पास बैठकर अम्मा बरतन धो रही हैं। उनके लिए शायद अँधेरे-रोशनी में कोई फर्क नहीं रह गया है। बरतनों की खड़खड़ाहट और नल के गिरते पानी के स्वर के बीच से उभरता हुआ अम्मा का स्वर बराबर सुनाई दे रहा है :

"भैया, हमने तो इन महरियों से हार मान ली। क्या ज़माना आया है ससुरा! अब तो इन नौकर-चाकरों के नौकर बनकर रहो तो काम चले। महीने में आठ-आठ, दस-दस दिन की तो नागा करेंगे, ऊपर से एक बात कहो तो दस सुनो। शरीर से भी घुलो और धन से भी। सो भैया, हमने तो इस झंझट से छुट्टी ही कर दी। आँखों के मारे खाने का काम आजकल नहीं होता, खाली बैठी-बैठी बरतन तो चुटकियों में मल दूँ।"

पता नहीं वे अपने-आप बोल रही थीं या रवि को सुना रही थीं। लगातार बोलनेवाली अम्मा के मुकाबले में चुप-चुप चन्दा और भी ज़्यादा चुप्पी लग रही थी।

टोनी ने करवट बदली।

"ताश खेलोगे टोनी?" रवि ने बड़े दुलार से उससे पूछा।

"भैया, कोई कहानी सुनाओ।" टोनी की आवाज़ भी कैसी भरी-भरी हो गई है। इसकी हालत ऐसी हो गई है, इसका तो रवि को अन्दाज़ भी नहीं था।

"अच्छा, बताओ तो कैसी कहानी सुनोगे?" प्यार से उसका हाथ अपने हाथ में लेकर सहलाते हुए कहा।

"जासूसी कहानी या शिकार की कहानी या कोई साहस की कहानी–खूब-खूब बहादुरी की।...ऐसी कहानियों की किताब ला दोगे भैया?"

"ज़रूर ला दूँगा, कल ही ला दूँगा।"

साथ ही ख़याल आया, बिस्तर पर लेटे-लेटे इन कहानियों को पढ़कर कैसा लगता होगा टोनी को?

तभी छड़ी टिकाते बाबू आ गए। वही गोल टोपी, बन्द गले का कोट और पाज़ामा। हाँ, कपड़ों के बीच का शरीर इस समय सवेरे से भी ज़्यादा ढीला और शिथिल लग रहा है।

खाट पर सब्ज़ी का थैला टिकाते हुए बोले, "भाई-बहनों की मजलिस जमी है।" उनके थके चेहरे पर वात्सल्य-सा उभर आया।

अम्मा वैसे ही बरतन मलती रहीं और चन्दा बिनाई करती रही। बाबू ने खाट पर बैठकर जूते खोले, टोपी खोली। पसीने और मैल की मटमैली-सी रेखा ललाट के इस छोर से उस छोर तक खिंची हुई थी।

"टोनी, कैसी तबीयत है बेटा?" उन्होंने टोनी का हाथ अपने हाथ में लिया और फिर धीरे-से उसका माथा थपथपाकर भीतर चले गए।

रवि टोनी को कहानी सुनाने लगा। अम्मा ने धुले बरतन परात में भरकर एक ओर सरकाए और झाड़ू से वह हिस्सा, 'छपाक-छपाक' धोने लगीं।

बाबू नहाकर निकले। कमर में धोती की तहमद, पाँव में खड़ाऊँ। वे ऊँचे स्वर में गा रहे थे–'जाके प्रिय न राम वैदेही।' उन्होंने अपने धोये कपड़े तार पर फैला दिए और आकर खाट पर बैठ गए। उनके बैठते ही चन्दा उठी। लगा, जैसे वह बँधा हुआ कार्यक्रम है। चन्दा ने एक छोटी-सी थाली में दाल-सब्ज़ी और चार रोटियाँ एकसाथ ही लाकर बाबू के हाथ में थमा दीं।

अम्मा थाली में झाँक-झाँककर देखने के लिए पास आकर नहीं बैठीं। वे थोड़ी दूर एक खाट पर लेटकर मंजू से ही अपनी पीठ खुजला रही थीं।

"तुम्हारी अम्मा की आँख के लिए ऑपरेशन बताया है डॉक्टर ने। करवाना तो है ही पर अगले साल करवाएँगे। तुम्हारी पढ़ाई ख़त्म हो जाएगी तो तुम निश्चिन्त मन से पास रह सकोगे...इन्हें भी तसल्ली रहेगी।"

रवि को लग रहा है कि असली बात कोई नहीं कह रहा, सब जैसे इधर-उधर की बातें करके रह जाते हैं।

"पर आँख और ज़्यादा खराब नहीं हो जाएगी इतने दिनों में?" रवि ने डरते-डरते कहा।

"बड़ी बेशरम है भैया, तुम्हारी अम्मा। कुछ नहीं होगा, उनको और उनकी आँखों को। मुझे तो बस चिन्ता टोनी की है। अगले साल तुम आ जाओ तो इसे एक बार सेनिटोरियम में और भर्ती कराके देख लूँ। मेरा क्या, तीन-चौथाई तो बीत ही गई।" और एक गहरा निःश्वास अम्मा ने छोड़ा।

फिर एक बड़ा बोझिल-सा मौन सबके बीच में छा गया। बाबू को डर हुआ कि अम्मा कहीं बात की असली जड़ को न कुरेदने लगे, इसलिए बोले, "रवि भैया, तुम्हें पढ़ना-लिखना हो तो ऊपर चले जाओ। ऊपर तुम्हारी सारी व्यवस्था करवा दी है।" फिर अम्मा ने पूछा, "क्यों जी, ऊपर के कमरे में साठ पावर का बल्ब लगवा दिया न? चन्दा, ऊपर एक सुराही और गिलास रख आना।"

रवि उठकर ऊपर आ गया। कमरे से चटाई खींचकर उसने बाहर निकाल ली और चित लेट गया। आस-पासवालों की नज़रों से बचा रहे तो अच्छा, नहीं तो वे ही उपदेश, वे ही बातें!

बिट्ठल चाचा की छत से बच्चों के खेलने का शोर आ रहा है। अगल-बगल के सभी बच्चे वहीं जमा हैं, शायद बिन्नी भी वहीं गई है। 'हरा समन्दर, गोपी चन्दर, बोल मेरी मछली कित्ता पानी? का समवेत स्वर। रवि की आँखों के सामने एक-दूसरे को पकड़े गोल-गोल घूमते बच्चे तैरने लगते हैं।

तभी बच्चों के स्वर के बीच में ही टोनी का 'हो...हो...' करता हुआ स्वर उभरा। उसे शायद कै हो रही है। एक बार इच्छा हुई कि नीचे जाकर देखे, पर फिर वहीं लेटा रहा। अम्मा चन्दा को पानी देने के लिए आवाज़ दे रही हैं। अब टोनी की आवाज़ नहीं आ रही। शायद कै बन्द हो गई।

हवा इधर की ही है। आम की कैसी तेज़ महक आ रही है। बनारस का लंगड़ा है शायद। बिट्ठल चाचा को आम का बहुत शौक़ है। पहले की तरह अभी भी आम, खरबूजा रात को ही खाया जाता है। उनकी देखा-देखी बाबू ने भी यही सिलसिला शुरू किया था। खा-पीकर सब लोग ऊपर छत पर आ जाते। फिर अम्मा सबको काट-काटकर देती।

"आम की परख में मेरा मुकाबला नहीं है, कामता बाबू। जिस रेढ़ी से खरीदता हूँ, उसे खाली होने में फिर पाँच मिनट से ज़्यादा नहीं लगते। बचनेवाला हाँक लगाता है—बिट्ठल बाबू ले गए, उनकी पसन्द का आम। ले जाओ, ले जाओ।"

फिर आम की अदला-बदली होती। आम की किस्में बखानी जातीं। अलग जायकों का हवाला दिया जाता।

अब अम्मा-बाबू टोनी के पास ही रहते हैं शायद।

तभी हाथ में सुराही और गिलास लिए चन्दा आई। रवि उठकर बैठ गया,

"आ चन्दा, मैं तेरी ही बात सोच रहा था।"

चन्दा आकर चटाई पर ही बैठ गई।

"चाचा की छत से आम की महक उठ रही है। लगता है, अभी भी खा-पीकर चकाचक रहते हैं चाचा।" रवि खूब हलकी-फुलकी बातें करना चाहता है। आया है तब से कैसा-कैसा बोझ है मन पर।

"खाएँगे-पिएँगे क्यों नहीं, आजकल तो गहरे में हैं। कैलाश भैया भी तो अच्छा ही कर लेते हैं।"

पता नहीं क्या है कि बात घूम-फिरकर वहीं आ जाती है।

"तुम कुछ पत्रिकाएँ लाए हो तो दो भैया, रात के समय पढ़ ही लिया करूँगी।"

रवि को लगा, जैसे चन्दा के स्वर में पढ़ाई की कसक कहीं अभी भी बाकी है।

"तू ज़िद करके कालेज में क्यों नहीं भर्ती हो गई चन्दा? मुझे लिखती, मैं वहाँ से ज़ोर लगाता।"

रवि जानता है कि सवेरे से जैसे-तैसे चन्दा ने अपने को बाँध रखा है, ज़रा-सी सहानुभूति पाते ही वह खुल पड़ेगी। शिकायत करेगी कि पढ़ाई-लिखाई सब आपके जिम्मे, हमारे जिम्मे तो रसोई लिखी है, हम तो घर में सड़ेंगे...और फिर सब कुछ कितना हलका और स्वाभाविक हो जाएगा! पर चन्दा धीरे-से बोली, "किस बात की ज़िद करती? क्या मैं समझती नहीं? अम्मा-बाबू का दम चलता तो क्या ये बिठाते मुझे घर? टोनी की दवाइयों का खर्चा पूरा करने के लिए बाबू ने शाम का काम लिया, और क्या करते बेचारे? कितना ही सँभलकर चलती आखिर फीस-किताबें जुटाने जितना तो चाहिए ही था। फिर घर का काम भी तो रहता है आजकल।"

चन्दा उसे अपने से बहुत बड़ी-बड़ी और समझदार लगने लगी। एक बार भी उसने नहीं कहा कि भैया, तुम्हारे अलावा और कोई कुछ भी करने लायक नहीं रह गया है।

बाबू क्यों नहीं साफ़-साफ़ उससे कह देते कि रवि, बहुत हुआ, अब मेरे बस का नहीं हैं, कि तुम्हारी पढ़ाई का खर्चा उठाऊँ। मेरे लिए तुम्हारी पढ़ाई से ज़्यादा टोनी की जान है। तुम्हारी अम्मा की आँखें हैं। पर कहना तो दूर, वे दूर संकेत भी नहीं करते। अम्मा जाने-अनजाने ऐसा इशारा कर भी देती हैं तो झट से प्रसंग बदल देते हैं। उसे लगा, बाबू इस मामले में अतिरिक्त रूप से सावधान हैं।

"पता नहीं क्यों बाबू-अम्मा यह समझते हैं कि मैं घर में रहने से नाराज हूँ। पर सच्ची भैया, मैं बिलकुल-बिलकुल नाराज़ नहीं हूँ। क्या हुआ, इस साल नहीं तो अगले साल कालेज ज्वाइन कर लूँगी। लोग ड्राप कर देते हैं। कभी फेल हो जाते हैं या नहीं? एक साल कौन ऐसी बड़ी बात है?"

सब कोई सब कुछ करने को तैयार है, पर रवि से कोई कुछ नहीं कहेगा। उसके मन पर एक असह्य-सा बोझ लदने लगा।

"चन्दा!" तभी नीचे से अम्मा की आवाज़ आई।

"आऽई। मेरे लिए पत्रिकाएँ निकालकर रखना।" और चन्दा नीचे दौड़ गई।

पास की छत से आता बच्चों का समवेत स्वर बन्द हो गया। शायद वह खेल ख़त्म हो गया।

उसे रंजन का ख़याल आया। वह बहुत आग्रह कर रहा था, अपने साथ चलने के लिए। टोनी की वजह से वह नहीं गया। चला जाता तो अच्छा था। रंजन इस

बार छुट्टियों में पढ़ाई नहीं करेगा, कुछ ऐसी कोशिश करेगा कि अगले साल इम्तिहान देते ही कहीं बाहर जा सके।

नीचे चौक में बाबू की खड़ाऊँ की आवाज़ सुनाई दी। हो सकता है, ऊपर ही आएँ। वह बाबू के सामने नहीं पड़ता। अपने प्रति बाबू के 'विशेष' व्यवहार से उसे घबराहट होती है। रवि उठा और कमरे में चला गया।

खिड़की से बिट्ठल चाचा की छत दिखाई दे रही थी। उसने बत्ती नहीं जलाई, वह जैसे सभी की नज़रों से बचना चाहता है।

बच्चे अब 'मीरजी की चड्डी' खेल रहे हैं। एक पार्टी के बच्चे घोड़ी बने हुए हैं और दूसरी पार्टी के बच्चे सवार बने उन पर बैठे हैं। घोड़ी बने बच्चों को बस गिरना नहीं है...एक निश्चित समय तक अपने ऊपर बैठे सवारों की हर उछल-कूद और जोर-आजमाइश को जैसे भी हो, झेल जाना है। घोड़ियाँ एक-दूसरे को सहारा दे रही हैं, हौसला बँधा रही हैं—सँभल के, बस, दो मिनट हैं...पाँच रह गए...दो...एक...

"हो ऽ ऽ ऽ!" शोर मचाती हुई घोड़ियाँ विजयी मुद्रा में उलट पड़ीं, "चलो, अब तुम घोड़ी बनो, हम सवारी करेंगे।" अदृश्य मूँछों को मोड़-मोड़कर, खम ठोक-ठोककर वे सब सवारी की तैयारी कर रहे हैं। बच्चों के उत्साह पर उसे हँसी आ गई। याद आया, बचपन में यह खेल वे लोग भी कितना खेलते थे।

तभी सीढ़ियों पर खड़ाऊँ की आवाज़ सुनाई दी। बाबू ऊपर आ रहे हैं। एक बार मन हुआ, आँख मूँदकर सो जाए। पर फिर ख़याल आया—इतनी जल्दी सोया देखकर बाबू क्या सोचेंगे? हो सकता है, वे कुछ न सोचें पर उसे सोना नहीं चाहिए।

उसने जल्दी से बत्ती जलाई और दरवाज़ा उढ़काकर पढ़ने बैठ गया। कहीं बाबू उसी से बात करने तो नहीं आए थे? हुँह, होगा।

"रवि आया लगता है?"—बिट्ठल चाचा की आवाज़ बहुत साफ़ सुनाई दी। ऊपर के कमरे की बत्ती जलती देखकर ही वह समझ गए शायद।

रवि जानता है कि इस समझ का बत्ती जलने से कोई सम्बन्ध नहीं है। बिन्नी पहले ही सारे घरों में ख़बर दे आई है। पहले टोनी किया करता था।

"हाँ, आज ही तो आया है। बस, अगले फाइनल-इयर की तैयारी में जुट गया है।" बाबू शायद उसके मिलने न जाने की सफ़ाई दे रहे हैं।

रवि को कोई कुछ कह दे, बाबू को बर्दाशत नहीं होता। उनका ख़याल है कि सब लोग रवि से, रवि की पढ़ाई से जैसे जलते हैं। मन-ही-मन उसमें कोई ऐब निकालने की कोशिश करते रहते हैं।

"भाई, तुम्हारा जिगरा है कामता बाबू, कि रवि को इंजीनियर बना रहे हो। वजीफा-उज़ीफ़ा मिलता तो और बात थी। हर महीने आधी तनख्वाह निकालकर

दे देना कोई हँसी- खेल नहीं। हमसे तो भाई, निभा नहीं। इंटर के बाद ही कैलाश को काम में लगा दिया।''

चाचा के स्वर में व्यंग्य है या सराहना, यह जान पाना बड़ा मुश्किल है।

''अरे, यही सोचा बिट्ठल बाबू कि नौकरी के कोल्हू में ज़िन्दगी-भर पिलना ही है। अच्छा पढ़ा-लिखा लेंगे तो ज़िदगी बन जाएगी। इंजीनियर बन जाएँगे तो बड़ी अफ़सरी, मान-सम्मान, पैसा—सभी कुछ तो मिलेगा। पढ़ाई छुड़वा देते तो कहीं क्लर्की-फिलर्की करते।''

बाबू के स्वर में कहीं ज़रा भी शिकायत या दुख नहीं है। यदि कुछ आ रहा है तो सन्तोष और गर्व। बाबू ज़िन्दगी की दौड़ में अपने आस-पासवालों से बहुत पिछड़ गए हैं। एक रवि ही तो है, जिसे लेकर जब-तक वे अपना हीन भाव धोते रहते हैं।

''सो तो ठीक ही कहते हो कामता बाबू, पर घर के और लोगों का भी तो ख़याल रखना पड़ता है।''

क्या हो गया है बिट्ठल चाचा को?

पर बाबू को कोई चिन्ता नहीं। कैसे हौसले में कह रहे हैं, ''अब क्या है, एक साल की बात और है, दुक्खम-सुक्खम निकल ही जाएगा। रवि इंजीनियर हो जाए तो मन में मलाल नहीं रह जाएगा कि हमने अपना कर्तव्य नहीं किया बच्चे के प्रति। माँ-बाप का असली सुख तो बच्चों के सुख में ही होता है।''

अब शायद उसके कर्तव्य की बात आएगी। बाबू चाहे न करें पर बिट्ठल चाचा तो ज़रूर करेंगे। देखें, उसे लेकर किसने क्या-क्या सोच रखा है।

पर बाबू ने बात मेहतरों की हड़ताल, नगर-निगम के चुनाव पर भटका दी। बाबू कभी ऐसी बात नहीं करेंगे।

उसे पढ़ता जानकर बिना एक भी बात किए, बिना उसके कमरे में झाँके बाबू नीचे उतर आए।

उसने फिर किताब में आँखें गड़ाई तो अपने साथियों की बातें कान में तैरने लगीं—''यार, कितना ही पढ़ लो और मगज मार लो, आखिरकार तो बेकार इंजीनियरों की यूनियन में ही भर्ती होना है।''

और उसके सामने 'अनएम्प्लायड-इंजीनियर्स-यूनियन' की छोटी-छोटी पेम्फ्लेट, पर्चियाँ, नोटिस फरफराने लगे।

'यहाँ कोई भविष्य नहीं है इन लोगों का—आजकल सैकड़ों इंजीनियर्स मारे-मारे फिरते हैं...किसी तरह फॉरेन जाने की तिकड़म भिड़ाओ—कनाडा में बहुत लोगों की आवश्यकता है। इंजीनियर्स के लिए जर्मनी में सबसे ज़्यादा स्कोप है।

एक बार जाने को मिल जाए तो ज़िन्दगी बन जाए...पर बच्चू, इस सबके लिए पुल और पुश चाहिए। मैरिट को कोई नहीं पूछता। आज दो कौड़ी की भी...''

और रवि की आँखों में बन्द गले का कोट और गोल टोपी पहने बाबू घूम गए, जो दस से पाँच तक रेलवे दफ्तर में क्लर्की करते हैं और फिर एक दुकान में हिसाब लिखते हैं, जिनके सारे सम्पर्क और सम्बन्ध इस गली तक ही सीमित हैं–बिट्ठल चाचा, सक्सेना साहब...

एकाएक बाबू के लिए उसके मन में क्रोध उफनने लगा। क्यों नहीं बिट्ठल चाचा की तरह उन्होंने भी इंटर के बाद उसे काम पर लगा दिया? क्यों उसे इंजीनियरिंग के लिए भेजा?

उसे लगा, बाबू-अम्मा की अतिरिक्त सहनशीलता और त्याग, चन्दा की समझदारी सब जैसे एक गुप्त षड्यन्त्र के हिस्से हैं, जो उसके खिलाफ रचा गया है।

यह तो 'मीरजी की चड्डी' वाला खेल हो गया। उसे पता भी नहीं लगने दिया और किस तरह बाबू सबके साथ घोड़ी बनकर उकसा-उकसाकर उससे सवारी करवाते रहे! और अब जैसे सब चुपचाप उस पर सवारी करने की प्रतीक्षा कर रहे हैं–टोनी की बीमारी...अम्मा की आँखें...चन्दा की पढ़ाई...बाबू का बुढ़ापा... टूटता हुआ घर। पर कोई कुछ बोलता नहीं, सब अतिरिक्त रूप से सावधान हैं। समय से पहले ही कहीं उनमें से किसी का हौसला न पस्त हो जाए।

कैसी महीन चाल चली है बाबू ने?

किताब बन्द करके वह लेट गया और उसने आँखें मूँद लीं। उसका मन जैसे कहीं गहरे में डूबने लगा। उसे अपने कन्धे काँपते हुए और रीढ़ की हड्डी गलती हुई महसूस हुई।

कोई कमरे में घुसा। शायद अम्मा हैं। उसने आँखें नहीं खोलीं। उसे सोया जानकर, उन्होंने उसके पैरों पर चादर ढँक दी और बत्ती बुझाकर दबे पैरों बाहर निकल गईं।

बत्ती बुझते ही रवि के चारों ओर गहरा अँधेरा छा गया।

तीसरा हिस्सा

शेरा बाबू हवा में मुट्ठियाँ उछाल-उछालकर भन्नाते हुए कमरे में इधर से उधर घूम रहे हैं, "नहीं, अब और नहीं चलेगा। बहुत बर्दाश्त कर लिया मैंने। इन लोगों ने समझ क्या रखा है..."

वास्तव में इनका नाम शेरा बाबू नहीं। 1962 में चुनाव के दौरान इन्होंने एक पाक्षिक पत्रिका निकाली थी। बहुत बड़ा रिस्क लिया था। लगी-लगाई नौकरी छोड़ दी। पत्रिका के लिए जमा पूँजी थी—पी.एफ. का थोड़ा-सा पैसा और मित्रों के बड़े-बड़े आश्वासन। पत्रिका क्या थी, एकदम आग का गोला! ऐसे बेलाग और दहाड़ते हुए सम्पादकीय लिखे कि दोस्तों और पाठकों ने पीठ थपथपाकर दाद दी—'वाह रे शेर!' और बस, तब से ही वे शेरा बाबू हो गए।

पर पैसे के अभाव में शेरा बाबू की सारी गर्जना-तर्जना और दहाड़ भी पत्रिका को बारह अंकों से ज्यादा ज़िन्दा नहीं रख पाई। बन्द हो गई। परिणाम—ढेर सा कर्ज़।

मित्रों का द्वेष।

पूरे अस्तित्व के टुकड़े-टुकड़े! बीवी की जीभ में छुरी-कैंचियों की पैदाइश। बोलती है तो शेरा बाबू को लहूलुहान करके छोड़ती है।

'ग्यारह बज रहे हैं, अभी तक साहबजादे का पता नहीं है। आने दो, आज साफ-साफ ही कहूँगा। घर को तो होटल समझ रखा है नालायक ने। सवेरे जो कुछ मिला, पेट में ठूँसा और निकल गए मटरगस्ती को। सारे दिन आवारागर्दी करना, रात को देर-सवेर जब भी मन हुआ आ गए टाँग फैलाकर सोने के लिए... और वे माँ हैं, नौ बजे से ही भैंस जैसी पसरी पड़ी हैं। उन्हें चिन्ता ही नहीं कि सपूत साहब कहाँ कबड्डी खेल रहे हैं।'

गुस्सा शेरा बाबू के मन में लावे की तरह खौल रहा है। ठीक है, सारी कोशिशों के बावजूद पत्रिका वे फिर से नहीं निकाल पा रहे हैं, पर इसका यह मतलब तो नहीं कि शेरा बाबू के लेबिल के नीचे एकदम गीदड़ी ज़िन्दगी जिएँ। कोई गिनता ही नहीं, उनको घर में, जैसे वे मिट्टी का लौंदा हों!

घूम-घूमकर उन्होंने उन सारे वाक्यों को कई बार दोहरा लिया जिनकी बौछार करके आज वे अपने बेटे को पस्त करेंगे। एक बार तो उन्होंने जोर से बोल-बोलकर भी देख लिया। नहीं, आवाज़ में कड़क है। आखिर जाएगी कहाँ? इस आवाज़ के सामने न उसकी टाँगें थरथरा जाएँ तो! और क्षणांश को उनकी आँखों के आगे वह दृश्य कौंध गया जब भरी सभा में उन्होंने नेहरू सरकार की छज्जियाँ बिखेर कर रख दी थीं। क्या बुलंदी थी आवाज़ में! अपने को ही भाषण देते देखकर एक हलकी-सी मुग्ध मुस्कान उनके होठों पर थिरक गई।

कितना लम्बा अर्सा बीत गया। पूरे पन्द्रह साल। उसके बाद से तो बस–गुस्सा, नफ़रत, हिकारत, धिक्कार सब कुछ मन में ही खदबदाता रहता है।

दरवाज़े पर साइकिल की खड़खड़ाहट सुनकर वे चौकस हुए। "आ गया लगता है।" वे तनकर दरवाज़े पर आ खड़े हुए। उनकी मुद्रा देखकर ही वह अपने को सँभाल ले और थोड़ा सहम जाए तो अच्छा है।

पर अँधेरे की वजह से या तो लड़के ने उन्हें देखा ही नहीं या फिर देखने के बाद भी उनके हाव-भाव और तेवर का उस पर कोई असर नहीं हुआ। निहायत लापरवाही से उसने स्टैंड नीचे गिराया और साइकिल खड़ी करके सीटी बजाते हुए...

"सुधीर!" अपने हिसाब से उन्होंने आवाज़ को काफ़ी कड़क बनाकर ही कहा, पर उधर से मौन।

"जानते हो, कितने बजे हैं?"

"ग्याऽरहऽ!" झिझक और संकोच का लेश नहीं। एक-एक अक्षर पर ज़ोर और आवाज़ में शेरा बाबू से भी कहीं ज़्यादा कड़क।

हो गई शेरा बाबू की तो ऐसी की तैसी। इतनी बार की दोहराई बातें भीतर ही भीतर गड्ड-मड्ड होने लगीं और जीभ तो जैसे लटपटाने लगी। फिर भी उन्होंने अपने को समेटा और पूरी हिम्मत के साथ प्रश्न दागा :

"यह टाइम है घर लौटने का?"

"टाइम! अरे घर लौटने के टाइम का नियम तो एमरजेंसी के दौरान भी नहीं बना था। जाइए, जाकर सो रहिए।" और सारी बात से बेअसर वह कमरे में दाख़िल हो गया।

लड़के के पैर तो नहीं थरथराए पर ग़ुस्से और आवेश से शेरा बाबू के पैर लड़खड़ाने लगे।

'नालायक...बद्तमीज...हरामी...' एक के बाद एक गालियाँ उभरने लगीं। पर मन की आवाज़ तो जैसे कुंद हो गई।

'मैं इस स्साले का बाप हूँ। लानत है मुझ पर।'

और उनके सामने अपने बाप की तस्वीर घूम गई। लम्बा-चौड़ा कद्दावर जिस्म। ऐंठी हुई मूँछें। जब बोलते थे तो आदमी तो क्या, घर की दीवारें भी थरथराने लगती थीं। मज़ाल है जो उलटकर कोई जवाब दे। उनके मुँह से निकली हुई बात, अन्तिम बात। न उसके इधर कुछ हो सकता है, न उधर। घर का नियम ही बन गया था, शाम को जैसे ही वे घर आते तो सबकी ज़बानें अपने-आप कटकर उनकी जेब के हवाले हो जातीं। बस, अब केवल सुनो। सवेरे काम पर जाते तो सबकी ज़बानें वापस लगा दी जातीं। अब कुछ देर बोल लो। कई बार बड़ी घुटन होती थी। हुआ करे—पर एक शब्द तक बोलने की जुर्रत नहीं कर सकता था कोई।

एक स्साला मैं हूँ। बाप होकर भी आप कुछ कह नहीं सकते। एक कहिए, दस सुनिए।

बस, खुलकर कहने का मौक़ा तो उन्हें तब मिला था, जब उन्होंने पत्रिका निकाली थी। जहाँ कुछ अनुचित देखा, ग़लत सुना, छज्जियाँ बिखेरकर रख दीं। न किसी का डर, न खौफ़।

पत्रिका का ख़याल आते ही वे घर की चहारदीवारी से मुक्त होकर जैसे आसमान में तैरने लगे—व्यापक, विस्तृत। 'छीः कितनी छोटी बात पर वे दुखी हो रहे हैं! बात अकेले सुधीर की तो नहीं है। आज हर तीसरे घर में एक सुधीर मौजूद है—निष्क्रिय, आवारा और भटका हुआ। कितनी बड़ी समस्या है और वे सुधीर को लेकर बिलबिला रहे हैं। एकाएक दिमाग में कौंधा—कितना मौजूँ विषय है! मौजूँ और महत्त्वपूर्ण! एक पूरा विशेषांक निकाला जा सकता है। और देखते ही देखते उनकी आँखों के सामने बड़े-बड़े अक्षरों में लिखा—'दिग्भ्रमित युवा-पीढ़ी' कौंध गया।

बेटे के व्यवहार से निर्जीव हो आए शरीर में दिपदिपाते इस शीर्षक ने बिजली की-सी फुर्ती भर दी। लपककर उठे और अपनी अलमारी खोली। पत्रिका के बारह अंकों को जिल्द में बँधवाकर कोई बीस प्रतियाँ उन्होंने बड़े करीने से सजा रखी हैं। एक क्षण वे उन्हें देखते रहे। फिर बड़ी ममता से उन पर हाथ फेरा, सहलाया। इस स्पर्श से ही थोड़ी देर पहले के सारे तनाव ढीले हो गए। एक नया आत्मविश्वास जागा।

नीचे के खाने से एक मोटी-सी फाइल निकालकर कुर्सी पर आ गए।

एक पाक्षिक पत्रिका निकालने की पूरी योजना मय-बजट के नत्थी की हुई है। कितनी मेहनत से यह योजना उन्होंने तैयार की है! दस साल पहले बजट

पैंतालीस हजार था, आज एक लाख हो गया। उसके बाद टाइप की हुई एक लम्बी सूची है उन सब नामों की, जिन्होंने कभी आश्वासन दिया था कि पत्रिका निकालने पर वे विज्ञापन देंगे। फिर कुछ विशेषांकों की विस्तृत योजना।

बड़ी अजीबो-गरीब स्थितियों में इन विशेषांकों की योजना शेरा बाबू के दिमाग़ में आई थी। योजना कभी भी बनाई हो, कैसी भी स्थिति में बनाई हो, पर ये विषय कभी पुराने नहीं पड़ेंगे। पहला विशेषांक था :

"देश का नया जन्म! भ्रष्ट नौकरशाही का अन्त!" बड़े-बड़े अक्षरों में लिखा था।

मन में फिर कुछ रड़कने लगा। तीन साल हो गए पर आज भी सारी बात इस तरह मन में खुदी हुई है जैसे कल ही घटी हो। कितना अपमान किया था उस दिन स्साले मल्होत्रा ने और वह भी मिस दास के सामने! बिना एक भी शब्द बोले, भीतर ही भीतर सौ-सौ जख़्मों का दर्द लिये कैसे वह घिसटते हुए अपनी कुर्सी तक आए थे! हरामी कहीं का! सारे दिन मिस दास की साड़ी में घुसा रहता है। बीवी तो बना नहीं सकता अपनी उस बारह मन की धोबन के रहते, असिस्टेंट मैनेजर बनाकर बिठा लिया अपनी गोद में। एक वो मिस दास हैं, पूछो भला, क्या तुम्हारा अनुभव, क्या तुम्हारी लियाकत! डेबिट-क्रेडिट का मतलब तक तो आता नहीं तुमको...अकाउंट्स-डिपार्टमेंट की मैनेजरी करने आ गई। पर करना क्या है लियाकत का! ऊँचे ओहदों प्र पहुँचने के लिए दो ही लियाकत होनी चाहिए औरत में—बड़े बाप की बेटी, या अफ़सर संग लेटी।

और फोहश गालियों का फव्वारा छूट पड़ा। सारे भ्रष्ट अफ़सरों के नाम... उनकी रखैलों के नाम। एक से एक वज़नदार गाली। पर आख़िरी गाली शेरा बाबू ने अपने ही नाम दागी। लानत है इस ज़बान पर! लेकिन क्या करें? इन घिनौने और ज़लील लोगों की बात सोचते ही उनकी अपनी ज़बान कैसी ज़लालत में लिपट जाती है! थूऽऽ! ज़बान साफ़ करने के चक्कर में थड़ाक से थूककर उन्होंने अपना ही कमरा गन्दा कर दिया।

इस भ्रष्ट नौकरशाही को जड़ से उखाड़ देने की भयंकर ललक और इसे तिल-भर भी हिला न पा सकने की मजबूरी के बीच शेरा बाबू का मन कुछ इस तरह ऐंठा की उन्होंने वह फाइल ही बन्द कर दी।

सामने एक नया काग़ज फैलाया। खाली और साफ़। मन को भी सारी कटुता से खाली किया और क़लम पकड़कर एक क्षण को आँखें बन्द कीं। लिखने को वे पूजा की तरह पवित्र मानते हैं।

रात दो बजे तक उन्होंने इस नए विशेषांक की विस्तृत योजना बनाई।

विभिन्न लेखों के शीर्षक...परिचर्चा का विषय... अलग-अलग क्षेत्रों के महारथियों के इस समस्या पर विचार और फिर अपना लम्बा, विचारोत्तेजक सम्पादकीय।

मन में एक गहरा आत्मतोष और शरीर में हलकी-सी थकान लेकर वे सोए तो सारी रात उन्हें सपने ही आते रहे। चारों ओर से लड़के-लड़कियाँ चले आ रहे हैं—थके, हारे, पस्त। धीरे-धीरे सारी भीड़ एक जुलूस में बदल गई। संयत और अनुशासित। शेरा बाबू नेतृत्व कर रहे हैं। कहीं से सुधीर आता है, हाथ में पानी का गिलास लिए, "पापा, पानी पीजिए, आप थक गए होंगे।"

"जिस आदमी की खोपड़ी पर कोई जिम्मेदारी नहीं, वही आठ-आठ बजे तक सो सकता है।" बीवी की लताड़ ने नींद को ही नहीं, शेरा बाबू को ही चीरकर खड़ा कर दिया। आठ बज गए, पता नहीं चला।

"मैं जा रही हूँ। मेहरी तो आज भी नहीं आई। सब्जी बनाकर रख दी है। मुझे देर हो रही है, रोटी खुद सेंक लेना।" और कूल्हे मटकाती हुई वह निकल गई।

अच्छा तमाशा है। जहाँ तीन रोटी अपनी सेंकीं, मेरी भी सेंक सकती थी, पर नहीं सेंकेगी। कमाऊ बीवी का रौब कैसे पिलाए! और इस महरी को भी पता नहीं क्या हुआ है?

जल्दी-जल्दी शेरा बाबू ने अपना निजी काम निपटाया। एक बार बीवी के कमरे में झाँका—पलंग पर पड़ा अस्त-व्यस्त ओढ़ना, बिछौना, आधी कुर्सी और आधी ज़मीन पर फैली बीवी की उतरी हुई साड़ी। कोने में उतरे हुए पजामे के दो गोले। तो सपूत साहब माँ से भी पहले सटक लिए! यह घर है या स्साला घूरा? हज़ार बार कहा कि सवेरे और कुछ नहीं तो अपना कमरा ही थोड़ा ठीक कर लिया करो। पर नहीं, सवेरे तो उन्हें तगण-मगण-भगण का तर्पण जो करना रहता है। पूछो भला—इस तगण-मगण-भगण से किसका कल्याण होने जा रहा है आज? क्यों अपनी और बच्चों की ज़िन्दगी ख़राब करने में लगे हो? पर इन भैंसिया अक्लवाले हिंदी के पंडितों को कौन समझाए?

और शेरा बाबू की दुनाली हिंदीवालों की ओर घूम गई। 'देस स्साला रसातल को जा रहा है, पर इन गधों को कोई चिन्ता नहीं। लगे हुए हैं रासो की जान को। रासो प्रामाणिक है या नहीं? मान लो तुमने प्रामाणिक सिद्ध कर ही दिया तो कौन तुम्हें कलक्टरी मिल जाएगी! जहाँ हो, वहीं पड़े सड़ते रहोगे। तुम बस हो ही इस लायक कि दंड पेलो और गधों की जमात पैदा करते जाओ।'

समय ने लंगी लगाई तो शेरा बाबू चारों खाने चित। बाप रे, नौ बज गए। उन्होंने दोनों गालों पर चपत लगाई...असली गधे तो शेरा बाबू तुम खुद हो। यह

स्साला दिमाग़ है या चूँ-चूँ का मुरब्बा! अब न खाने का समय, न पकाने का। अब भूखे ही दंड पेलना आफ़िस में।

बस में लंद-फंदकर आफिस पहुँचे। वही परिचित चेहरे, परिचित गन्ध, परिचित माहौल। नया कुछ भी नहीं जो मन को बाँध सके और इसीलिए कुर्सी पर बैठने के थोड़ी देर बाद ही भूख ने सताना शुरू कर दिया। उन्होंने अपने पर ही तरस खाते हुए कहा—शेर-शेर बनकर ही दूसरों को खा सकता है...गीदड़ बनकर तो ससुरा अपने को ही खाएगा।

तभी जगत दिखाई पड़ गया—ऑफ़िस का चपरासी। पाँच-छह दिन से नहीं आ रहा था।

"अरे जगत, कैसे हो भइया?" बड़ी आत्मीयता से उन्होंने पूछा।

"बुखार तो टूट गया पर कमज़ोरी बड़ी है।" जगत सामने हाथ जोड़कर खड़ा हो गया।

"तो और दो दिन आराम करके आते।" उन्होंने स्नेह से जगत के जुड़े हुए हाथ अपने हाथ में ले लिए।

"अरे साब, यों ही दो दिन की छुट्टी ज़्यादा हो गई है। हम लोगों के लिए क्या काम, क्या आराम! बस, पेट में दो जून डालने के लिए रोटी का जुगाड़ हो जाए, यही सबसे बड़ा आराम है साब!"

"जानते हो, मैं परसों तुम्हारे घर की तरफ़ गया। सोचा, देख आऊँ, कैसे हो। पर तुम्हारा घर ही नहीं मिला।"

कृतज्ञता के मारे जगत की आँखों में तराइयाँ आ गईं, "अरे, आपने बेकार में तकलीफ़ की साब।"

पर तभी चारों ओर से जगत पर तरह-तरह के आदेशों की मार पड़ने लगी और वह दौड़ गया।

कोई इतनी-सी बात भी नहीं सोचेगा कि बेचारा बीमारी से उठकर आया है तो थोड़ा-सा ख़याल ही रख लें। ये घिस्सू क्लर्क। चपरासियों को पेल-पेलकर ही तो इन्हें कुर्सी पर बैठने का अहसास होता है। अफ़सरों से झड़ो, चपरासियों को झाड़ो। शेरा बाबू का तो तजुर्बा है कि इस तबके के आदमी को तुम बस आदमी समझो, बदले में ये तुम्हें ख़ुदा समझेंगे।

पर शेरा बाबू के तजुर्बे का कोई मोल रह गया है आजकल! टके को नहीं पूछता कोई। सब उन्हें सिनिक कहते हैं, कहो! इस चहुँतरफी सड़ाँस को देखकर हर समय जिसके दिमाग़ की नसें फटती रहती हों, खून खौलता रहता हो, वह सिनिक तो हो ही जाएगा।

जो ज़िंदा है, वही सिनिक है। एकाएक उनके मन में उभरा और अपनी इस उक्ति पर वे खुद मुग्ध हो गए। वाह रे शेरा, क्या दिमाग़ पाया है...कुछ उपयोग कर पाता इस दिमाग़ का तो बात भी थी, वरना तो भेजे के भीतर ही स्साले का सिरका बन रहा है।

शाम को ऑफ़िस से निकलकर वे सीधे लाइब्रेरी पहुँचे। उनकी दिनचर्या का सबसे सुखद समय। अख़बार और पत्रिकाएँ पढ़ने के बाद थोड़ी देर मिश्राजी से गप्प कर लेते हैं। दिन भर ऑफ़िस में बैठकर छाती में धुआँ-सा भर जाता है। किसी के सामने निकाल लें तो जी हलका हो जाता है, वरना घर... । उन्होंने दिमाग़ से घर को परे सरकाया और एक साप्ताहिक खोल लिया।

'जनता पाटी के मंत्रियों की तस्वीरें...उनकी जीवनियाँ...उनके इंटरव्यूज... उनकी प्रशंसा...प्रशस्ति...'

'लानत है स्साले इन सम्पादकों पर! दोगले और बेपेंदी के! अच्छा है बेटा, तुम यही करो। जो शक्ति-स्थान पर बैठा है, उसके चरण चाँपो और अपनी सात पुश्तों को तार लेने का सिलसिला बिठा लो। अरे, कम-से-कम कुछ करके चरण थकने तो देते इनके, फिर चाँपते। पर इतना सबर किसको? लेखक, सम्पादक, अध्यापक, सब-के-सब चले जा रहे हैं लाइन लगाकर। जय कुर्सी मैया! यह तो शेरा बाबू ही स्साला उल्लू का पट्ठा है जो सिद्धांतों की दुम पकड़े-पकड़े सबका लतियाव सहता रहता है। एक दिन ऐसे ही दफा भी हो जाएगा...कोई दो आँसू बहाने भी नहीं आएगा।'

सौ-सौ धिक्कार फूटने लगे इन गिरगिटये चरण-चाँपियों पर।

"अरे शेरा बाबू, आप कब आकर बैठ गए! मैं तो आपके लिए जेब में खुशख़बरी लिए घूम रहा हूँ।" शेरा बाबू को देखकर लाइब्रेरियन मिश्रा अपने कटघरे में से बाहर निकल आया।

"खुशख़बरी?" शेरा बाबू के लिए तो यह शब्द ही अपरिचित हो चला है।

"गुप्ताजी का जवाब आ गया। अगले महीने वे खुद ही आनेवाले हैं।" और मिश्राजी ने एक चिट्टी शेरा बाबू के सामने फैला दी, "इनके साथ अगर बात बन गई तो जैसा आप चाहते हैं, वह हो जाएगा।"

चिट्ठी पढ़ते-पढ़ते शेरा बाबू के हाथ काँपने लगे।

"आप कल ही अपनी योजना मय-बजट इनके पास भेज दीजिए। आने से पहले वे भी एक-दो लोगों को देख-दिखा लें। वैसे आदमी बहुत खरे हैं गुप्ताजी।"

घर लौटे तो पैदल चलते हुए ही उन्हें लग रहा था जैसे मोटर पर सवार हैं।

फाइल में नत्थी किए हुए विशेषांक छप-छपकर उनके आगे-पीछे तैरने लगे। एक विशेषांक और उसकी होनेवाली प्रतिक्रिया के सैकड़ों दृश्य उनकी आँखों के सामने से गुज़रने लगे। एकाएक ही उन्हें लगा जैसे वे कुछ विशिष्ट हो गए हैं...कुछ ऊपर उठ गए हैं...ज़मीन से डेढ़ इंच ऊपर।

घर में घुसते ही देखा—चिल्ल-पों। बीवी अपनी धाड़-फाड़ आवाज़ में महरी पर जुटी हुई थी। वह सफ़ाई पेश कर रही थी, "क्या करती बीवीजी, घर का एक-एक आदमी बीमार। मरे इस मलेरिया ने छोड़ा भी है किसी को इस बार?"

"ठीक है, मलेरिया ने नहीं छोड़ा तो मैं भी नहीं छोड़ने की इस बार। आठ नागा हुई हैं, इस महीने में तनख़्वाह कटेगी। यहाँ भी कोई मुफ़्त का..."

"क्या कोहराम मचा रखा है घर में?" डेढ़ इंच ऊपर से ही शेरा बाबू ललकारे।

बीवी ने बड़ी पैनी नज़रों से शेरा बाबू के इस तेवर को देखा।

"ठीक तो है। बीमारी तो किसी की बस की नहीं। इसके लिए पैसे काटना कोई इन्सानियत है..."

"एऽहेंऽ! चार सौ रुपल्ली पानेवाला आदमी पहले खुद तो इन्सान बनकर दिखा दे।...इन्सानियत की बातें करेंगे..." शटाक् से छुरी चली और शेरा बाबू टुकड़े-टुकड़े होकर धड़ाम से ज़मीन पर।

"यहाँ काम करते-करते हड्डियाँ चटक गईं और ये ऑफ़िस के बाद मटरगश्ती करके आए हैं। इन्सानियत का पाठ पढ़ाने। ऐसे निखट्टू..."

और फिर छुरी-कैंची का एल.पी. चला तो शेरा बाबू की धज्जी-धज्जी बिखेर कर रख दी।

हवा निकले गुब्बारे की तरह किसी तरह अपना किरचा-किरचा समेटकर भीतर आए और धम्म से कुर्सी पर बैठ गए।

'ये स्साली बीवी है। बीवी और औरत के नाम पर कैसी-कैसी लफ्फ़ाज़ियाँ झाड़ रखी हैं—सब बकवास। एक वो प्रसादजी हो गए...ऐसी एक भी घुड़की खा लेते तो सारी श्रद्धा-वद्धा पीछे के रास्ते निकल जाती।'

कोई विश्वास करेगा कि शादी के बाद यही औरत कैसे आगे-पीछे घूमा करती थी उनके? शेरा बाबू की छोटी-सी इच्छा सीधा आदेश बन जाती थी इसके लिए। पहली तारीख़ को हज़ार रुपए पकड़ाते थे और वह हज़ार जान से कुर्बान रहती थी उन पर। कर्जा न चुका पाने के कारण जब कुर्की आई तो बिना चेहरे पर शिकन लाए अपने दस तोले का सतलड़ा हार निकालकर दे दिया था। हालाँकि वह हार उनके पिता का ही दिया हुआ था, फिर भी शेरा बाबू तो एकदम बिक

गए। यह तो बाद में मालूम पड़ा कि शेरा बाबू को ख़रीदने के लिए ही उसने यह हार दिया था। उसके बाद शेरा बाबू—बीवी के जरख़रीद ग़ुलाम।

सचमुच अपने व्यक्तित्व के एक हिस्से पर उन्होंने 'सोल्ड' की चिप्पी लगाई और बीवी के हाथों में सौंप दिया—ले घिस, छील, काट...

वितृष्णा का ज्वार, कुछ ऐसे ज़ोर से उमड़ा कि ऊपर से नीचे तक सराबोर। दो-तीन डुबकियाँ लगाकर ऊपर आए तो एकदम दार्शनिकी मुद्रा में।

'कुऽऽ नहीं...सब बेकार। कोई किसी का नहीं—न बीवी, न बच्चे। सब मन भरमाने के चोंचले हैं।'

अभी कुछ देर पहले मिश्रा की बात से जिस उत्साह और उमंग के पंख लगाकर वे उड़ते हुए घर आए थे, वे भी झाड़कर फेंक दिए।

नहीं, कुछ नहीं होगा। पहले की अनेक बातों की तरह यह बात भी ढिस्स होकर रह जाएगी। जब-जब कहीं से ज़रा-सी बात का सुराग भी मिला है...किसी ने कोई आश्वासन दिया है...उन्होंने ज़मीन-आसमान एक कर दिया है। महीनों भाग-दौड़ की कि बात बन जाए...हफ्तों सपने देखे कि बात जमने पर वे क्या-क्या करेंगे।

पर हुआ कुछ आज तक?

एक वो पटेल साहब आए थे। उनको पत्रिका की पॉलिसी समझाओ... उद्देश्य समझाओ टेक की तरह। बस, एक बात दोहराते थे—'यह तो ठीक है जी, पर इसका व्यावसायिक पक्ष तो समझाओ। हम व्यापारी आदमी ठहरे, वहीं पैसा लगाएँगे जहाँ दो की जगह चार होकर मिले।'

'बैठ स्साले सट्टे बाजार में। व्यापारी की...' सँभलते-सँभलते भी एक मोटी-सी गाली उनके दार्शनिक चोले में से फूटकर बाहर आ ही गई।

एक वो पनिकर साहब! 'देखिए मिस्टर शेरा बाबू आपकी बोल्डनेस ने हमें एकदम फ्लैट कर दिया। ऐसी ही बोल्डनेस हम चाहते हैं। पैसा भी इतनी बड़ी प्राबलम नहीं होगा। बस, एक बात है...मैगज़ीन में आपको पार्टी का लैंस ज़रूर लगाना होगा। हर चीज़ पार्टी के एंगिल से आए।'

'शेरा बाबू से बात कर रहा है पार्टी के एंगिल की। लैंस लगा ले अपने पैंदे में। रोज़ सवेरे पेट साफ़ करने के बाद देखा करना कीड़े कितने बढ़ गए कि दिमाग़ तक झड़ गया स्साले का।'

शेरा बाबू को समझौता ही करना होता या किसी के आदेश पर ही चलना होता तो अख़बारी नौकरियों की कमी थी उस समय कोई! पत्रिका बन्द होते ही ऑफर आए थे उनके पास। पर नहीं, उन्होंने ढाई सौ रुपल्ली की नौकरी चुनी।

नौकरी थी गीदड़ की और उन्होंने शेरा बाबूवाले तेवर से शुरू की। शुरू-शुरू के दिन थे। अपने को मारने में समय तो लगता है न! हो गई एक दिन सेक्रेटरी से झड़प। स्साले की ऐसी की तैसी कर दी। आज भी शेरा बाबू को याद है, उसने बिना आदेश के पत्थर जैसी जमी हुई कठोर आवाज़ में कहा था–'गेट आउट ऑफ दी रूम।' और दूसरे दिन ही ऑफ़िस से भी गेट आउट होने का नोटिस थमा दिया गया था उन्हें।

तब उन्होंने अपने एक हिस्से को मारकर, घिस-घिसकर गैंडे की खाल चढ़ाकर नौकरी के लिए तैयार कर लिया। जब नई नौकरी की तो इस हिस्से को मल्होत्रा को सौंप दिया था–मार, पीट, छील।

उसके बाद की ज़िन्दगी–ज़लालत का इतिहास।

उन्होंने बीवी से समझौता कर लिया...नौकरी से समझौता कर लिया। पर पत्रिका? नहीं, वहाँ वे कोई समझौता नहीं करेंगे–किसी भी क़ीमत पर नहीं। एक यही तो जगह है जहाँ वे शेरा बाबू होकर जी सकते हैं। यहीं तो खुलकर अपनी बात कहने की आस रख सकते हैं...डटकर विरोध करने का हौसला रखते हैं... बड़े-से-बड़े की धज्जियाँ बिखेरने का साहस रखते हैं। यहाँ वे शेरा बाबू होकर ही जिएँगे...शेरा बाबू होकर ही लिखेंगे। इस एक-तिहाई हिस्से को लेकर ही तो लगता है कि वे भी ज़िन्दा हैं, इतना सब होने पर भी अपने पूरे वजूद के साथ ज़िन्दा हैं, वरना तो इस ज़िन्दगी में रह ही क्या गया है!

भावुकता और आवेश के मारे उनका सारा बदन जैसे थरथराने लगा। हर किसी के नाम फूटती गालियों की बौछार न जाने कहाँ बिला गई। थोड़ी देर पहले ही दार्शनिक मुद्रा पर कुछ-कुछ आध्यात्मिक पवित्रता का-सा लेप चढ़ गया और वे सिद्धावस्था को पहुँच गए। पर भूखे पेट बहुत देर तक सिद्धावस्था में भी तो नहीं रहा जा सकता। सो जल्दी ही नीचे उतर आए।

ख़याल आया, आज सवेरे भी तो कुछ नहीं खाया था। पर अभी तो तुरन्त की खाई हुई चोट से खून रिसना भी बन्द नहीं हुआ है। कैसे खाने पहुँच जाएँ! ठीक है, आज वे नहीं खाएँगे। जहाँ मन को इतना मारा, वहाँ पेट को भी मार सकते हैं। पर पेट स्साला बवंडर कुछ ज़्यादा ही मचाता है। अँतड़ियाँ कैसी कुलबुला रही हैं! यह कुलबुलाहट दिमाग़ को भी ऐंठने लगी। उन्होंने कसकर अपने दोनों गालों को चपतियाया।

कुछ नहीं शेरा बाबू, तुमसे कुछ नहीं होने का। यह पत्रिका की बात दिमाग़ को स्साले आसमान पर ले जाकर बिठा देती है। भूल ही जाते हो कि खड़ा तो ज़मीन पर ही होना है। और जब औंधे मुँह गिरते हो तो इसी तरह लहूलुहान।

पकड़ो कान और खाओ क़सम कि पत्रिका की बात सोचना भी छोड़ दोगे। ज़मीन पर रहोगे तो ज़मीन की ज़िन्दगी जिओगे। अपने दिमाग़ी फ़ितूर छोड़ो और अपने वजूद का तीसरा हिस्सा ज़मीन के ही नाम लिख दो। यह रस्समकश ही ख़तम हो।

और भूखे पेट में क़सम के दो कौर डालकर शेरा बाबू अपनी खटिया पर लेट गए, लेटे रहे...लेटे रहे। कभी इस करवट, कभी उस करवट। पता नहीं पेट की कुलबुलाहट थी या कि गुप्ताजी के पत्र की पंक्तियाँ कि नींद ही नहीं आ रही थी। मन के चारों ओर अच्छी तरह नाकेबन्दी करने के बावजूद गुप्ताजी के पत्र की पंक्तियाँ सपनों के छोटे-छोटे टुकड़ों के रूप में लपक-लपक उनकी आँखों के सामने कौंध जातीं। तब वे हताश से, सफ़ाई देते हुए जैसे अपने को ही समझाते...क्या हर्ज़ है, जीने का एक बहाना ही मिल जाता है।

आज शनिवार है। ऑफ़िस एक बजे बन्द हो जाएगा। पर मल्होत्रा साहब की इच्छा है कि चार बजे सब लोग यहीं इकट्ठा हों। कारण—मन्त्री महोदय के निवास स्थान पर जाकर उन्हें जन्मदिन की बधाई देना। मल्होत्रा साहब की इच्छा है यानी बाक़ी सब लोगों के लिए आदेश। ऐसा आदेश जिसे टालना जुर्म है। भारी जुर्म...माफ़ी के परे का जुर्म।

मल्होत्रा साहब आते ही मिस दास को लेकर बुके और फूलमालाओं का आर्डर देने निकल गए। मन्त्री महोदय के चरणों में अर्पित होनेवाला बुके बहुत नफ़ीस होना चाहिए। नफ़ीस और लाजवाब। ये कलमघिस्सू क्लर्क नफ़ासत क्या समझें इसलिए ऑफ़िस की सबसे नफ़ीस चीज़ को बगल में बिठाकर खुद गए हैं।

उनके जाते ही कलमघिस्सू क्लर्क जीभघिस्सू हो गए। बढ़ते दामों से लेकर जनता पार्टी, कांग्रेस—सबका ही तर्पण कर डाला। वही नंगी भाषा...वही जहर-घुले वाक्य। भारी-भरकम गालियों के कन्धे पर चढ़ा दो-तीन बार मल्होत्रा का ज़नाजा भी निकाल डाला। सबसे बड़ा ग़म तो इस बात का कि इस मन्त्री के चक्कर में आधे दिन की छुट्टी की छुट्टी हो गई।

काम कर रहा है तो केवल तापस। कोई दस दिन पहले ही दूसरे विभाग से बदली होकर आया है। शेरा बाबू की मेज़ पर बैठता है। दुबला-पतला निरीह-सा बंगाली लड़का। बुझा हुआ चेहरा। मल्होत्रा के केबिन में जाएगा तो पैर थरथराते रहते हैं...लौटता है तो आँखें छल-छलाई रहती हैं। लगता है, जैसे किसी बहुत अपने को दफनाकर आ रहा हो। शेरा बाबू को पहले ही दिन से इस लड़के से

कुछ ममता-सी हो गई है, वरना आज तक जगत के सिवाय उनका और किसी से तालमेल ही नहीं बैठा। इसे देखकर जब-तब दिमाग़ में सुधीर टकराता रहता है। पर अजीब बात है–सुधीर की आवारागर्दी और गैर-ज़िम्मेदारी को लेकर जितना गुस्सा उनके मन में है...तापस को देखकर वह सब छँट जाता है। केवल छँटता ही नहीं, एक सुकून-सा मिलता है। इस कुर्सी पर बैठने से तो आवारागर्दी करना कहीं ज़्यादा अच्छा है।

खटाक से जैसे माइक पर बजते रिकार्ड का स्विच किसी ने बन्द कर दिया हो। यहाँ से वहाँ तक सुई-पटक सन्नाटा। साहब केबिन में–सबके सिर फाइलों में।

थोड़ी देर में ही जगत ने फ़रमान पेश किया, "तापस बाबू, बड़े साहब।"

बड़ी कातर-सी नज़र शेरा बाबू पर डालकर तापस जगत के पीछे घिसट लिया। शेरा बाबू भीतर की आहट लेने को एकदम चौकस होकर बैठ गए।

थोड़ी देर तक भीतर चुप्पी रही फिर एक गुर्राहट।

"पढ़ लिया अपना लिखा नोट?"

एक अस्पष्ट-सी रिरियाहट।

"तीन दिन के बाद ये नोट तैयार किया है तुमने?" लानत में लिपटा एक प्रश्न।

रिरियाहट में अब रुआँसापन भी मिल गया।

"नो आर्ग्यूमेंट्स...गो!" एक दहाड़ती हुई दुत्कार।

चुप्पी।

"लाइनों को पढ़ लेना ही पढ़ना नहीं होता। बिटवीन दी लाइंस भी कुछ पढ़ा जाता है, समझे! जाओ, जाकर शुक्ला से गाइड-लाइन लो और फिर से नोट तैयार करो।"–धिक्कार भरा आदेश।

दरवाज़ा खोलकर तापस ने पहला क़दम बाहर किया ही होगा कि–"तापस, तुम इस तरह घिसट-घिसटकर क्यों चलते हो? जब देखो ऐसी मुहर्रमी सूरत बनाकर रहते हो? और सुनो, शाम को ठीक से ड्रेस होकर आना...यों पसीने में चिपचिपाते हुए नहीं। यंगमैन हो...बी स्मार्ट...बी ब्राइट..."–उद्‌बोधन।

शेरा बाबू के भीतर कुछ खौलने लगा–'स्मार्टनैस के बच्चे, उपदेश झाड़ रहा है। मोटर-बंगले के साथ तीन हज़ार पाकेट में डाल दे और एअर कंडिशंड कमरे में बिठा दे फिर देख अंग-अंग से कैसी स्मार्टनैस टपकती है! ढाई सौ रुपल्ली में तो पसीना ही टपकेगा। स्साला बिटवीन दी लाइन समझा रहा है। अरे, तेरे बिटवीन दी लेग्ज जो हैं, वह भी समझ में आता है...खूब समझ में आता है। सीधे

से क्यों नहीं कहता कि निगम आकर हलक के नीचे उतार गया है नोटों का बंडल? ठीक है, कौन हमारे बाप की जेब से कुछ जाता है। करो लीपा-पोती। पर उस ग़रीब को क्यों धुनक दिया नाहक ही?'

तापस घिसटता हुआ आकर धीरे-से बैठ गया। वही पनियाली आँखें...लगा, अब रोया, तब रोया।

"शेरा बाबू, हमने बहुत ध्यान से सारा फाइल स्टडी किया था...बहुत मेहनत करके नोट तैयार किया था...आपको भी तो दिखाया था।"

शेरा बाबू ने दिलासा देते हुए कंधा थपथपाया, "अरे, कोई बात नहीं, तुम शुक्ला के पास चले जाओ। वह गाइड-लाईन नहीं, लिखा-लिखाया नोट ही तुम्हें दे देगा। बस, लाकर टाइप करो और लगा दो।"

तापस उठा तो मन-ही-मन उभरा—शुक्ला स्साला मल्होत्रा की मींगनी। हिकारत से उन्होंने वेस्ट-पेपर बास्केट में ही थूक दिया।

एक बजे ऑफ़िस से निकल शेरा बाबू लाइब्रेरी चले आए। घर आना-जाना यानी दो घंटे की बरबादी। यों भी कोई तुक नहीं था घर जाने का।

मिश्रा देखते ही चिल्लाया, "अरे शेरा बाबू, दो दिन से आप आए ही नहीं। मैं तो आपके घर आनेवाला था।"

शेरा बाबू सीधे मिश्रा के कटघरे में ही घुस गए।

"गुप्ताजी की चिट्ठी आई है। चिट्ठी नहीं, बस समझ लीजिए, पत्रिका शुरू करने का आदेश। आपके भेजे हुए प्रोजेक्ट को उन्होंने एकदम पास कर दिया। अगले सप्ताह वे खुद आ रहे हैं। सारी बात को अन्तिम रूप देने के लिए।"

पत्र पढ़कर शेरा बाबू के रोम-रोम में जैसे भूचाल-सा उठ पड़ा। समझ ही नहीं पा रहे थे कि इस आवेग को कैसे सँभालें। मिश्रा पर ही एक के बाद एक प्रश्नों की बौछार कर दी।

काम में डूबा मिश्रा इस बिन बादल की बौछार से हड़बड़ा गया। कन्नी काटते हुए बोला, "गुप्ताजी आएँ तब सब बात हो ही जाएगी। इस समय मैं ज़रा इन किताबों को दर्ज कर लूँ।"

"हाँ...हाँ, ठीक तो है..." अपने आवेग को अपने में ही समेटे वे बाहर निकल आए। बाहर लॉन में पेड़ के नीचे पड़ी बैंच पर लेट गए। उन्हें लगा, इस समय शायद शरीर की निष्क्रियता से ही मन की सक्रियता को झेला जा सकता है।

गुप्ताजी को योजना भेजने के बाद उन्होंने दोनों हाथों से दबोचकर अपने भीतर के शेखचिल्ली को चित कर दिया था और खुद उस पर चढ़ बैठे थे। नहीं, वे बिलकुल नहीं सोचेंगे पत्रिका की बात।

पर इस समय...लग रहा है कि वे खुद चारों खाने चित पड़े हैं और भीतर का शेखचिल्ली उन पर चढ़ा बैठा है...पूरे आवेश और आक्रोश के साथ।

इस मल्होत्रा की तो ऐसी की तैसी करके रख दूँगा। स्साले के इतने घपले हैं कि बँधा-बँधा फिरेगा। सबके प्रमाण जुटाकर निकलूँगा यहाँ से, फिर बड़े-बड़े अक्षरों में...

घिघियाता हुआ आएगा तो उतनी ही धाँसू आवाज़ में–'गेट आउट ऑफ दी रूम।'

सौ सुनार की, एक लुहार की। तेरे पत्तों से ही तेरा हिसाब साफ़।

फिर तो पूरी रेलगाड़ी चल पड़ी–सम्पादक, नेता, मन्त्री, भ्रष्टाचार, बढ़ती महँगाई, पिसती जनता...नई सरकार...

और तब उन्होंने अपने पर अंकुश लगाया–बस करो शेरा बाबू, बस करो...

घड़ी देखी तो पौने चार। लो इतनी देर से लन्तरानियाँ ही झाड़ रहे हैं। चार बजे ऑफ़िस पहुँचना है। पर मल्होत्रा और उस सारे माहौल का ख़याल आते ही मन में भारी कोफ़्त उठी–कौन जाए स्साले उन जनखों की टोली में। मन्त्री महोदय के सामने तालियाँ बजा-बजाकर नाचना ही तो है। ऐसी की तैसी!

वे उठे। हिकारत के साथ उन्होंने अपने दो-तिहाई हिस्से को बैंच पर ही छोड़ दिया और बड़ी एहतियात के साथ अपने एक-तिहाई हिस्से को पुचकारा, सहलाया, समेटा, और चल पड़े। इन दो-तिहाई हिस्सों के चक्कर में कितना अजनबी हो उठा है उनका यह एक-तिहाई हिस्सा।

एक बार पत्रिका जम गई तो बीवी से नौकरी छुड़वा दूँगा। असल में पैसे और काम की मार ने ही उसका मिज़ाज ख़राब कर दिया है। वह भी क्या करे बेचारी... वरना पहले तो...

हाँ, कहीं तापस मिल जाता तो उसे पूरी तरह आश्वस्त कर देते। आज बहुत झुलस गया बेचारा। दूसरे काइयाँ क्लर्कों की तरह अभी गैंडे की खाल नहीं चढ़ी है उस मासूम के...भीतर तक थरथरा जाता है। नहीं-नहीं, और परेशान होने की ज़रूरत नहीं है। बहुत जल्दी ही वे उसे इस संडास से मुक्त कर देंगे। मेहनती और ईमानदार बच्चा है...प्यार मिलेगा तो कुछ कर दिखाएगा।

उनके सामने तापस का बुझा हुआ मुर्झाया चेहरा घूम गया और उन्होंने कुछ ऊँचाई से उसके सिर पर अपना वरदहस्त रख दिया।

पर अब कहाँ जाएँ? एकाएक ख़याल आया, जगत के घर चलना चाहिए। उस दिन उसने पता दिया था। देखते ही चौंक जाएगा–अरे साब, आप यहाँ? आप लोगों को तो मन्त्री महोदय के...

उसे भी कह ही दें कि अब सवेरे से शाम तक एक पैर पर नाचने की और बात-बात पर फटकार खाने की ज़रूरत नहीं है। पहली नियुक्ति वे जगत की ही करेंगे। बेचारा कितना ख़याल रखता है...कितना आदर करता है! एक बार वे कोई काम कह दें तो मल्होत्रा की बात भी अनसुनी कर देता है...फिर चाहे उनकी झिड़कियाँ ही खाता रहे।

अब शेरा बाबू के साथ काम करके देखे कि काम करना क्या होता है। अच्छी तनख़्वाह, काम की सब सुविधा और सबसे बड़ी बात इन्सानियत का व्यवहार। यहाँ तो बहुत दुखी होता रहता है बेचारा।

शेरा बाबू के ये आश्वासन तापस और जगत तक तो नहीं पहुँचे पर इनसे वे खुद कहीं बहुत आश्वस्त हो आए।

अ-लगाव

बिसेसर की लाश सड़क के किनारे पुलिया पर पड़ी मिली। देखते-देखते सारा गाँव जमा हो गया। तरह-तरह की बातें, तरह-तरह के अनुमान। सारे गाँव में एक तनाव-भरा सन्नाटा फैल गया।

यह गाँव शहर से ज़्यादा दूर नहीं है। मुश्किल से बीस किलोमीटर। पर यही दूरी कुछ अर्से पहले तक बहुत ज़्यादा थी। इतनी कि गाँव में जो कुछ भी घटता, गाँव का ही होकर रह जाता। शहर उससे एकदम बे-असर रहता। बे-असर और अछूता! लेकिन इधर तो यह दूरी एकदम सिमट गई है और यही कारण है कि आज गाँव में जो कुछ भी घटता है, उसकी बड़ी पैमानेवाली खलबली शहर में ही मचती है।

कोई डेढ़ महीने पहले की ही तो बात है। गाँव की सरहद से ज़रा परे हटकर जो हरिजन टोला है, वहाँ तीन झोंपड़ियों में आग लगा दी गई थी। आदमियों सहित! लोग दौड़े-दौड़े थाने पहुँचे तो अजब इत्तेफ़ाक़ कि थानेदार साहब छुट्टी पर थे और जो दो कांस्टेबल वहाँ पर थे, उन्होंने यह कहकर कि थानेदार साहब के आने पर ही मौक़े पर आएँगे और तहक़ीक़ात होगी, बात टाल दी। लेकिन दो दिन बाद जैसे ही ख़बर शहर पहुँची, वहाँ से नेताओं, मन्त्रियों और अख़बारनवीसों की गाड़ियों का ताँता-सा लग गया। विरोधी दल के नेताओं ने सरकार की धज्जियाँ बिखेरकर रख दीं तो मन्त्री महोदय ने आश्वासन दिया कि मुज़रिमों को पकड़ने में किसी तरह कि कोई कसर नहीं उठा रखेंगे! आग से उठनेवाली धूल के बादल तो एक ही दिन में बिला गए पर शहर से आनेवाली गाड़ियों से उठनेवाली धूल के बादल और भाषणों की अनुगूँज कई दिनों तक वहाँ मँडराती रही।

अख़बारनवीस आए तो दनादन राख के उस ढेर की फोटो खींचकर ले गए। ठठरियों के कुछ क्लोज़-अप भी लिए और मन में यह साध लेकर ही चले गए कि काश! जलती हुई झोंपड़ियों का चित्र ले पाते या किसी अधजली लाश का दिल

दहलानेवाला शॉट ही मिल जाता। पर जो भी मिला उसी को अख़बार में छापकर घर-घर पहुँचा दिया इस घटना का सचित्र ब्यौरा। लोगों ने पढ़ा तो ढेर सारी सहानुभूति और दुःख में लिपटकर निकला—'ओह, हॉरिबल...सिम्पली इनह्यूमन...कब तक चलता रहेगा यह सब यहाँ पर?...और पन्ना पलट गया। थोड़ी देर बाद गाँववालों की ज़िन्दगियों की तरह ही अख़बार भी रद्दी के ढेर में जा पड़ा।

ठोस प्रमाण के अभाव में तुरत-फुरत कोई मुज़रिम तो नहीं पकड़ा गया पर थानेदार और दोनों कांस्टेबल ज़रूर सस्पेंड कर दिए गए। गाँववालों की तसल्ली और गहरी छानबीन के लिए मामला पुलिस के ऊँचे अफ़सरों के पास पहुँचा दिया गया। ऊँचे अफ़सर अभी गहरे में से असलियत का मोती निकालकर ला भी न पाए थे कि यह घटना और घट गई। वैसे बिसेसर कोई ऐसी बड़ी हस्ती नहीं, न उसका मरना ही कोई ऐसी महत्त्वपूर्ण घटना है कि बात तुरत-फुरत शहर पहुँचे। पर बात पहुँची। इधर लाश चीर-फाड़ के लिए शहर गई, उधर घटना की चीर-फाड़ का सिलसिला शुरू हुआ। इस बार थानेदार भी एकदम चौकस! तुरन्त मौक़े पर हाज़िर हुए हैं। कितने लोगों के बयान लिए गए हैं...सबके पेट से कितना कुछ उगलवाया गया है। सबकी उगलन को काग़ज़ पर पोत लिया है, असलियत का पता लगाने के लिए।

सच पूछा जाए तो बड़ा न आदमी होता है, न घटना। यह तो बस मौक़े-मौक़े की बात होती है। मौक़ा ही ऐसा आ पड़ा है। इस समय तो गाँव में पत्ते का हिलना भी एक घटना की अहमियत रखता है। कुल सवा महीने बाद ही तो मध्यावधि चुनाव है इस क्षेत्र में। बहुत महत्त्वपूर्ण है यह चुनाव और इसी ने छोटी-छोटी घटनाओं को भी महत्त्वपूर्ण बना दिया है। इतना महत्त्वपूर्ण कि अपने अत्यन्त व्यस्त कार्यक्रम में से किसी तरह चार घंटे का समय निकालकर मुख्यमन्त्री दा साहब ख़ुद आए हैं भाषण देने और उन्हें जब पता लगा कि लोग सन्तुष्ट नहीं हैं थानेदार के लिए हुए बयानों से और यह आत्महत्या का नहीं, सरासर हत्या का मामला है तो तुरन्त आश्वासन दिया कि वे जाते ही पुलिस के किसी बड़े अफ़सर को तैनात करेंगे इस काम पर। ख़ास कचहरी लगेगी, जिससे लोग फिर से बयान दे सकें। लोगों से अनुरोध किया था कि वे खुलकर अपनी बात कहें... निडर होकर बयान दें।

भाषण के बाद बिसेसर के घर गए दा साहब और उसके बूढ़े बाप की पीठ पर हाथ रखकर तसल्ली दी उसे। फ्लैश चमके और खटाक-खटाक जाने कितनी छवियाँ उतर आईं इस दृश्य की। दूसरे दिन के दैनिक अख़बार के मुखपृष्ठ पर दा साहब और हीरा अंकित थे तो अन्दर के पृष्ठ पर दा साहब का भाषण सुनती

हुई भीड़। अख़बार गाँव में पहुँचा तो हलचल मच गई गाँव में। कुछ समय के लिए लोग बिसू की बात भूलकर या तो हीरा से ईर्ष्या कर रहे थे या उस भीड़ में से अपने को ढूँढ़ निकालने की निरर्थक कोशिश।

बात के पक्के निकले दा साहब। यह नहीं कि कहने को तो कह दिया और बात आई-गई हो गई। कल एस. पी. आ रहे हैं शहर से और ख़ास कचहरी लगेगी थाने पर। जोगेसर साह, हीरा और महेश बाबू के बयान होंगे। एस. पी. कोई मामूली आदमी नहीं...बहुत बड़ा अफ़सर होता है पुलिस का। अब असलियत सामने आएगी! बड़े अफ़सर की नजर भी बड़ी पैनी ही होती होगी। सब भाँप लेगा—दूध का दूध, पानी का पानी! लोगों के मन में बड़ा आदर जाग रहा है दा साहब के लिए, वरना ग़रीबों के लिए कौन इतना सोचता है?

सवेरे से कसकर सफ़ाई हुई थाने की। कलफ लगी वर्दियाँ निकल आई हैं सबकी। ब्रासो से पेटियाँ और पालिश से जूते चमकाए गए हैं कसकर! सब कुछ चुस्त-दुरुस्त और चमचमाता हुआ। गाँववालों को आगाह कर दिया गया है कि बस, जिन लोगों के बयान होने हैं, वे ही आएँगे। भीड़ नहीं लगानी है थाने के पास। यह कोई नौटंकी का तमाशा नहीं कि जिसे देखो, मुँह उठाए चला आ रहा है देखने के लिए। पर इन गाँववालों को लाख समझाओ, भेजे में कुछ घुसता ही नहीं। तीस-चालीस लोग आ ही गए। थानेदार ने झिड़का, "इत्ता मना किया, फिर भी चले आए? कोई मरे चाहे जिए, तुम्हारी तमासबीनी की आदत नहीं जाएगी... बेशरम कहीं के..." तो रिरियाते हुए बोले, "यहाँ दूर बैठे रहेंगे सरकार—बैठने दो।" और वे थाने से थोड़ी दूर एक घने पेड़ की छाया में झुंड बनाकर बैठ गए। और कोई मौक़ा होता तो दो-चार डंडे जमाकर धकिया देता पर आज डंडा हवा में ही भाँज रहा है थानेदार। ऊपर से सख़्त आदेश है—किसी के साथ, किसी तरह की सख़्ती न बरती जाए। ठीक है, उसका क्या है, वह नहीं कहेगा किसी से कुछ भी। शहरी लोग भले ही नरमी से काबू में आ जाते हों, पर ये देहाती भुच। डंडे के बिना रास्ते पर ला सकता है इनको भला कोई।

तभी जीप की आवाज़ सुनाई दी। थानेदार एकदम अटेंशन की मुद्रा में खड़ा हो गया और जीप से उतरते ही एस.पी. को एक कड़कदार थानेदारी सैल्यूट मारा। एस.पी. के साथ तीन कांस्टेबल भी आए हैं। एस.पी. सक्सेना ने माहौल को सूँघते हुए चारों ओर एक नज़र दौड़ाई। नहीं, किसी तरह के तनाव या सरगर्मी की गन्ध तो नहीं है हवा में। तब दा साहब की हिदायत का मतलब? वैसे सामान्यतः ऐसा कभी होता नहीं, पर दा साहब ने उसे खुद बुलाकर कहा था—'देखो भाई, बहुत धीरज और सहानुभूति से पेश आना लोगों के साथ। ऐसे कि उनका विश्वास जागे। जो

बात आप जानते हैं, उसे भी पूछिए और धैर्य से सुनिए। मरीज़ को उसी डाक्टर पर भरोसा होता है जो उसकी पूरी बात सुनता है, ध्यान से, धीरज से। एक बार विश्वास जमाकर चाहे तो फिर डॉक्टर ज़हर भी पिला सकता है। पी लेंगे बिना दुविधा के। बड़ी चीज़ होती है विश्वास। इसलिए लोगों के मन में विश्वास जगाइए। असन्तोष नहीं होना चाहिए गाँववालों के मन में किसी तरह का।'

भीतर जाकर कांस्टेबल ने फटाफट मेज़ पर काग़ज़-पत्तर और फ़ाइलें जमा दीं और थानेदार के आदेश की प्रतीक्षा में एक ओर खड़ा हो गया। सक्सेना ने कुर्सी सँभाली और आँख के इशारे से ही कार्यवाही शुरू करने का आदेश दे दिया। बयान देनेवालों में पहला नाम जोगेसर साहू का है।

बड़े अफ़सर के सामने फिर से बयान देना होगा। जब से यह सुना, जोगेसर साहू का दिल तो तभी से धक-धक कर रहा था। अपने नाम की आवाज़ सुनकर लगा कि जैसे दिल की धड़कन ही बन्द हो जाएगी। ज़िन्दगी में कभी तो थाने-पुलिस का काम नहीं पड़ा। जाने कहाँ से मुसीबत गले आ पड़ी। पता नहीं किस बुरी साइत में बिसू की लाश देख ली! थरथराते क़दमों से वह भीतर घुसा और काँपते हुए ही उसनें नमस्कार किया।

सक्सेना ने एक बार ऊपर से नीचे तक उसका मुआयना किया और फिर अपनी कार्यवाही शुरू की। नाम, उम्र और पेशे की ख़ानापूरी करने के बाद पहला प्रश्न आया :

"तुमने बिसेसर की लाश किस समय देखी?"

"यही कोई सवेरे साढ़े चार का समय रहा होगा सरकार!"

"उस समय तुम उधर क्या करने गए थे?"

"जी, दिसा-मैदान के लिए उसी रास्ते जाना पड़ता है।"

"हूँ। उस समय तो अँधेरा रहा होगा...फिर दूर से ही तुम्हें कैसे पता लग गया कि पुलिया पर लेटा आदमी मरा हुआ है?"

"नहीं, बिलकुल पता नहीं लगा साहब! लग रहा था जैसे आदमी सो रहा है।"

"फिर?"

"पुलिया के नीचे नाला है न साहब, मुझे लगा, करवट ली तो गिर पड़ेगा यह आदमी...जाकर चेता दूँ। पास जाकर देखा कि अरे, यह तो बिसू है। मरने की बात तो तब भी पता नहीं लगी। वह तो जगाने के लिए जैसे ही मैंने छूआ..."

"हूँऽ!" कलम चल रही है सक्सेना की।

"मैं तो भला करने गया था साहब, और मैं ही फँस गया। पर सच कहता

हूँ सरकार, इस सारे मामले में मेरा कोई कसूर नहीं। मुझे तो न बिसू से कुछ लेना-देना, न बिसू की मौत से।''

''जितनी बात पूछी जाए उसी का जवाब दो।'' लिखते-लिखते ही सक्सेना ने कहा।

''हाँ, ज़्यादा बक-बक की ज़रूरत नहीं।'' थानेदार ने घुड़का तो सक्सेना ने हाथ के हलके-से इशारे से उसे भी चुप कर दिया।

''बिसू को जानते थे तुम?''

''जी, गाँव में सभी तो एक-दूसरे को जानते हैं। छोटी जगह है, न चाहो तो भी जानना ही पड़ता है।'' बड़ी कातरता से जोगेसर ने बिसू को जानने की अपनी मजबूरी बताई।

''किस तरह का लड़का था बिसू?''

''अरे, एकदम सिरफिरा साहब! हम तो कहें, सारे गाँववालों के लिए बला था ससुरा।'' सक्सेना ने सिरफिरे को रेखांकित किया।

''सिरफिरे से तुम्हारा क्या मतलब है? पागल था? गाँववालों को परेशान करता था?...'' सक्सेना ने नज़र जोगेसर के चेहरे पर गड़ाकर पूछा। नज़र के पैनेपन से ही हकबका गया जोगेसर। गले से आवाज़ ही नहीं निकली।

''बोलो-बोलो।'' हौसला बँधाते हुए सक्सेना ने कहा।

''और क्या, पागल तो था ही। आप ही सोचिए, दिमाग़ खराब नहीं होगा तो कुछ काम-धाम करेगा जवान आदमी। धन्धा-रोज़गार करेगा, चार पैसा कमाएगा। पर सो सब कुछ नहीं, वहाँ हरिजन टोला में घूमा करता था आवारों की तरह। यह कोई समझदार आदमी का काम है भला?''

पागल और आवारा रेखांकित।

''हरिजन टोला में क्या करता था सारे दिन?''

''क्या करेगा...खुद तो कुछ करता नहीं था... मज़दूरों को और भड़काया करता था कि तुम काम मत करो...मालिक से झगड़ा करो...वही सब पागलपन की बातें।''

''हूँ!'' एक क्षण चुप रहकर बात को दूसरी ओर मोड़ा सक्सेना ने, ''जब तुमने लाश देखी तो आस-पास किसी और आदमी को भी देखा था घूमते-टहलते या कुछ और करते?''

''नहीं, साहब किसी को नहीं देखा। निपट सन्नाटा था वहाँ!''

''कोई चीज देखी वहाँ, जैसे कोई डंडा, चाकू, पिस्तौल या कोई भी ऐसी चीज़ जिससे मारा जा सके?''

"नहीं साहब, हमने नहीं देखा कुछ। हम क्यों इतनी छानबीन करेंगे? हमें क्या मतलब?"

"अच्छा, लाश देखने के बाद तुमने क्या किया?"

"करना क्या था साहब, मैं तो एकदम डर गया। उलटे पैरों लौटकर उसके बाप को ख़बर दी।" फिर जैसे अपने को ही कोसते हुए बोला, "बेकार ही अपने को फँसाया। चुपचाप आगे बढ़ जाना चाहिए था। पर डर के मारे हाज़त ही खतम..."

थानेदार ने आँख से ही घुड़का तो वाक्य अधूरा ही छूट गया।

कुछ देर तक लिखते रहने के बाद सक्सेना ने नज़र फिर जोगेसर के चेहरे पर गड़ा दी और घूरता रहा।

"अच्छा, यह बताओ कि तुम्हारी जानकारी से रंजिश थी उसकी किसी से?" सक्सेना की नज़रों के पैनेपन से भीतर तक थरथरा गया जोगेसर। कहना तो चाहता था कि दुश्मन तो थे ही साहब...जब दूसरों के मामलों में बिला वजह टाँग अड़ाएगा तो कौन बरदाश्त करेगा...पर आवाज़ जैसे भीतर ही भिंचकर रह गई। बोला नहीं गया कुछ।

"बोलो! साफ-साफ बताओ। डरने की कोई बात नहीं। गाँव में कोई दुश्मनी थी उसकी?"

सक्सेना ने हौसला बँधाया तो जोरावर का नाम उभरा मन में, पर थानेदार की आँखों से लपटती कौंध ने एक क्षण में ही परे धकेल दिया उसे। आवाज़ में बड़ी बेबसी और मासूमियत लपेटकर बोला, "हमने कहा न साहब, हमें कुछ नहीं मालूम! न उसकी दुश्मनी, न उसकी दोस्ती, ऐसे लोगों से हम तो दूर ही रहते हैं।"

"तो तुम्हारी जानकारी में कोई दुश्मन नहीं था उसका?"

"नहीं साहब।" रेखांकित।

सक्सेना ने फिर नज़रें जोगेसर के चेहरे पर गड़ा दीं और दो क्षण घूरते रहने के बाद पूछा, "तुम्हें किसी पर शक है कि बिसू को किसी ने मरवाया है?"

"हम क्यों झूठ-मूठ किसी पर शक करेंगे?"

"अच्छा, तुम क्या सोचते हो? तुम्हारी राय में बिसू की मौत कैसे हुई?"

"हमें नहीं मालूम! हमने कहा न सरकार, हम दूसरों के मामले में पड़ते ही नहीं। परचून की छोटी-सी दुकान है हमारी और घर से दुकान और दुकान से घर– बस, यही ज़िन्दगी है। और हम तो कहे हैं सरकार कि लोग अपने-अपने धन्धे से लगे रहें तो कैसा अमर-चैन हो जाए सब तरफ़! सब अपनी-अपनी सुलटो भाई, दूसरों की बात में टाँग..."

कुछ नोट करते-करते सक्सेना का डंडा मेज पर पड़ा तो जोगेसर की जब़ान की लगाम खिंच गई। एक मिनट सक्सेना यों ही शून्य में कुछ देखता रहा, फिर कहा, "अच्छा, अब तुम जा सकते हो।"

पर गया नहीं जोगेसर। हाथ जोड़कर रिरियाता हुआ बोला, "हम आपसे फिर कहते हैं सरकार, इस मामले में हमारा कोई लेना-देना नहीं। आप तो हमारे माई-बाप हैं, आपसे हम झूठ नहीं बोलेंगे। हम एकदम बेकसूर हैं। अब आप ही सोचिए साहब, हम नियम से पूजा-पाठ करनेवाले आदमी...इस नालायक के चक्कर में थाना-कचहरी में खड़ा होना पड़ा हमें। पर आप सच मानिए..."

संकेत पाकर थानेदार ने धीरे से बाँह पकड़कर बाहर किया जोगेसर को।

"किस तरह का आदमी है यह?" पूछा सक्सेना ने।

होंठों पर ढाई-इंची मुस्कान लपेटकर बड़े अदब से जवाब दिया थानेदार ने, "बहुत सीधा और भला आदमी है सर, एकदम गऊ!"

"हूँ!" सक्सेना ने वहीं विराम लगा दिया।

"हीरा को बुलवाओ।"

थोड़ी देर में हीरा लाठी टेकता हुआ धीरे-धीरे आया। उसका छोटा भाई गनेसी भी साथ आया। पर जैसे ही वे भीतर घुसने लगे, थानेदार ने टोक दिया, "बस, सिर्फ हीरा अन्दर जाएगा।"

"आने दो सरकार। बिसुआ की मौत ने बहुत थका दिया है दद्दा को। मेरे रहते थोड़ा हौसला रहेगा।" याचना करते हुए गनेसी ने कहा।

"हौसले का क्या करना है? यहाँ कोई..."

"आने दो उसे भी।" सक्सेना ने थानेदार की कड़क आवाज़ को वहीं रोक दिया।

चुप तो हो गया थानेदार पर भीतर-ही-भीतर सक्सेना के लिए एक ज़ोरदार गाली उभरी—"साला मेरे अपने ही लोगों के बीच बेइज़्ज़ती कर रहा है मेरी जब से। यह तो कल को चलता बनेगा, थानेदारी तो मुझे करनी है इनके सिर पर।" लेकिन ज़हर का घूँट भीतर ही ठेलकर बड़ी नरमाई से बोला, "आओ-आओ, तुम भी आ जाओ। देखा, हमारे सर कितना ख़याल रखते हैं सबका।"

दोनों भीतर आकर हाथ जोड़कर खड़े हो गए।

सक्सेना कुछ देर तक हीरा के भाव-शून्य चेहरे को देखता रहा, फिर बोला, "बैठ जाओ, तुम बैठकर ही बयान दो।" और जब वे दोनों बैठ गए तो बड़ी दिलासा देते हुए बोला, "देखो, जो कुछ पूछा जाए, साफ-साफ कहना। डरने की कोई बात नहीं। सब बात सच-सच कहो।"

"हम झूठ काहे बोली सरकार, जो कहेंगे, सच ही कहेंगे।"

सक्सेना ने जल्दी से नाम, जाति, उम्र आदि भर दिए पिछले बयान में से। फिर पूछा, "बिसेसर तुम्हारा बेटा था?"

"जी सरकार! सबसे बड़ा बेटवा था हमार!"

"उसकी उम्र?"

"एक बीसी और आठ बरस! भादों का ही तो जनम रहा सरकार।"

"और कितने बच्चे हैं?"

"ओकर पाछे ही एक बिटिया और सबसे छोटा बेटवा। बिटिया तो ब्याह दीनी सरकार और सिधेसर पढ़त है दर्जा आठ में।"

"बिसेसर भी कुछ पढ़ा हुआ था?"

"बहुतै पढ़े रहा सरकार। चौदह किलास पास। सहर भेजिके पढ़ावा रहा हम आपन बिसुवा के। बिसु के बारे मा जाने कउन-कउन सपनाओ देखे रहा...बड़ा आदमी बनिहै...कुर्सी पर बइठ के काम करिहै...मुला सब निचुड़ि गवा..." हीरा का गला भर्रा जाता है और आँखें पनियाली हो उठती हैं।

एक क्षण रुककर सक्सेना ने फिर अपना सिलसिला जारी किया, "काम क्या करता था बिसू?"

"का करता सरकार...किछुओ नाहीं करत रहा।"

"क्याऽऽ? अट्ठाइस साल का जवान आदमी और कुछ नहीं करता था?" सक्सेना के ललाट पर सलवटें उभर आईं।

"नाहीं साहब, पहिले तो हियाँ आपन स्कूल खोले रहा। लरकन, बड़न सबका पढ़ावा रहा...बहुतै सौक रहा पढ़ावे का...अउर भी जाने का-का समझावत रहा।"

"क्या-क्या समझाया करता था?" हलका-सा पैनापन उभर आया सक्सेना की नज़र में।

"अब हम ऊ सब बातें का जानी सकें सरकार! आप जानौ, हम फावड़ा-कुदाली चलावेवाले मजूर ठहरे...चौदह किलास पास की बात का समझि सकें सरकार?"

"हूँऽऽ।"

"हरिजन-टोला मा तो रात को भी खुदै जाकर पढ़ावा करे था साहेब! बहुते सौक था पढ़ावे का—पर फिर तो वह सब छूटौ गवा।"

"क्यों, छूट क्यों गया?"

"जेहल चला गवा न सरकार! पीछे चार साल मा सब मटियामेट हुई गवा!

लौटे के बाद फिर पहिले जस इसकूल जमबे नहीं बा!" बिसू की निराशा जैसे हीरा की आवाज़ में छलछला आई।

"जेल?" कुछ इस भाव से चौकन्ने हुए सक्सेना, जैसे असली सूत्र का कोई सिरा हाथ लगा हो। कुरेदते हुए पूछा, "जेल क्यों गया बीसू?"

"सो तो आपै जानौ सरकार। आपै लोग ही पकरि के ले गए रहे।" सरलता में लिपटे हीरा के उत्तर ने सक्सेना को दुविधा में डाल दिया।

"अरे, पर कुछ तो किया होगा—लड़ाई-झगड़ा, मार-पीट, दंगा-फसाद?"

"नाहीं-नाहीं..." जोर से हाथ हिलाते हुए बोला हीरा, "हमार बिसुआ कौनो दिन काऊ से मार-पीट नाहीं किए रहा।"

"तो फिर ऐसे ही जेल कैसे हो गई?"

"का जानी सरकार? बस, एक दिन भिनसारे आए अउर बाँधिके ले गए।"

"कितने दिन की सजा हुई?" इस बार सक्सेना के स्वर में सख्ती का पुट आ मिला।

"सज़ा तो कउनो भई नहीं सरकार। कौनो मुकदमाओ नाहीं चला। दुई महीना तलक तो सरकार हमका पतो ही नाहीं लागा कि कहाँ है हमारा बिसुआ। बहुत छटपटाए हम...पर कउन पूछत है हम गरीबन का दुख-दरद! कीड़ा-मकोड़न जस हमारी जिनगानी..." गला भर्रा गया हीरा का। धोती के कोर से आँसू पोंछते हुए उसने वाक्य पूरा किया, "सब कोई हमका धकियाय देत रहा..."

"कब छूटा जेल से?" सक्सेना के चेहरे पर ही नहीं, स्वर में भी थोड़ा असमंजस उभर आया था।

"पूरा चार साल तो रहा जेहल मा। बस, आठ महीना ही तो भवा छूटे का।"

"हूँ...तो पिछले चुनाव के बाद छूटा?" सक्सेना ने प्रसंग को दूसरी ओर मोड़ दिया।

"हाँ साहेब! हम तो बड़ा जस गाई है इस सरकार का—हमार बिसू को छोड़ा। अउर दा साहब तो देवता आदमी...हम गरीबन को कइसा तो मान दिया...हमार पीठ पर हाथ फेरा...दिलासा दिहिन..." हीरा का गला फिर भर्रा आया। कुछ दुख से, पर उससे ज़्यादा कृतज्ञता से।

सक्सेना कुछ समय के लिए चुप हो गया। हीरा को दा साहब की गरिमा में पूरी तरह डूबने का मौका दिया, फिर थोड़ी देर बाद पूछा, "जेल से छूटने के बाद क्या करता था...आखिर कुछ तो करता ही होगा?"

"का करता सरकार...एक-दो महीना तो बिलकुल गुमसुमओ बइठा रहत रहा। ना काहू से बोलत ना चालत...ना आवत न जात। बस, गोड़ मा मुँह दिए

बइठा रहत तो घंटो ही बइठा रहत। का बताई सरकार, अइसी फुर्ती-चुस्ती रही हमार बिसुआ मा...मुला सब निचुड़ि गवा। हमको तो लागत ही नाहीं रहा कि ई हमारा वाही बिसुआ है...''

''काम धंधा रोजगार कुछ नहीं? अट्ठाइस साल का जवान आदमी गोड़ में मुँह दिए ही बैठा रहे तो इस पर कोई कुछ कहता-सुनता नहीं था उससे? माँ भाई...?

''नाहीं सरकार, भाई तो बड़ा आदर करे रहा बिसुआ का। माँ जरूरे कभी-कभी कहा करे थी, पर झगड़ा तो कौने दिन नाहीं हुआ सरकार।''

''घर में कोई पुश्तैनी झगड़ा तो नहीं था? ज़मीन-जायदाद या किसी और बात को लेकर...कोई पुरानी दुश्मनी?''

''नाहीं सरकार! जमीन-जायदाद ही नाहीं तो झगड़ा कइसा?''

''हूँऽऽ।'' कुछ देर रुका सक्सेना, फिर पूछा, ''गाँव में किसी से दुश्मनी थी उसकी?''

''अब का बताई सरकार?'' हीरा अचकचाकर चुप हो गया।

''बोला...डरो नहीं। कोई दुश्मन था उसका गाँव में?''

''दुसमन तो नाहीं सरकार...बस, यों ही कहा-सुनी हो जाया करे थी मालिक लोगन से।''

''मालिक लोग कौन?''

''अरे ई जो बड़ा-बड़ा खेतन का मालिक लोगन हैं न, वाही से।''

''किस बात पर?''

''बस, बचपना रहा हमार बिसुआ का। वो सरकार, खेत पे काम करे वालन मजूरों को कहा करे था कि इत्ती कम मजूरी पे काम मत करो...मजूरी बढ़ावे का खातिर लड़ो...बेगारीओ न करो...उधार पे इत्त-इत्ता सूदौ ना दो। ई सब ऊ लोगन को बुरा लागत रहा सरकार।'' एक क्षण रुककर, ''अउर ठीकौ है सरकार, ई सब बातन तो बरसन से चली आवत रहीं...''

''कभी मारपीट भी हुई इस बात को लेकर?''

''नाहीं सरकार, मारपीट तो कबौ नाहीं भई, पर...'' बात अटक गई हीरा के गले में।

''हाँ-हाँ बोलो, क्या किया?''

''बऽस, जोरावर धमकावत रहा कि देख रे बिसुआ, अब की जो तू हमार मजूरन का हड़काई तो ई बार जेहल भिजवाय देव और ई बार जनम भर का वास्ते।''

''जोरावर कौन?'' नाम को लिखकर रेखांकित भी किया सक्सेना ने।

"अरे, जोरावर को नाहीं जानत सरकार?" हीरा एक पल आश्चर्य और अविश्वास से सक्सेना का मुँह ही देखता रहा। फिर बोला, "राजा रहे ई गाँव का सरकार...आधा गाँव का मालिक।"

"इधर कुछ कहा-सुनी हुई थी जोरावर से? कोई लड़ाई-झगड़ा...मार-पीट?"

"नाहीं सरकार! जब से झुपड़ियन मा आग लागि रही, तब से तो बिसुआ अइसो गुमसुम भइ गवा कि झगड़ा-फसाद का ऊ तो बातओ करन छोड़ दिहिस। बड़ा दुख-दरद रहा गरीबन का वास्ते ऊ का मन मा..." और उस दुख से हीरा का गला फिर भर आया।

"तुम कहते हो, उसकी कभी किसी से मार-पीट नहीं हुई—न अभी, न पहले लेकिन डाक्टरी जाँच के मुताबिक तो बिसू के शरीर पर कई ज़ख्मों के निशान थे—बाकायदा घाव के।"

"नाहीं साब, नाहीं...ऊ निसान तो सरकार, जेहल से जब छूटिके आवा रहा तबै के हैं। जब आवा रहे न साब, तब कलाई और टखनन पर तो घवै रहा—उनते खून और मवाद आवत रहा। घी आउर हल्दी का फाहा रखि-रखिके बड़ी मुसकिल से घाव ठीक किहिस रहा वाकी महतारो। चार साल तक जेहल मा हथकड़ी-बेड़ी नाहीं खोली गई हमार बिसू का हाथ-पाँवन से...सरीर पर ओ बहुते मार लगायी रहि। सारे सरीर मा जखमे-जखम रहे रहा...बहुतै मुलायम रही खाल हमार बिसू की साहब...बहुतै मुलायम।" और एकाएक हीरा घुटनों में सिर देकर फूट-फूटकर रोने लगा।

सक्सेना कुछ देर के लिए चुप हो गया। पता नहीं, उसके दुख से कातर होकर या कि हीरा को अपने भीतर का उमड़ता हुआ आवेग निकाल देने का अवसर देने के लिए! थानेदार ने राहत की साँस ली। उसे लगा कि चलो, जोरावर के नाम की सारी सम्भावना भी हीरा के आँसुओं के साथ बह जाएगी और किस्सा खतम। लेकिन सक्सेना ने तो बात के सूत्र को फिर पकड़ा...उसे तो पूरा विश्वास जीतना है लोगों का—किसी के मन में कोई संदेह नहीं रह जाए।

"अच्छा, यह बताओ, मरने के एक दिन पहले वह कहाँ-कहाँ गया—किस-किससे मिला?"

"ई हम का जानी सरकार! हम तो कौने दिन वासे पूछतओ नाहीं रहा कि ऊ कहाँ जात...का करत..."

"रात को जब लौटा तो उसकी तबीयत ठीक थी?"

"हमको तो ठीकओ लगी थी, सरकार!"

"खाना खाया था उसने?"

"संझा बेला तो ऊ कौनो दिन खावत ही नाहीं रहा सरकार। जेहल से छूटे के बाद पेट तो बहुत गड़बड़ाय गया ओकर। दुई टैम का खाना हजमे नाहीं होता रहा।"

"तुम्हारे सामने सोया था घर में?"

"हाँ सरकार, बाहर खुला मा ही तो सोवत रहा।"

"रात में उसे बाहर जाते या घर में किसी को आते देखा?"

"नाहीं सरकार।"

"किसी तरह की बातचीत, आवाज़ या शोरगुल जैसा कुछ सुना रात में?"

"नाहीं सरकार, कुछौ नाहीं सुने रहा हमतो...ई मुदा नींद..." फिर गला भर्रा आया हीरा का।

थोड़ी देर रुका सक्सेना, फिर बोला, "देखो बाबा, डॉक्टरी जाँच में बिसू के पेट से ज़हर निकला है। ऐसा नहीं हो सकता कि बिसू ने ज़हर खाकर खुदकुशी की हो—बेकारी की वजह से या फिर किसी और..."

"नाहीं सरकार, नाहीं..." बीच में ही बोल पड़ा हीरा, "खुदकुसी तो हमार बिसुआ करत ही नाहीं सकत—कौनो दिन नाहीं कर सकत। ओकर तो बड़ी प्यारी रही आपन जिनगानी...आपन कीओ अउर औरन कीओ! हमार बिसुआ आपन मौत नाहीं मरा है सरकार—ज़रूरै कौनो..." आवाज़ रुँध गई हीरा की—पता नहीं आवेश से या भय से।

"किसी पर शक है तुम्हें?"

अपनी कुर्सी पर बैठे-बैठे थानेदार की गर्दन आगे को निकल आई।

"बोलो, डरो नहीं—किसी पर शक है तो नाम बताओ।"

"हम का बताई सरकार, पर सारा गाँव..." बोलते-बोलते रुक गया हीरा।

थानेदार कसमसा रहा है कि बस, किसी तरह एक बार उसकी ओर देख ले हीरा तो आँख से ही ऐसा घुड़क दे कि आगे की बात गले में ही अटककर रह जाए।

"हाँ-हाँ बोलो। डरो नहीं..." हौसला बँधाया सक्सेना ने।

"सारा गाँव जोरावर सिंह का नाम लेइ रहा सरकार!" सक्सेना के हौसले की डोर पर चढ़े-चढ़े आखिर नाम निकल ही गया हीरा के मुँह से।

अब चुप नहीं रह सका थानेदार। इतनी देर की कुलबुलाहट निकल ही गई। ज़ब्त करते-करते भी घुड़क ही दिया, "तुम अपनी बात बोलो। गाँववालों की बात गाँववाले कहेंगे। तुमको... "

डंडे के हलके-से इशारे से थानेदार की ज़बान की लगाम खींच दी सक्सेना ने। भीतर-ही-भीतर ऐंठकर रह गया थानेदार और मन-ही-मन सक्सेना की सात

पुश्तों को रगड़ दिया–"ससुरा चार घंटे से बयान के नाम पर पुराण बँचवा रहा है बुड्ढे से, उसने एक बात खोल दी तो..." एक मोटी-सी गाली और जड़ी सक्सेना के नाम।

सक्सेना बड़ी विचारपूर्ण मुद्रा में अपनी कलम ठोकता रहा मेज़ पर। थानेदार के एक वाक्य और सुलगती आँखों ने कुछ ऐसा हौल जमाया हीरा के मन में कि बरबस ही उसके मुँह से निकल पड़ा, "अब हमसे कुछौ नाहीं पूछो सरकार...हमार बिसुआ तो चला ही गवा..."

"अच्छा बाबा, इस समय तुम जा सकते हो। ज़रूरत होने पर फिर बुलाएँगे।" फिर थोड़ा रुककर दिलासा देते हुए कहा, "और देखो, भरोसा रखो। कोई कसर नहीं उठा रखेंगे हम लोग असलियत का पता लगाने में।"

"आप तो बड़े नीक मनई साहेब–आप ज़रूरै हम गरीबन की मदति करिहै। नियाव मिलिहै ई बार हम गरीबन काओ।" इतनी देर से चुप बैठे गनेसी ने अपनी हार्दिक कृतज्ञता जताई और हीरा को सहारा देकर उठाया। दोनों फिर धीरे-धीरे बाहर निकल गए।

उनके जाते ही थानेदार ने बड़े अदब से आगे झुककर पूछा, "अब थोड़ा रेस्ट हो जाए सर? चाय का एक राउंड...आप थक गए होंगे..."

बिना उसकी बात पर तनिक भी ध्यान दिए सक्सेना ने कहा, "महेश शर्मा को बुलाओ।"

थोड़ी देर बाद महेश शर्मा हाज़िर हुए। शहरी लिबास, शहरी अदा। सक्सेना ने पहले ऊपर से नीचे तक महेश शर्मा को अपनी नज़र से समेटा फिर पूछा, "आप यहाँ के तो नहीं मालूम पड़ते मिस्टर शर्मा?"

"जी नहीं, मैं दिल्ली से आया हूँ...।"

"किस सिलसिले में?"

"अपने रिसर्च-प्रोजेक्ट के सिलसिले में। गाँव में क्लास-स्ट्रगल और कास्ट-स्ट्रगल..."

सक्सेना की क़तई दिलचस्पी नहीं है इसमें, बात बीच में ही तोड़कर पूछा, "कब से हैं आप यहाँ?"

"कोई पच्चीस दिन हुए।"

"बिसेसर से कैसे परिचय हुआ आपका?"

"अपने काम के सिलसिले में हम गाँव के अलग-अलग लोगों से मिलते थे... बात करते थे, तभी हुआ।"

"हम कौन? क्या और लोग भी आपके साथ हैं?"

"जी हाँ, एक और साथी भी है—अखिलन रामचंद्रन।"

"क्या रोज़ बातचीत होती थी आपकी बिसेसर से?"

"रोज़ तो नहीं...पर शुरू में अक्सर आता था वह।"

"किस तरह की बातें करता था वह आप लोगों से?"

"बहुत परेशान रहता था वह उन दिनों।" महेश एक क्षण रुका, जैसे समझ नहीं पा रहा हो कि किस तरह अपनी बात रखे। फिर बोला, "असल में हम लोग जब यहाँ आए, उसके पहले ही यहाँ हरिजन बस्ती में आग लगने की घटना होकर चुकी थी। उसी को लेकर वह बहुत दुःखी और परेशान रहता था। उसका कहना था कि सारा मामला जान-बूझकर दबा दिया गया है क्योंकि...जोरावर और मुख्यमन्त्री की गहरी साँठ-गाँठ हैं, दोनों जात-भाई! ऊपर से चुनाव।"

"हूँऽऽ और क्या कहता था?"

"यही कि यह थोड़े-से आदमियों के मरने की बात नहीं है महेश बाबू...समझ लीजिए, पूरी-की-पूरी बस्ती का हौसला मर गया। अब ये गरीब लोग बहुत दिनों तक अपने हक के लिए लड़ने की हिम्मत नहीं जुटा पाएँगे..."

"तब आप लोग क्या कहते थे?"

"हम?" थोड़ा रुका महेश। फिर हिचकते हुए बोला, "देखिए, बात यह है मिस्टर सक्सेना कि हम लोगों को गाँव के व्यक्तियों, गाँव की समस्याओं या गाँव की घटनाओं के साथ इनवॉल्व होने की अनुमति नहीं है। हमारे काम की पहली शर्त ही यह होती है कि हम सारी बातों से एकदम तटस्थ रहेंगे।"

सक्सेना के चेहरे पर हलकी-सी शिकन उभरी। बात को साफ करते हुए महेश ने फिर कहा, "आप गलत मत समझिए सर! हमारी मजबूरी है यह। बिसू को भी यही समझाते थे पर समझ ही नहीं आती थी उसको यह बात। बहुत नाराज़ रहता था इस बात पर।"

"नाराज़! क्यों?"

"अरे, केवल नाराज़ ही नहीं, लड़ता था बाक़ायदा हमसे कि आप जैसे पढ़े-लिखे लोग तमाशबीन ही बनकर बैठे रहेंगे तो इन गरीबों की लड़ाई कौन लड़ेगा? नेताओं का हाल तो देख ही रहे हैं...वे तो हज़ारों-हज़ारों ज़िन्दगियों से कुर्सी का मोल-भाव करते हैं, बस। कुर्सी मिलने के बाद उन्हें कोई मतलब नहीं। आप लोग इसी तरह अलग-थलग बैठे काग़ज पोतते रहेंगे और गरीबों के साथ इसी तरह जुलुम होते रहेंगे..." बहुत मुश्किल होता था उसको समझाना।

"हूँऽऽ" फिर थोड़ा रुककर बोला, "अच्छा, यह बताइए, जिस रात को वह मरा, उस दिन भी आया था वह आपके पास?"

"नहीं, मरने के दो दिन पहले ही आखिरी मुलाकात हुई थी उससे। उस दिन भी करीब पाँच-छह दिन बाद आया था।"

"क्या बातें की थीं उसने उस दिन?"

"बहुत उत्साहित था उस दिन वह। कह रहा था कि बहुत भाग-दौड़ करके जैसे-तैसे उसने बहुत प्रमाण जुटा लिए हैं उस आगजनी की घटना के। यहाँ पुलिस के हवाले बिलकुल नहीं करेगा, इन प्रमाणों को, बल्कि दिल्ली जाकर जैसे भी होगा, जहाँ से भी होगा, वह इस मामले को खुलवाएगा ज़रूर। बता रहा था जेल के एक-दो साथी हैं दिल्ली में, वे ज़रूर मदद करेंगे उसकी। साथ ही यह भी कहा था कि आप लोगों से तो मदद की उम्मीद करना बेकार है।"

"क्या प्रमाण जुटाए थे?"

"वह सब हमने नहीं पूछा सर, बताया न आपको..."

"अच्छा-अच्छा, ठीक है।" फिर एक क्षण रुककर पूछा, "अच्छा, यह तो बता सकते हैं कि बिसू कैसा लड़का लगता था आपको? क्या राय है आपकी उसके बारे में?"

"देखिए, वह..." हिचकिचाने लगा महेश।

"बोलिए, बोलिए, इसमें तो ऐसी कोई बात नहीं है।"

"बहुत अच्छा लड़का था...बेहद सिंसियर। गरीबों के कॉज़ के लिए पूरी तरह इन्वॉल्व्ड।" गला भर्रा गया महेश का और आँखों की कोरें नम हो आईं।

सक्सेना एकटक देखता रहा महेश के चेहरे को। फिर पूछा, "माना कि एक स्टूडेंट की हैसियत से आपको बिलकुल अलग रहना है...पर एक व्यक्ति की हैसियत से तो आपकी कोई राय होगी ही। आखिर आप पच्चीस दिन से लोगों से मिल रहे हैं...स्थितियों का अध्ययन कर रहे हैं... आपकी राय में बिसू की मौत का कारण क्या हो सकता है?"

"नहीं सर...बहुत मुश्किल है कुछ कहना। बात यह है कि...देखिए, इन सब चीज़ों के साथ जुड़ने का मतलब ही होता है व्यवस्था में हस्तक्षेप...और हम यह सब कर नहीं सकते। वी आर रीयली कमिटेड टू अवर प्रोजेक्ट..." फिर एक क्षण रुककर बोला, "बस, इतना ही कह सकते हैं कि उसकी मौत से बहुत सदमा लगा सर...भीतर तक हिला देनेवाला सदमा।" और उसकी आँखें फिर नम हो आईं। नमी को कोरों में ही पीते हुए उसने कहा, "इसे तो ऑफ दी रिकार्ड रहने दीजिए सर...बस।"

"अच्छा, मिस्टर शर्मा, जा सकते हैं अब आप। आपको तो शायद दुबारा बुलाने की भी ज़रूरत न पड़े।"

"थैंक्यू सर!" महेश चला गया।

महेश के जाने के बाद उस दिन की कार्यवाही समाप्त हुई और फिर 'यस सर, यस सर' के अलाप के बीच स्पेशल खाना खिलाया गया सक्सेना को।

दूसरे दिन के लिए कुछ ज़रूरी हिदायतें देकर सक्सेना ने विदा ली तो थानेदार सैल्यूट की मुद्रा में खड़ा हो गया और जब तक पूरे थाने में धूल उड़ाती हुई जीप दिखती रही, उसी मुद्रा में खड़ा रहा। जैसे ही जीप आँखों से ओझल हुई...उसने सारे बदन को एकदम ढीला छोड़कर वर्जिश की मुद्रा में ज़ोर-ज़ोर से हाथ-पैर हवा में हिलाए, "स्सालाऽ!...सूअर की औलाद। घंटे-भर से बुत बनाकर बिठा दिया। सारा बदन अकड़ गया..."

इसी तरह दो दिन तक और बयान होते रहे और गाँव सक्सेना की प्रशंसा से लबालब भर गया। पूरा विश्वास जीत लिया सक्सेना ने गाँववालों का...ऐसा पुलिस अफ़सर तो आज तक देखा ही नहीं। कैसे प्यार से, धीरज से, हौसला बँधा-बँधाकर बात पूछता था! कौनो डाँट-डपट नाहीं—कौनो गाली-डंडाओ नाहीं।

गाँववालों की प्रशंसा में सक्सेना को अपना भविष्य दिखाई देने लगा क्योंकि वह जानता था कि गाँववालों के मन में विश्वास जमा लेने की पूरी कीमत चुकाने में अब दा साहब भी कोताही नहीं करेंगे।

पूरे दो सप्ताह बाद सक्सेना ने अपनी रिपोर्ट दी। सारे ब्यान, डॉक्टरी जाँच की रिपोर्ट, तथ्यों की गहरी छानबीन और विश्लेषण—सब इसी बात की पुष्टि करते हैं कि बिसेसर ने ज़हर खाकर आत्महत्या की।

उड़ती-उड़ती ख़बर गाँव में भी जा पहुँची। सुना तो विश्वास नहीं हुआ गनेसी को। बोला, "नाहीं...नाहीं, खुदकुसी तो करत ही नाहीं सकत हमार बिसुआ। कौनो दिनओ नाहीं कर सकत!" फिर बड़े कातर स्वर में बोला, "हिंया भी हमका नियाव नाहीं मिले रहा दद्दा!" पर हीरा के भाव-शून्य चेहरे पर कोई प्रतिक्रिया नहीं हुई—न विश्वास की, न अविश्वास की!

हाँ, पास बैठे सुमेरा ने ज़रूर कहा, "नहीं-नहीं, बड़े अफ़सर की रपट में गड़बड़ नहीं हो सकती। इत्ती तो तहकीकात की थी साहब ने...सबके बयान लिए...सारी खोजबीन की। बेकारी ने हौसला तोड़ दिया बिसू दादा का...ज़िंदगी बोझ ही लगने लगी थी उनको।" फिर स्वर को थोड़ा भारी बनाकर बोला, "पर खुदकुसी करके अच्छा नहीं किया बिसू दादा...सोचा नहीं कि नरक भोगना पड़ेगा वहाँ?"

एक गहरा निःश्वास निकला हीरा के कलेजे से। धीरे-से बोला, "का बताई...हमार बिसुआ का तकदीर मा नरकै लिखा रहा...जब तलक ज़िंदा रहा हिंया नरक भोगिस...अब मरै के बाद ओ नरकै भोगिहै।"

आकाश के आइने में

कभी मित्र लोग जब 'तीसरे सदस्य' का मज़ाक करते, तो जाने क्यों उसका मन एक अव्यक्त-से बोझ से दबने लगता...इस बात को वह महज़ मज़ाक में नहीं ले पाता। पर इस समय उसके मन में सामने बैठी लेखा पर जाने कैसा प्यार उमड़ने लगा...कितनी क़मजोर हो गई है बेचारी! कितना परिश्रम किया है...!

"शिप्रा के स्कूल की बात सुनकर मुझे कितनी खुशी हो रही है, मैं बता नहीं सकती। क्यों न हम लोग आज ही उसके यहाँ चलें?" प्लेट में नाश्ता लगाकर दिनेश की ओर बढ़ाते हुए लेखा ने कहा।

"चलो।"

"हिम्मतवाली लड़की निकली, आखिर स्कूल खोल ही लिया! मुझे तो आज भी वह दिन याद आता है, जब हेमेंद्र से अलग होकर वह बीनू की गोद में सिर रखकर फूट-फूटकर रोई थी। जाने क्यों, उस दिन लगा था कि बस, अब यह ज़िन्दगी-भर यों ही रोती-बिलखती रहेगी। पर कितनी जल्दी सँभाल लिया उसने अपने-आपको...।"

"मैं अन्दर आ जाऊँ, लेखाजी?" परदा हटाकर चमकते दाँतों की एक झलक मारते हुए सुषमा ने पूछा।

"अरे, आओ...आओ!" लेखा ने बिना कुर्सी से उठे ही स्वागत किया।

खिड़की के सामने के कमरे की ओर झाँकते हुए दिनेश ने पूछा, "क्या बात है, आज महिम अभी तक नहीं लौटा क्या?"

महिम सामने के कमरे में ही रहता है। इधर जब-जब सुषमा उससे मिलने आई है, तो उससे मिलकर ही चली गई है, दिनेश के पास नहीं आई। उसी का उलाहना दिनेश ने दिया, तो सुषमा झेंप गई।

"वाह, आप तो ऐसे कह रहे हैं जैसे उनके रहने पर मैं आपके पास आती ही नहीं।"

लेखा ने ज़रा छेड़ने के लहज़े में कहा, "आती तो नहीं है आजकल, पर खैर,

तुझे दोष नहीं देंगे...यह उमर ही ऐसी होती है।'' फिर नए प्याले में चाय डालते हुए पूछा, ''और सुना, घर की क्या ख़बर है?''

''घर की?'' और सुषमा दो मिनट को चुप हो गई। फिर मेज़ पर ही नज़रें टिकाए बोली, ''हमने अपनी शादी की तारीख़ तय कर ली है और मैंने कल घर में भी सबको बता दिया है।''

''ओ होऽऽ, यह बात है! तब तो मुबारक हो, सुषमा! लो, इस खुशी में मैं मिठाई की जगह एक चम्मच चीनी ही खा लेता हूँ।'' और हँसते हुए दिनेश ने सचमुच ही एक चम्मच चीनी फाँक ली।

''घरवाले मान गए अब तो?'' लेखा ने सुषमा के चेहरे पर छाई हलकी-सी उदासी को लक्ष्य करके पूछा।

''कल से ही घर में कोहराम मचा हुआ है। पिताजी गुस्से से बावले हुए घूम रहे हैं और अम्मा ने रो-रोकर सारा घर सिर पर उठा लिया है।''

''अरे, वह सब ठीक हो जाएगा...शुरू में सब ऐसे ही करते हैं।'' खाली प्याला दिनेश ने लेखा के सामने सरका दिया।

''हाँ, ठीक तो हो ही जाएगा, पर इस समय घरवाले भी साथ देते, तो...'' बरबस ही आँखों में आए आँसुओं को पीते हुए सुषमा ने कहा, ''पिछले तीन साल से मैं केवल घरवालों के लिए ही मर-खप रही हूँ। नौकरी के साथ दो-दो ट्यूशन करके मैंने घर का सारा ख़र्च चलाया। अब पिंकी ने बी.ए. पास कर लिया, तो अपनी बात सोचना शुरू किया। पर इन लोगों से इतना भी नहीं होता कि मेरी हँसी-खुशी में साथ दें।'' सुषमा रुकी। दिनेश उसे तसल्ली देने के लिए कुछ कहने जा ही रहा था कि उसने फिर शुरू कर दिया, ''इन लोगों के ख़याल से मैं बहुत सुन्दर हूँ। पढ़ी-लिखी तो हूँ ही, सो ये सोचते हैं कि इस आधार पर तो ये मुझे बड़ी आसानी से किसी सम्पन्न परिवार में ब्याह सकते हैं—ऐसे परिवार में जहाँ जाकर मैं छोटी बहन का बोझ अपने ऊपर ले सकूँ। पर मेरी समझ में नहीं आता कि वे...'' और आवेश में आकर उसने अपना होंठ काट लिया।

''हम लोग करेंगे तुम्हारी शादी, तुम चिन्ता क्यों करती हो? दुनिया-भर की हिम्मत तुममें है इस बात पर यों घबरा रही हो, धत्त तेरे की!'' दिनेश ने सारी बात को कुछ ऐसे हलके ढंग से उड़ा दिया, मानो कोई बात नहीं, ''लेखा, आज तो मिठाई मँगवाओ तुम इसी खुशी में।''

''कौन-सी तारीख़ तय की?'' लेखा ने नौकर को रुपए देते हुए पूछा।

''तेईस अप्रैल! बस, अब तो दस दिन बाकी रह गए हैं।'' कुछ लजाते हुए सुषमा बोली।

"महिम ने हमें नहीं बताया। यों रोज़ ही घंटों बैठकर गप्पें मारेगा, और इतनी ज़रूरी बात पी गया।" दिनेश ने एक बार फिर बाहर की ओर झाँका। सामने महिम के कमरे में अभी भी ताला लटक रहा था। "अभी तक लौटे ही नहीं हैं हज़रत!"

मिठाई की प्लेट सुषमा की तरफ़ बढ़ाते हुए दिनेश ने कहा, "कल शिप्रा के स्कूल का उद्‌घाटन है, वहीं बैठकर तुम्हारी शादी की व्यवस्था भी कर देंगे। लो, इसी बात पर मिठाई खाओ।" सुषमा गुलाबजामुन तोड़ने लगी, तो रोकते हुए बोला, "नहीं-नहीं तोड़कर नहीं, पूरा-का-पूरा उठाकर खा जाओ।"

सुषमा ने गुलाबजामुन मुँह में भर लिया, तो उसके दोनों गाल फूल गए। रुमाल सामने लगाकर उसने जैसे-तैसे उसे निगल लिया।

"हाँ, ऐसे!" हँसते हुए दिनेश ने कहा, "अब ज़रा हँस भी दो। शादी की बात भी कोई ऐसे रोकर सुनाता होगा। हँसो, हँसो..."

सुषमा हँस दी।

"कोर्ट में अर्ज़ी तो दे ही दी होगी?"

"हाँ, कल ही दे दी।"

"बस, तब क्या! गवाहों की कोई कमी नहीं है और सब मित्र लोग मिलकर एक पार्टी कर देंगे, हो गई सुषमा की शादी। बोलो, अब किस बात की चिन्ता है?"

"सुहागरात का कमरा मैं सजा दूँगी!" हँसते हुए लेखा ने कहा तो सुषमा के गालों में एकाएक ही गुलाब खिल आए।

शिप्रा के स्कूल के उद्‌घाटन पर जब लेखा पहुँची, तो उस पर जैसे स्नेह-भरे उलाहनों की बौछार-सी हो गई।

"ओ हो! धन भाग हमारे लेखा, जो तुम आई हो! वरना आजकल तो तुम्हारे दर्शन भी दुर्लभ हो गए हैं?" कुर्सियाँ जमाते हुए बीनू बोली।

लेखा हलके से मुस्कुराई, तो गालों की हड्डियाँ कुछ और उभर आईं और आँखों के पास की झुर्रियाँ कुछ अधिक स्पष्ट, अधिक गहरी हो उठीं।

"कौन? लेखाजी आई हैं क्या?" स्टूल पर खड़ा तस्वीर टाँगता वर्मा घूमा और दोनों हाथ जोड़कर प्रणाम की मुद्रा में खड़ा हो गया, "चलिए, इसी बहाने आपसे मुलाक़ात तो हुई! क्या बताएँ, आपने तो हम सब "मित्तर" लोगों को इस बेरहमी से काट दिया है कि बस!" और उसने हँसते हुए एक हथेली पर दूसरी हथेली का आरा चला दिया।

तभी दिनेश माथे का पसीना पोंछता हुआ घुसा, "क्या गर्मी है कम्बखत! हवा का कहीं नाम तक नहीं!" और धम्म से ठीक पंखे के नीचेवाली कुर्सी पर बैठ गया।

"क्यों रे दिनेश, लेखाजी को खाना-वाना भी देते हो या नहीं? क्या हड्डियाँ-हड्डियाँ निकल रही हैं!" स्टूल से नीचे उतरकर वर्मा दिनेश के पीछे जा खड़ा हुआ और अपनी लगाई हुई तस्वीर देखने लगा।

"क्यों, कैसी लग रही है यह तस्वीर?"

"एक्सीलेंट!" दिनेश ने सिगरेट का धुँआ छोड़ते हुए कहा और फिर काम में लगे हुए लोगों पर एक सरसरी-सी नज़र डालते हुए पूछा, "शिप्राजी कहाँ हैं?"

दिनेश की बगलवाली कुर्सी पर बैठते हुए वर्मा ने कहा, "वे कुछ सामान खरीदने गई हैं, आती ही होंगी।" और सिगरेट निकालकर सुलगाने लगा।

"तुम्हारी कम्पनी का क्या तय हुआ?" दिनेश ने पूछा, तो दो क्षण वर्मा चुप ही रहा, फिर धीरे से बोला, "तय हो गया है कि जून में बन्द हो जाएगी!"

"तब?"

"क्या बताएँ यार, बड़ी मुसीबत है! इस उमर में नई नौकरी ढूँढ़ना, नए सिरे से जमना...सोचता हूँ, तो मेरी कुछ समझ में ही नहीं आता!"

"कोशिश तो कर ही रहे होगे...कहाँ-कहाँ बात चल रही है?"

"चल तो रही है दो-तीन जगह...कई जगह अर्जियाँ भी दे रखी हैं, पर मन लायक बात अभी कहीं नहीं है।" वर्मा के स्वर में चिन्ता-सी उतर आई, "दो-दो बच्चों की जिम्मेदारी, फिर रहन-सहन के स्टैंडर्ड भी जो बन गए, घटाए नहीं जा सकते। सबसे बड़ी मुसीबत तो यह है कि दो महीने भी बिना काम के बैठना पड़ गया तो खाएँगे क्या...? हालत तो तुम जानते ही हो।"

जाने क्यों दिनेश को लगा कि इस समय यह प्रसंग छेड़कर उसने अच्छा नहीं किया। वह चुप हो गया। वर्मा सिगरेट पीता रहा।

मंच के सामने अल्पना बनाते हुए प्रीति बोली, "लेखा, तुम तो सचमुच बहुत ही कमज़ोर हो गई हो। अरे, हम लोगों से मिलना-जुलना छोड़ दिया तो छोड़ दिया, पर अपनी सेहत का तो ख़याल रखा करो।"

"क्या करूँ, कुछ तो यहाँ की आबहवा ही ऐसी है। न खुली, न साफ़ हवा मिलती है, न अच्छा खाने-पीने को। फिर इधर कुछ..."

लेखा की बात को बीच में ही काटकर मेहरा बोला, "अरे साहब, कॉलेज और घर के काम के साथ-साथ दो साल में थीसिस लिख डालना कोई सरल काम है क्या? हम तो आपकी लगन और परिश्रम की दाद देते हैं, लेखा जी!"

सभी ने इस बात को महसूस किया कि मेहरा के लहज़े में लेखा की प्रशंसा कम और प्रीति के निकम्मेपन पर आरोप ज्यादा थे।

प्रीति ख़ून का घूँट पीकर रह गई। वह जानती है कि जब से उसने स्कूल छोड़ा है, मेहरा उसे जब-तब यों ही ताने सुनाया करता है। उससे घर का और स्कूल का काम साथ-साथ नहीं होता, तो वह क्या करे? नौकरों का तो यह हिसाब है कि चार दिन रहते हैं, तो आठ दिन ग़ायब! फिर वह लेखा की तरह अकेली भी नहीं कि चाहे जैसे रह लिए, चाहे जैसा खा लिया। सास-ससुर के साथ रहती है। घर के काम में ज़रा-सी कसर हुई नहीं कि महाभारत मच जाता है। हारकर उसने नौकरी छोड़ दी तो अब मेहरा नाराज़! उसकी आय भी घर का एक सहारा थी, पर वह क्या करे...यह दोहरी मेहनत उससे नहीं होती। वह काम करती थी, तब भी खुश नहीं थी, छोड़कर और दुखी हो गई। मेहरा के मन में यह भाव है कि वह उसके माता-पिता के साथ रहने से प्रसन्न नहीं है। बात कुछ हद तक ठीक भी है और इसीलिए मेहरा उससे खिंचता चला जा रहा है। दिनों-दिन बढ़ते इस तनाव को वह स्वयं महसूस कर रही है, पर नहीं जानती, कैसे इस तनाव को दूर करे।

दोनों हाथों में ढेर सारे रजनीगन्धा के फूल और दो आदमियों के सिर पर कोकाकोला की पेटियाँ लदवाए शिप्रा घुसी।

"शिप्राजी, लीजिए, सब तैयार है। देखिए, देखकर पास कर दीजिए और मेहनताने के रूप में कोकाकोला की एक-एक बोतल इधर बढ़वा दीजिए। क्या गर्मी पड़ रही है कम्बख्त! गला एकदम सूख गया है।" वर्मा ने फरमाइश की। शिप्रा हँसी। उसने पेटियों में से बोतलें निकालकर एक-एक के हाथ में थमाना शुरू किया और बोली, "मैं तो आप लोगों के भरोसे एकदम ही निश्चिंत हूँ, वर्मा भाई!" और फिर सरसरी-सी नज़र सारे हॉल पर डाली...सारा हॉल जगमगा रहा था। शिप्रा का अपना मुख भी जैसे चमकने लगा। तभी उसकी नज़र कोने पर बैठी लेखा पर पड़ी। "अरे, तू आ गई, लेखा? तुझसे तो मुझे इतनी लड़ाई करनी है कि बस!" और आगे बढ़कर हाथ के सारे फूल उसकी गोदी में पटककर बोली, "ले चल, फूल लगा सब।"

लेखा फूल लेकर उठी तो शिप्रा उसी कुर्सी पर बैठ गई।

दिनेश ने हँसते-हँसते कहा, "शिप्राजी, कल मुझे तो आप फोन पर इस क़दर डाँट रही थीं...अब लड़िए न लेखा से?"

शिप्रा कुछ कहती, उसके पहले ही लेखा बोल पड़ी, "एक महीने बाद तेरे स्कूल की ड्यूटी बजाया करूँगी, शिप्रा! बस, एक महीने और रुक जा।"

"एक महीने बाद तेरी यह घुलती काया रह भी जाएगी, मुझे इसी में संदेह है...क्या सूरत बना रखी है!" एकटक लेखा की ओर देखते हुए शिप्रा बोली।

दिनेश ने देखा, लेखा के गालों और गले की हड्डियाँ बेहद उभर आई हैं। नहीं, अब ऐसा नहीं चलेगा।

बातचीत के सारे प्रसंग को अपने पर से हटाने के उद्‌देश्य से लेखा ने सबको सम्बोधित करते हुए कहा, "आप लोगों को पता है, सुषमा और महिम इसी तेईस तारीख को शादी कर रहे हैं?"

"सच! तारीख तय कर ली? गुड।" वर्मा ने कोकाकोला की बोतल से घूँट सिप करके बोतल को एक ओर सरकाते हुए कहा।

"बात तो उससे कल ही हुई थी...आज के प्रोग्राम में उसका गाना जो है। पर कल तो उसने कुछ नहीं बताया। अभी तक वह आई भी नहीं।" और शिप्रा ने घड़ी देखी, "खैर, अभी तो समय है। घरवाले उसकी शादी नहीं कर रहे...सो यह पुण्य कार्य भी हम लोगों को ही करना है। मैंने उसे कह दिया है कि तू निश्चिंत रह, हम लोग तेरी शादी क़र देंगे। पार्टी के लिए चन्दा कर लेंगे। बस, और करना ही क्या है!"

"कांग्रेचुलेशंस, शिप्राजी!" चिल्लाते हुए माथुर और मीना ने प्रवेश किया।

"आओ माथुर! यार, तुम बड़े उस्ताद हो! काम के समय तुम्हारा कहीं पता ही नहीं चलता। बस, मेहमान की तरह चले आ रहे हैं!" देखते ही वर्मा चिल्लाया।

"शागिर्दों को भेज तो दिया था पहले ही काम करने के लिए। देखो, सब काम हो गया।" और पंखे के नीचे वाली कुर्सी पर बैठकर रूमाल से पसीना पोंछने लगा, तो वर्मा ने पीठ पर धौल जमाते हुए कहा, "इन्हें पसीना आ रहा है! काम-धाम कुछ किया नहीं और पसीना सुखा रहे हैं!"

"शिप्राजी, कोई आदमी भेजिए हारमोनियम उतारने के लिए।" बाहर से ही चिल्लाती हुई सुषमा घुसी। उसने हलके गुलाबी रंग की साड़ी और उसी रंग का ब्लाउज पहन रखा था।

"बड़ी पिंकी बनकर आई है!...सुना, तू बड़ी जल्दी मिठाई खिला रही है?... अकेली कैसे है? महिम को कहाँ छोड़ आई?"

बिना एक भी प्रश्न का उत्तर दिए सुषमा नौकर को लेकर बाहर चली गई।

"आज तो इसका चेहरा ही बदला हुआ है। कल आई थी, तब तो बात-बात पर जैसे आँखें भर-भर आ रही थीं। लगता है..."

गाने की एक कड़ी गुनगुनाती सुषमा घुसी, तो दिनेश के अधूरे वाक्य पर विराम लग गया।

"शिप्राजी, यदि आप अनुमति दें, तो एक घंटे को ज़रा घूम आएँ। प्रोग्राम शुरू होने के ठीक आध घंटे पहले पहुँच जाएँगे। यहाँ बैठे-बैठे तो दम घुटा जा रहा है।" दिनेश ने पूछा।

"बाहर की हालत तो और भी बदतर है। यहाँ कम-से-कम पंखे तो हैं। टैक्सी के लिए इन्तज़ार करने में मेरी तो जान ही निकल गई...! आज तो बला की गर्मी है...हवा एकदम बन्द!" सुषमा के ललाट पर पसीने की बूँदें एक-दूसरे से मिलकर धारा के रूप में बहने लगी थीं।

"पंखें...पंखें...चौबीस घंटे पंखों के नीचे रहते-रहते मेरा तो सिर भन्ना जाता है कम्बख़्त!" दिनेश शायद सबसे अधिक कष्ट पा रहा था।

"अरे, कलकत्ता की यही तो विशेषता है!" और सुषमा एकाएक ऊँचे स्वर में गा उठी :

"शोनो बन्धु शोनो प्राणहीन ऐ शहरेर इतिकथा
ईंटिर पांजोड़े लोहार खांचाए दारुण मर्म व्यथा
एखाने आकाश नाइं, एखाने बाताश नाइं
एखाने अन्धगलीर नरके मुक्तिर व्याकुलता..."

और सभी उसके स्वर-में-स्वर मिलाकर गाने लगे : "एखाने आकाश नाइं, एखाने बाताश नाइं..." सारा हाल संगीत से गूँज उठा और सारी घुटन और बेचैनी स्वर-लहरियों पर थिरक-थिरककर इधर-उधर बिखरने लगी।

उद्घाटन-समारोह समाप्त होने पर लेखा लौटी, तो वह बेहद थक गई थी। बिना कपड़े बदले वह ज्यों-की-त्यों पलंग पर जा पड़ी। दिनेश उसके सिरहाने बैठकर दो क्षण तक उसके क्लांत चेहरे को देखता रहा। पसीने से सारा पाउडर पुँछ चुका था और एक अजीब-सी चिपचिपाहट चेहरे पर छायी हुई थी। बड़े स्नेह से लेखा के सिर को सहलाते हुए दिनेश ने कहा, "लेखा, आज तो मुझे एकाएक ही लग रहा है कि तुम बहुत कमज़ोर हो गई हो। देखो तो हड्डी-हड्डी निकल रही है! पिछले छह-सात महीने के परिश्रम ने तुम्हें तोड़ दिया है। सोचता हूँ, तुम कुछ दिनों को बाहर चली जाओ।"

लेखा धीमे से मुस्कुराई! दिनेश को याद आया, मुस्कुराती लेखा कभी कितनी आकर्षक लगती थी और अब...

"पहली मई से तुम्हारा कॉलेज बन्द हो रहा है...बस, उसी दिन चली जाओ। मैं भी छुट्टी के लिए अप्लाई कर देता हूँ। जैसे ही छुट्टी मंजूर होगी, आ जाऊँगा।"

"पागल हो गए हो? आज सबने कह दिया, तो तुम्हें बस..."

"अरे, कह क्या दिया? मुझे क्या दिखाई नहीं देता?" और एक बार दिनेश ने लेखा की आँखों के पास पड़े हुए गड्ढों को छूकर देखा...चेहरे पर पड़ी हुई झुर्रियों को महसूस करके देखा।

"सोचता हूँ, न हो तुम कुछ दिनों को घर ही चली जाओ। अम्मा भी बड़ी खुश होंगी, और वहाँ की तो आबहवा ही ऐसी है कि एक बार मुर्दा भी जी उठे। छुट्टी मंजूर होते ही मैं भी पहुँच जाऊँगा। कुछ समय सबके साथ रहकर फिर हो सका तो हम लोग थोड़े दिनों के लिए कहीं पहाड़ पर चले जाएँगे।"

"अब थोड़ा-सा काम बचा है; इसे कर लेने दो न?"

"नहीं...नहीं, अब मैं कुछ नहीं सुनूँगा। अब ऐसा क्या काम है जिसके लिए यहाँ रहना ज़रूरी है? टाइप किए हुए चैप्टर वहाँ बैठकर भी रिवाइज़ किए जा सकते हैं। मैं कल ही बाबूजी को लिख दूँगा...सुरेश और रमेश को भी लिख दूँगा। तुम्हारी सारी व्यवस्था कर देंगे वे लोग। पहली तारीख को तुम्हें जाना ही है।"

गाड़ी जब प्लेटफॉर्म पर पहुँची, तो सूरज डूब चुका था। सारे आसमान पर सोने में घुली सिन्दूर पुत रही थी और वातावरण में सुनहरी आभा छाई हुई थी। लेखा ने खिड़की से सिर निकालकर देखा, उसकी उत्सुक आँखें रमेश और सुरेश को खोज रही थीं। रेंगती गाड़ी, आठ-दस अजनबी चेहरे, दो चार कुली, प्लेटफॉर्म की मामूली-सी चहल-पहल। गाड़ी ठहरने के बाद भी लेखा कुछ देर तक खिड़की में से ही झाँककर देखती रही, पर किसी भी परिचित को न देखकर उसने स्वयं कुली को बुलाकर सामान उतरवाया।

लेखा को लिए हुए ताँगा चरमर-चरमर करता खेत-खलिहानों से गुज़र रहा था। ऊपर दूर-दूर तक फैला नीला-चमकीला आसमान और नीले हरे-भरे मैदान, पेड़ों के झुरमुट, छोटे-छोटे पोखर—पोखरों में नहाते नंग-धड़ंग बच्चे। कहीं ट्राम-बस, हल्ला-गुल्ला शोर-शराबा नहीं। उसे गरियाहाट चौराहे की याद हो गई—गति... गति...गति। वहाँ की अविराम गति को देखकर लेखा को कभी-कभी चक्कर-सा आने लगता था। उसने फिर चारों ओर देखा। मन को डुबो देनेवाली शान्ति और क्लांत-थके दिमाग़ को सहला देनेवाले दृश्य। अमलताश और गुलमोहर के पेड़ों की फूलों से लदी टहनियाँ ताँगे की छत को छू-छूकर लेखा की अगवानी कर रही थीं।

'चाची आ गई...चाची आ गई...' के शोर में ही लेखा घुसी। सिर पर पल्ला ओढ़ते हुए उसने अम्मा और भाभी के पैर छुए।

''बहू, तुम्हारा तो तार कोई दो बजे मिला, पर न घर में सुरेश न रमेश। मैं तो इन निगोड़ों के मारे ऐसी परेशान हूँ कि क्या बताऊँ!''

साड़ी के पल्ले से ही हाथ पोंछती हुई गौरा रसोई से निकली, ''नमस्ते भाभी!'' लेखा ने बड़े दुलार से गौरा की पीठ पर हाथ फेरा, पर उसे लगा, जैसे गौरा पहले से कहीं बहुत बदल गई है। चेहरे पर न वह चमक है, न कान्ति। रूखे-बिखरे केश, मटमैली-सी साड़ी और कान्तिहीन चेहरा।

''तुम्हें तकलीफ तो नहीं हुई, बहू? तुम्हारे बाबूजी सुनेंगे तो दोनों की हड्डी-पसली एक कर देंगे।''

''नहीं अम्मा, तकलीफ कैसी! सीधा तो रास्ता है।''

''यही तो तुम पढ़ी-लिखियों का आराम है। हम जैसे हों, तो वहीं टेसुए बहाने लगें।''

लल्ला-बिट्टू ने मिलकर सामान भीतर रख दिया। गौरा ने चूल्हे पर से दाल उतारकर चाय का पानी चढ़ा दिया। लेखा सबके स्वागत और स्नेह को सिर-आँखों पर झेलती आँगन में बिछी खाट पर बैठ गई। आँगन के किनारे-किनारे पेड़ लगे थे और उनकी टहनियाँ हिल-हिलकर पंखा झल रही थीं। गर्मी या उमस का कहीं नाम तक नहीं था।

''भैया की छुट्टी कब तक मंजूर होगी, बहू?'' अम्मा ने पूछा।

''दरख्वास्त तो दे दी...देखिए, कब मिलती है।''

''और तुमने ये हड्डी-हड्डी क्यों निकाल रखी हैं? दो जनों का तुम्हारा परिवार, ऐसा क्या काम रहता है तुम्हें भला जो यों बुढ़ापा आ गया? देखो तो, क्या सूरत बना रखी है!''

''काम तो कुछ नहीं, पर वहाँ की आबहवा ही कुछ ऐसी है अम्मा कि...''

''तभी तो हम कहे हैं भाई कि यहीं रहो।'' बात को बीच में ही काटकर अम्मा बोलतीं, ''क्या फायदा तुम्हारी कमाई का! यहाँ जो रूखा-सूखा मिले, सो ही खाओ। दोनों जने कमाते हैं और सूरत तो देखो, जैसे छह महीने से रोटी नहीं मिली हो! भैया को देखो, वे तो आधे रह गए। यहाँ का तो पानी भी दूध की तरह गुनकारी है।''

लेखा केवल मुस्कुराई, पर ज़रा दूर बरामदे में बैठी तरकारी काटती हुई भाभी बोलीं, ''कलकत्ता के सैर-सपाटे छोड़कर कौन इस घनचक्कर में फँसेगा। यह तो हमारे ही खोटे भाग हैं, जो रात-दिन कोल्हू के बैल की तरह पिले रहते हैं?''

भाभी के स्वर की तल्खी और आक्रोश से लेखा अवाक्-सी रह गई। उसने बड़े झिझकते हुए अम्मा के चेहरे की ओर देखा।

तभी आँगन का पिछला दरवाजा खोलकर अपने साल-भर के लड़के को गोदी में लटकाए हुए चाची ने प्रवेश किया।

''आ गई क्या बहू?''

लेखा ने चट से उठकर चाची के पैर छुए पर घर के और लोगों के चेहरों पर आए उपेक्षाभाव ने स्पष्ट कर दिया कि उनका आना वहाँ किसी को अच्छा नहीं लगा।

''आइए, बैठिए चाचीजी।'' थोड़ा साहस करके लेखा ने आग्रह किया। चाची और अम्मा के झगड़े की बात उसे मालूम थी, फिर भी...

''मैं तो सिर्फ तुम्हें देखने चली आई थी। भैया ने तो मुझे कभी पराया नहीं समझा। खा-पी लो तो तुम ही कुछ देर को उधर आना।'' और वे वैसे ही लौट पड़ीं। जब तक दरवाज़ा बन्द नहीं हो गया, अम्मा की कुपित दृष्टि उनका पीछा करती रही।

घर के सब लोग लेखा के सामान के चारों ओर ही मँडरा रहे थे। उसने उठकर बक्स खोला। वह सभी के लिए कुछ-न-कुछ लाई थी। अम्मा, भाभी, चाची और गौरा के लिए साड़ियाँ, बच्चों के लिए खिलौने, सुरेश और रमेश के लिए पेन...

चाचीवाली साड़ी अम्मा ने अपनी ओर सरकाकर कहा, ''कोई ज़रूरत नहीं है उसे देने की। पहले ही मेरा तो सारा घर खाए बैठी है चुड़ैल! मुकदमेबाज़ी कर रही है हम पर—उस तहसीलदार के साथ मिलकर। ऐसे लक्षण हैं, तभी तो छोड़ रखा है खसम ने। मैं तो कहूँ, लाख रुपए के हैं लालाजी, पर चुड़ैल ने उनकी ज़िन्दगी हराम कर दी। हारकर उन्ने भी दूसरी कर ली। इत्ते पर भी चैन थोड़े ही है निगोड़ी को! यहाँ बैठी-बैठी मूँग दल रही है!''

''अरे भाभी, आप!'' आँखों में विस्मय और होंठों पर हँसी लपेटे सुरेश ने घर में घुसते हुए कहा, ''न कोई ख़बर, न सूचना।''

''तुम घर में रहो तो तुम्हें ख़बर भी मिले।'' अम्मा बिगड़ीं और हाथ नचाते हुए बोलीं, ''मैं पूछूँ कि घरवालों ने तुम्हारा कर्ज़ा खाया है जो दोनों जून रोटियों के मिस वसूलने आ जाते हो? सवेरे के निकले-निकले लाट साहब अब चले आ रहे हैं!''

भाभी के सामने यों छोटे बच्चों की तरह झिड़का जाना सुरेश को कुछ असह्य-सा जान पड़ा। झल्लाकर बोला, ''कॉलेज गया था और क्या! मुझे क्या

मालूम कि भाभी आ रही हैं।''

''सात बजे तक कॉलेज में बैठा था! अरे, पढ़ी-लिखी नहीं हूँ तो क्या निरा उल्लू ही समझ रखा है तूने?'' साड़ियों को बगल में दबाकर उठती हुई अम्मा बोलीं।

''लाइब्रेरी गया था। इस घर में पढ़ने की कहीं जगह भी है जो आऊँ! सारे दिन तो किचकिच मची रहती है।''

''महल चिना लो अपने लिए! लाट साहब ही बने जा रहे हैं!'' बड़बड़ाती अम्मा भीतर चली गई।

गौरा चाय बनाकर लाई और प्याला लेखा के सामने बढ़ा दिया। सबके बीच बैठकर यों अकेले चाय पीते हुए लेखा को बड़ा अजीब-सा लग रहा था। यों वह इस घर की बहू है, पर पढ़ी-लिखी है, कमाती है और ऐसे भिन्न वातावरण से आई है कि उसके साथ यहाँ शुरू से ही विशेष सम्मानित अतिथि का-सा व्यवहार होता है।

''आप भी चाय पीजिए, सुरेश भैया।'' प्याला उसकी ओर बढ़ाते हुए लेखा ने कहा। लौटती हुई अम्मा की ओर उपेक्षाभाव से देख उसने कहा, ''नहीं भाभी,'' और वह धड़ाधड़ सीढ़ियाँ चढ़ गया।

लेखा ने चाय का प्याला मुँह से लगाया, तो सारे दिन के थके-हारे दिनेश का कुम्हलाया-सा चेहरा उसके आगे घूम गया। उसे याद आया, कभी वह रात में देर तक जागती, तो दिनेश खुद उसके लिए कॉफी बना लाता था...वह कितनी नाराज़ होती थी, फिर भी...

जाने क्यों उसके मुँह का स्वाद भी बिगड़ गया।

नहा-धोकर गीले बालों की एक ढीली-सी चोटी बाँध लेखा नीचे उतरी, तो भाभी और गौरा रोटियाँ सेंक रही थीं और अम्मा बच्चों को खाना परोस रही थीं।

''तुम्हारे बाबूजी आ गए, मिल लो।'' अम्मा ने कहा, तो जाने क्यों लेखा को लगा, जैसे यहाँ अभी-अभी कुछ कहा-सुनी हो चुकी है। रसोई में कुछ धुआँ भी था और कुछ तनाव भी। लेखा ने चुपचाप जाकर पैर छुए और आशीर्वाद का सेहरा ओढ़ती हुई फिर रसोई में लौट आई।

''आप उठिए भाभी, मैं रोटी बेल देती हूँ।''

''रहने दो बाबा, दो दिन आराम करके आदत नहीं बिगाड़नी है। तुम बाहर हवा में बैठो, तुम्हें तो आदत भी नहीं होगी।''

लेखा से जवाब देते नहीं बना, उसने गौरा से कहा, "तुम उठो गौरा!"

"नहीं भाभी," धुएँ से जलती आँखों को आँचल से रगड़ते हुए गौरा ने कहा। भाभी की इनकारी में जितनी तिक्तता थी, गौरा की इनकारी में उतनी ही नम्रता।

खाना-पीना समाप्त हुआ तो लेखा छत पर चली गई। ऊपर के कमरे में ही उसका सामान रखवाया गया था। सुरेश और रमेश वहीं पढ़ते भी थे। छत की मुँडेर पर खड़े होकर उसने देखा, चारों ओर खुले मैदान फैले पड़े हैं। दूर-दूर बने हुए मकानों की मंद-मंद बत्तियाँ टिमटिमा रही हैं। ऊपर स्वच्छ नीले आकाश में तारे झिलमिला रहे हैं। गुलमोहर की टहनियाँ छत की मुँडेर को ढकती हुई छत पर आ गई थीं और चारों ओर फूल और पत्तियाँ बिखरी पड़ी थीं। ठंडी महकती बयार हौले-हौले चल रही थी। धुएँ से घुटा हुआ कलकत्ता याद आया, जहाँ छत नहीं है, ऐसे खुले मैदान नहीं हैं, ऐसी प्यारी हवा नहीं है, तारों की ऐसी जगमगाती दीवाली नहीं है। वह आकर खाट पर लेट गई तो पेड़ों की डालियाँ उसे पंखा झलने लगीं।

उसकी आँखों के आगे दिनेश उभर आया—कमरे में फुल स्पीड पंखे के नीचे भी पसीने से भीगा, बेचैनी से करवटें बदलता, छटपटाता।

सवेरे चार बजे ही लेखा की नींद खुल गई। पिछले कई दिनों से वह नियमित रूप से चार बजे उठ रही है। आज उसे पढ़ना नहीं था, कोई काम भी नहीं था, फिर भी नींद खुल ही गई। वह उठी। उसके बिस्तरे पर पत्तियाँ और फूल की पँखुड़ियाँ झरी पड़ी थीं। थोड़ी ही दूर गौरा, सुरेश, रमेश, लल्ला, बिट्टू सोए हुए थे—निश्चिंत, बेखबर। वह खाट से नीचे उतरी। मुँडेर पर अमलताश और गुलमोहर के फूल इठला रहे थे। भोर के हलके-फीके प्रकाश में उनका रंग बड़ा चटकीला लग रहा था। लेखा ने फूलों को छुआ। अजीब-सी पुलक से उसका रोम-रोम भर गया। अपने कमरे में वह बहुत फूल लगाती है, पर पेड़ों पर लगे फूलों को यों बाँहों में भरने का आनन्द उसके लिए नया था।

चिड़ियों के कलरव से धरती-आसमान के ओर-छोर मिल गए और आसमान का कोना सिन्दूरिया आभा से दीप्त हो उठा। मैदानों में खिले रंग-बिरंगे जंगली फूलों में चटकीलापन आने लगा और चारों ओर एक नई स्फूर्ति का आभास मिलने लगा। मन में एक विचित्र-सी पुलक और ताज़गी लिये लेखा नीचे उतर आई।

दोपहर के सारे कामों से छुट्टी पाकर अम्मा ऊपर आकर लेखा के पास ही बैठ गईं।

"बहू, बड़ी के लच्छन तो तुम देख ही रही हो। उठते-बैठते कोसती है। उसे तो घर के हम सब ज़हर लगे हैं। हमें तो भई उससे अब कोई उम्मीद नहीं रही। अब तो तुम्हीं इस घर को ढर्रे पर लगाओ तो लगे। हम तो हार गए।"

अम्मा के स्वर में व्यथा और निराशा उभर आई और उनका स्वर टूट गया।

"गौरा का ब्याह करना है। हम तो बहुत कहते थे कि इसे इतना मत पढ़ाओ-लिखाओ। कोई नौकरी तो करवानी नहीं है इससे।" फिर एकाएक रुकीं, शायद ख़याल आया कि लेखा भी नौकरी करती है। बात सँभालती हुई बोलीं, "सब तो तुम्हारी जैसी होती नहीं। फिर कलकत्ता की तो बात ही और है। कुछ करो, कोई कहने-सुननेवाला नहीं, पर यहाँ तो पचास बातें देखनी पड़ती हैं। बड़ी को छठा दर्जा पास कराकर ब्याह दिया, तो आज अपना घरबार लेकर सुखी है। पर इसके लिए तो एम.ए. पास लड़का चाहिए कि नहीं? अब तुम्हीं बताओ कहाँ से लाऊँ? तुम्हारे पिताजी में तो अब दर-दर ठोकरें खाने का दम-खम रहा नहीं... लड़के को दुकान से ही फुर्सत नहीं। यों भी उन दोनों का हम पर तो सदा कोप ही बरसता रहता है। अब तुम्हारे आदमी ने तरक्की नहीं की तो हम क्या करें? रहे सुरेश-रमेश, सो उनकी तो बात ही न्यारी है। पढ़ते-लिखते क्या हैं, हम पर अहसान करते हैं। ये भले इनकी किताबें भली। घरवाले इनकी बला से, मरो चाहे जिओ!"

"यों भी अम्मा, वे बेचारे इस विषय में कर ही क्या सकते हैं! उनकी तो अभी उमर ही पढ़ने-लिखने की है।"

"सबकी अपनी-अपनी उमरें हैं, तो लड़की को कौन पार लगावेगा? तुम लोग यों ही घर से कट-छँटकर रहते हो—बिरादरी के चार आदमियों को तुम नहीं जानते होओगे। मैं तो भैया, चिन्ता के मारे रात-दिन घुली जाती हूँ।"

लेखा समझ ही नहीं पा रही थी कि वह क्या जवाब दे? वह अपने को ही अपराधी महसूस करने लगी।

"अब आजकल एक नई धुन सवार हुई है—कहती है, मैं तो नौकरी करूँगी। इसी जुलाई से स्कूल में कोई जगह खाली होनेवाली है, सो रात-दिन यही रट लगा रखी है कि पढ़ाऊँगी। अब तुम्हीं बताओ, इस छोटी-सी जगह में वह नौकरी करेगी, तो अच्छा लगेगा?"

"क्या हर्ज़ है अम्मा? समय भी अच्छा बीतेगा और कुछ मदद भी हो जाएगी।"

"माफ करो बाबा, हमें नहीं चाहिए ऐसी मदद!" हाथ नचाते हुए अम्मा भड़क पड़ीं, "जवान लड़की, एक बार पैर घर से बाहर पड़ गया, तो फिर बाहर की ही हो रहेगी। आज और चाहे कुछ हो, कम-से-कम अपनी इज़्ज़त तो ओढ़े बैठे हैं। अब तो लगता है, मुँह दिखाने लायक भी नहीं रहेंगे। तुम कलकत्ता की बात छोड़ो। मैं कहती हूँ, इस बार भैया आएँ, तो इसका कहीं जुगाड़ बिठा दो।"

लेखा को अचानक ही मीना की याद आ गई, जो अपनी सोलह साल की लड़की से जब-तब कहती रहती है–"देख रीती, तू अपनी शादी अपने आप तय कर लेना। इस भरोसे रहना ही मत कि हम तेरे लिए लड़का ढूँढ़ते फिरेंगे। बस, ख़बर कर देना, तो धूमधाम से शादी कर देंगे।" और वहाँ सबको इस बात का अंदेशा हो गया है कि अवश्य रीती किसी दिन कोई ग़लत काम कर बैठेगी। फिर भी...

बड़ी सशंकित-सी नज़र चारों ओर डालकर और कुछ पास सरककर अम्मा ने धीरे से कहा, "अब तुमसे क्या छिपाऊँ बहू...तुम्हारे पिताजी के पास वह पाठकजी का लौंडा आया करै है कभी-कभी। मैं सोचती थी, आता होगा यों ही। मुझे क्या पता, यहाँ कोई अलग ही खिचड़ी पक रही है! आज किताबें आ रही हैं, तो कल कुछ!" फिर स्वर को और धीमा करके बिलकुल ही फुसफुसाते हुए बोलीं, "चिट्ठी भी पकड़ी एक-दो तो।" और अम्मा अपनी बात की प्रतिक्रिया जानने के लिए लेखा के चेहरे की ओर बड़े गौर से देखने लगीं। इतनी बात सुनकर भी लेखा का यों निर्विकार भाव से बैठे रहना उन्हें अच्छा नहीं लगा। आगे कुछ कहने का उत्साह ही जैसे जाता रहा। सारी बात को समाप्त करने के लहज़े में बोलीं, "क्या करें, कुछ समझ में नहीं आता! यह तो समझ लो, बात तुम्हारी चाची और बड़ी तक नहीं पहुँची, नहीं तो सारे गाँव में हंगामा मच जाता।" अम्मा का गला भर्रा गया।

शाम को पिताजी ने आते ही ख़बर दी कि बड़की की लल्ली की शादी पक्की हो गई। सप्तमी को लगन जा रही है।

"कहाँ हुई? लड़का कौन है?" अम्मा ने उत्सुकता से पूछा।

"चन्दौसी के कालेज में प्रोफेसर है। घर-वर सभी अच्छा है।"

"यह भी किस्मत की बात है। लो, लल्ली तो दसवीं पास ही है। अरे भई, करनेवाले चाहिए। बिरादरी में अच्छे लड़कों का कोई टोटा थोड़े ही है। चलो, अच्छा है, लल्ली भी अपनी ही है।" पर अपनेपन की भावना के बावजूद अम्मा के कलेजे से एक गहरा निःश्वास फूट पड़ा।

"भात की तैयारी करो, भात की तैयारी!" कमीज़ उतारकर खूँटी पर टाँगते

हुए पिताजी बोले, "इन्होंने तो चट मँगनी पट ब्याह कर दिया, पर अब हम कैसे इतनी जल्दी तैयारी करें? पहला ही मौक़ा है। कसर रह गई तो, भद्द पड़ेगी या नहीं?"

पिताजी सीधी-सी बात भी करते हैं, तो लेखा को लगता है कि जैसे वे शिकायत कर रहे हैं...उनके स्वर और लहज़े से कुछ ऐसा लगता है, जो शिकायत का आभास देता रहता है। कभी-कभी तो लेखा को यह भी लगने लगता है जैसे यह शिकायत दिनेश और उसके प्रति है जो घर से कटकर रहते हैं।

रात लेखा जब छत पर पहुँची, तो देखा, गौरा अकेली लेटी सूनी आँखों से आसमान को निहार रही है। लेखा को देखते ही गौरा उठ बैठी, "आइए भाभी!"

"लेटी रहो, गौरा। सारे दिन काम करते-करते थक भी तो जाती होगी।" लेखा का मन हुआ, गौरा का सिर सहलाए, उसे खूब-खूब प्यार करे; पर गौरा लेटी ही नहीं। दो साल में ही कितनी बदल गई है गौरा! चेहरा कितना फीका पड़ गया है!

"और सुनाओ, क्या ख़बर है? तुमसे तो कुछ बात ही नहीं हुई!"

"सब ठीक है।" दबे गले से गौरा ने कहा और फीकी-सी मुस्कराहट उसके सूखे होठों पर फैल गई, पर स्वर की व्यथा लेखा से छिपी नहीं रही। वह समझ ही नहीं पा रही थी कि गौरा से क्या कहे। उसे लगा, जैसे गौरा उससे कहना चाह रही है पर कह नहीं पा रही है। कहना तो वह भी बहुत कुछ चाह रही है...बहुत कुछ वह गौरा से पूछना चाहती है, पर पूछ नहीं पाती। हवा में हिलती हुई पेड़ों की टहनियाँ ही छत की निस्तब्धता को तोड़ रही हैं। लेखा पाठकजी के लड़के के बारे में पूछना चाहती है, पर केवल इतना ही कहकर रह जाती है, "यहाँ तो गर्मी का नाम भी नहीं।" और उसे एकाएक ही दिनेश की याद आने लगी। ऐसी खुली छतों के लिए कितना तड़पता है दिनेश! लेखा ने चारों ओर देखा, हलकी-सी चाँदनी बिखरी थी, और चटक नीले आसमान पर दिप्-दिप् करके तारे चमक रहे थे।

तभी अचानक बड़ी तेज दुर्गन्ध का झोंका आया और धीरे-धीरे वह बदबू हवा में फैलने लगी। साड़ी का पल्ला नाक पर लगाते हुए लेखा ने कहा, "यह बदबू किधर से आ रही है?"

"पीछे की तरफ़ एक पोखरा है—बड़ा-सा। उसके पानी में दुनिया-भर का कूड़ा-करकट सड़ा करता है और जब हवा इधर की बहती है, तो दुर्गन्ध आती

है। पहले तो इतनी सड़ी बदबू आती थी कि मुझे कै हो जाया करती थी, अब तो फिर भी आदत हो गई है।''

''म्युनिसिपैलिटी सफ़ाई क्यों नहीं करवाती?'' लेखा के लिए यह बदबू सचमुच ही असह्य हो रही थी।

''क्या पता!'' और दोनों फिर चुप हो गईं। पर दो क्षण बाद जैसे अपनी सारी शक्ति बटोरकर गौरा एकाएक पूछ बैठी, ''भाभी, मुझे कलकत्ता में नौकरी नहीं मिल सकती क्या? यहाँ तो अम्मा-पिताजी मुझे कुछ नहीं करने देते, करने भी नहीं देंगे और सारे दिन घर में मेरा मन नहीं लगता। आप मुझे अपने साथ ले चलिए भाभी! मैं भी कोई नौकरी कर लूँगी। यहाँ तो कभी पढ़ने-लिखने के लिए एक पत्रिका मँगा लो, तो जैसे सारे घर में तूफान मच जाता है, यही सब करवाना था तो मुझे पढ़ाने-लिखाने...''

''बहू...ओ बहू!'' छत के पिछले हिस्से से चाची की छत जुड़ी हुई थी, वहीं से खड़ी होकर चाची आवाज़ दे रही थीं।

गौरा की बात को बीच में छोड़कर लेखा उधर गई।

''तुम तो आई ही नहीं बहू! मैंने तो कल भी तुम्हारी राह देखी।'' चाची ने उलाहना दिया, ''तुम तो कम-से-कम पराया मत समझो! भैया पर मेरा मन जिठानीजी से कम नहीं है। उन्होंने भी मुझे कभी कम नहीं माना। जब भी आते, मेरे लिए वैसी ही साड़ी लाते जैसी जिठानी के लिए लाते। तुम तो...''

''मैं भी लाई हूँ, चाचीजी। उधर आऊँगी तो दूँगी। आप भला पराई कैसे हो सकती हैं! वे तो हमेशा ही आपको याद करते हैं।''

''मैं तो खुद ही आ जाती, पर क्या करूँ, इन लोगों को तो मैं फूटी आँखों नहीं सुहाती। जाकर खड़ी नहीं होऊँगी कि सबको साँप सूँघ जाएगा।'' फिर बड़े बुझे-बुझे स्वर में बोलीं, ''जब अपना आदमी ही नहीं पूछे, तो दूसरों को क्या दोष दूँ! तुम्हारी तरह पढ़ी-लिखी होती, तो मैं भी कमाकर खा लेती। अब तो समझ ही नहीं आता, यह पहाड़ जैसी ज़िन्दगी कैसे कटेगी। कैसे इस छोरे को बड़ा करूँगी! मकान के इस हिस्से के सिवा मेरे पास तो कुछ भी नहीं है। हिस्से का थोड़ा-बहुत पैसा है, पर सब दबा लिया। माँगती हूँ, तो सबको काँटे जैसे लगती हूँ। गौरा को लखनऊ में मैंने साल-भर तक अपने पास रखा, पढ़ाया-लिखाया। इस छोरे की कसम खाकर कहती हूँ जो कभी एक पैसा भी लिया हो या उसे तकलीफ दी हो। तुम्हें तो याद होगा, तुम शादी होकर आई थीं तब कैसी दिखती थी गौरा...! अब देख लो, कैसी हो गई है। पर आज मुझ पर संकट पड़ा तो...''

"बहू...ओ बहू!" अम्मा की आवाज़ सुनते ही लेखा घूम पड़ी और चाची का प्रवाह रुक गया। अपनी बात को बीच में ही तोड़कर बोली, "कल आना बहू, ज़रूर आना।"

"क्या पट्टी पढ़ा रही थी? कोस रही होगी हमें और क्या!" चाची की छत पर कुपित दृष्टि से देखते हुए अम्मा बोलीं। फिर खाट पर बैठते हुए गौरा को आदेश दिया, "जा, दूध चढ़ाकर आई हूँ, उसे उतारकर जमा देना। दोनों नवाबजादे भी आ गए हैं...उन्हें खाना देती आना।"

गौरा उठकर चली गई और लेखा को फिर अम्मा के पास बैठना पड़ा।

"बहू, अब तो भात की तैयारी करनी है, बस। तीन साड़ियाँ तो तुम्हारी लाई..."

"अम्मा!" सुरेश की आवाज़ से अम्मा की बात बीच में ही टूट गई।

"क्या है?" अम्मा के स्वर ने ही बता दिया कि उन्हें सुरेश का यों टोकना अच्छा नहीं लगा।

"इस बार जैसे भी हो, मुझे पंद्रह रुपए दो। चश्मा बदलवाए बिना पढ़ना-लिखना असम्भव हो गया है। आजकल तो सारे दिन बस सिर भन्नाता रहता है। आँखों से पानी बहता रहता है।"

"आए दिन तुम्हारे चश्मों के नम्बर ही बदलते रहते हैं। मैं तो दुःखी हो गई।"

"अरे सुरेश, ज़रा अपनी अम्मा को नीचे भेजना।" बाबूजी ने आवाज़ लगाई, तो अम्मा वैसे ही बड़बड़ाती हुई नीचे उतर गई। सुरेश भी उनके पीछे-पीछे ही उतर गया।

अकेले होते ही लेखा ने महसूस किया, जैसे इन सबके बीच वह बहुत परायी है। उस घर की एक सदस्या होकर भी वह घर से अलग है। यहाँ आकर उसे बराबर ही लगता रहा है जैसे वह बहुत फ़िज़ूलख़र्च है, जैसे उसका बहुत-सा कर्तव्य इस घर और घर के व्यक्तियों के प्रति है, पर जिसे वह पूरा नहीं कर रही है। वे दोनों सौ रुपए भेजकर समझते हैं कि सब कुछ कर दिया। दो साल तक अपने काम और पढ़ाई में डूबे रहकर वह तो भूल ही गई थी कि उसका लम्बा-चौड़ा परिवार है, उस परिवार की समस्याएँ हैं। उसके सामने तो उसका अपना भविष्य था, कैरियर था, बड़े-बड़े अरमान थे।

लेखा यों ही खाट पर लेटकर आसमान की ओर निहारने लगी। उसे कलकत्ता याद आने लगा। वर्मा और बीनू, शिप्रा, मीनाक्षी, माथुर—एक-एक करके सब याद आए। सुषमा-महिम के साथ दार्जिलिंग में कहीं घूम रही होगी। जिस दिन विदा किया था, उस दिन सचमुच सुषमा बहुत सुन्दर लग रही थी। दिनेश की छुट्टी

कब मंजूर होगी! उसने तार से अपने पहुँचने की सूचना दे दी थी, पत्र अभी नहीं लिख पाई थी। कल वह दिनेश को पत्र लिखेगी। टाइप किया हुआ चैप्टर उसके बक्स में रखा है, कल उसे भी निकालेगी। पर कर पाएगी यहाँ? कल तो उसे चाचीजी के पास भी जाना है। कल वह गौरा से बात करेगी। रमेश और सुरेश को जैसे भी होगा, अपने पास बिठाएगी। वह इस परिवार के लोगों के साथ घुलेगी-मिलेगी। आखिर वह भी तो इसी परिवार की एक सदस्या है।

रविवार को सुरेश और रमेश ने प्रस्ताव रखा, ''भाभी, शाम को घाट पर चलिए। कुछ देर नाव पर ही सैर की जाए।''

''हाँ भाभी, आज घाट पर ही शाम बिताई जाए। खाना खूब जल्दी बना लेंगे, और क्या!'' प्रफुल्लित-सी गौरा बोली।

''अम्मा, चले जाएँ?'' इज़ाजत के लहज़े में लेखा ने पूछा।

''चली जाओ, सब लोगों का मन है, तो घूम आओ।'' तार पर फैली हुई साड़ी को समेटते हुए अम्मा ने कह तो दिया, पर उनके स्वर में कोई विशेष उत्साह नहीं था। लेखा जानती है, आज ही उसने भात के लिए अम्मा को एक अँगूठी और पचास रुपए दिए हैं। आज चाहकर भी उनसे मना करते नहीं बनेगा।

''भाभी, आज तो आपको भी चलना ही होगा।'' लेखा ने बड़े मनुहार-भरे स्वर में कहा।

भाभी बरामदे में बैठी अपनी सबसे छोटी लड़की को दूध पिला रही थी। सुनते ही भभक उठी, ''तुम्हीं करो नाव के सैर-सपाटे! हमारी किस्मत में तो रसोई के ही सैर-सपाटे लिखे हैं।''

''कहा न, आज खाना जल्दी ही बना लेंगे। मैं अकेली ही बना लूँगी, बस।'' उत्साहित सी गौरा बोली, पर भाभी नहीं मानी। लेखा घर के काम में बहुत पटु नहीं है, फिर भी जानती ज़रूर है। पर जाने क्यों यहाँ उससे कोई काम नहीं करवाता। यों छोटा-मोटा काम वह कर देती है। उसे भाभी पर गुस्सा तो नहीं आता, वह भाभी की जगह होती, तो शायद उसकी भी यही स्थिति होती, पर घर का तनाव और हमेशा की कहा-सुनी मन को बोझिल ज़रूर बना देती है। लेकिन क्या किया जाए!

बहती नदी में विहार करते हुए गौरा का मन जैसे बहने लगा था। वह मुग्ध भाव से नदी को देख रही थी। ढीली चोटी में से निकलते हुए उसके केश हवा के साथ

उड़ रहे थे। उसकी साड़ी का पल्ला उड़ रहा था। शायद उसका मन भी उड़ रहा था। लेखा ने पहली बार गौरा को इतना प्रसन्न, इतना चंचल देखा। सुरेश और गौरा ने मिलकर एक सहगान गाया। साँझ की सूनी दिशाएँ संगीत से गूँज उठीं। लेखा का मन हुआ, वह भी इनके साथ गाए, पर उसे वह गीत नहीं आता था। उसे सुषमा की याद आई। वह भी अच्छा गाती है। पर कितनी पूछ है उसके गाने की! गौरा के गले में भी लोच है; आवाज़ में सुरीलापन है।

नदी बह रही थी, उस पर नाव बह रही थी, उस पर रमेश, सुरेश और गौरा बह रहे थे। चारों ओर संगीत की स्वर-लहरियाँ बह रही थीं, और आसमान में बादलों के छोटे-छोटे टुकड़े बह रहे थे। इस बहाव में गौरा के मन की उदासी और खिन्नता न जाने कहाँ बह गई थी। सुरेश का सिर-दर्द भी बह गया था।

लेकिन रात को लेखा ऊपर चढ़ी तो देखा, सुरेश सिर पर रूमाल बाँधे औंधा लेटा हुआ था।

"क्या बात है भैया? सिर दर्द कर रहा है?" सिरहाने बैठते हुए लेखा ने पूछा।

"यों ही ज़रा-सा।" झट उठते हुए सुरेश ने कहा और एक झटके से सिर पर बँधा रूमाल खींच लिया।

"अरे, लेटे रहो...लेटे रहो। आप लोग मेरे साथ इतना तक़ल्लुफ क्यों करते हैं?" लेखा के स्वर में शिकायत थी। सुरेश धीमे से मुस्कराया।

"चश्मे का नम्बर बढ़ गया है, इसलिए यों तो आजकल सारे दिन ही सिर दर्द करता रहता है, पर ज़रा-सा पढ़ लूँ, तो दर्द बहुत बढ़ जाता है। अम्मा रुपए देगी तब तक तो यों ही चलाना पड़ेगा।" सुरेश दूसरी ओर देखने लगा।

लेखा जानती है, अम्मा ने रुपए भात की तैयारी में लगा दिए हैं। लेखा के पास जो कुछ था, वह भी उसने अम्मा को दे दिया।

"भाभी, यदि मैं कलकत्ता आ जाऊँ तो कुछ ऐसा प्रबन्ध नहीं हो सकता कि कुछ काम भी मिल जाए और पढ़ाई भी चलती रहे? वहाँ तो रात के कॉलेज हैं। उसी में पढ़ लिया करूँगा। मैं आप लोगों पर बोझ नहीं बनूँगा।"

सुरेश के स्वर की मायूसी लेखा को कचोट गई। बोझ...लेखा ने महसूस किया कि इन तमाम बच्चों के दिलों में अभी से यह बात कितने गहरे बैठ गई है कि ये बोझ हैं...अभी इन लोगों की उम्र ही क्या है! गौरा भी तो उसके साथ-साथ जाना चाहती है। गौरा से फिर बात नहीं हो पाई। अम्मा उसे किसी के पास बैठने ही नहीं देतीं। वह जानना चाहती है कि क्या सचमुच गौरा पाठकजी के लड़के से...

"ऐसा नहीं हो सकता है क्या, भाभी?" सुरेश उसके उत्तर की प्रतीक्षा कर रहा था।

"हो क्या नहीं सकता। पर यह तो तुम्हारा फाइनल इयर है। अगले साल आना। सभी इन्तजाम हो जाएगा। यों छुट्टियों में एक बार आओ। कुछ घूमना-फिरना ही हो जाएगा।"

"छुट्टियों में?" सुरेश चुप हो गया। लेखा को लगा, छुट्टियोंवाली बात उसे नहीं करनी थी। कलकत्ता तक आने-जाने का किराया...

"बहू...ओ बहू! सो गई क्या?" छत पर चढ़ते हुए अम्मा ने कहा।

लेखा ने सिर से पल्ला खींचते हुए कहा, "नहीं अम्मा।" और वह खाट पर से उठ खड़ी हुई। सुरेश दोनों हाथों में सिर छिपाकर फिर औंधा लेट गया। अम्मा लेखा की खाट पर बैठ गईं और कमर से साड़ी का खुँसा हुआ पल्ला निकालकर बोलीं, "आज तुम लोग घाट पर गए थे, तो मैं भी एक काम कर आई।" और फिर एक मोटे-से धागे में बँधी हुई एक छोटी-सी पोटली लेखा के हाथ में देते हुए बोलीं, "कल सोमवार है। नहा-धोकर इसे बाँध लेना।"

"यह क्या है, अम्मा?" आश्चर्य से पोटली को उँगलियों में नचाते हुए लेखा ने पूछा।

"अब ज़्यादा पूछताछ तो करो मत, बस, बाँध लेना।" अम्मा बड़े गद्गद् स्वर में बोलीं, "भई, तुम लोग चाहे सोचो-न-सोचो, हम लोग तो इस चिन्ता में भी घुले जाते हैं। तुम्हारे ब्याह को चार-चार साल होने आए और घर में बाल-गोपाल तक नहीं। भरी जवानी में ही कोख रुझ जाए, यह भी कोई बात हुई भला।"

लज्जित, अपमानित, अवाक्-सी लेखा अम्मा का मुँह ही देखती रह गई। क्या कह रही हैं अम्मा!

"यहाँ एक पीर है। नीम के नीचे बैठते हैं, सो उन्हें सब नीम-तले का पीर कहते हैं। ऐसा तावीज़ देते हैं कि बस! आज तक उनका तावीज़ अकारथ नहीं गया। लोग दूर-दूर से आते हैं। पाँच रुपए और एक गज़ लाल कपड़ा...सो तुम्हारा घर आबाद हो, पाँच रुपए तो बहुतेरे आ जाएँगे।"

लेखा ने बाँहों में मुँह छिपाए दर्द से छटपटाते सुरेश की ओर देखा। उसका मन क्षोभ से भर गया।

आज भात जानेवाला है। अम्मा ने बिरादरी में बुलावा फिरवाया है। सवेरे से ही घर में धमाचौकड़ी मची हुई है। भात सजाकर रख दिया गया। ग्यारह जोड़ी

कपड़े और चार तोला सोना रखा है। कुछ नक़द रुपए भी हैं। लेखा आश्चर्य कर रही है, इतना सब अम्मा ने कहाँ से कर लिया! पर अम्मा बहुत खुश हैं। शाम को औरतें देखने आएँगी। भात की सराहना होगी। गीत गवेंगे, बताशे बँटेंगे। बड़ी भाभी कई बार रो चुकी हैं। चाची ने कई बार झाँक-झाँककर देख लिया है। वे शायद बराबर उम्मीद कर रही हैं कि उन्हें इस अवसर पर तो बुलाया ही जाएगा।

चौके का सारा काम जल्दी-जल्दी समाप्त करके गौरा लेखा के पास आई। बड़े सकुचाते-सकुचाते बोली, "भाभी, कोई अच्छी साड़ी दीजिए पहनने के लिए।" संकोच के आधिक्य से वह लेखा से आँखें नहीं मिला पा रही थी। लेखा ने अपनी साड़ी उसे पहनाई। गले में हार और कानों में टॉप्स भी पहनाए। उसका जूड़ा भी बना दिया। गौरा झेंप रही है। वह प्रसन्न है। लेखा को गौरा का रूप बहुत अच्छा लगता है। वह चाहती है, गौरा हमेशा ऐसे ही प्रसन्न रहा करे।

गीत चल रहे हैं। पता नहीं, कहाँ से पाठकजी का वही लड़का आ गया। अम्मा के तेवर चढ़ गए। गीतों से उठकर वे भीतर गईं। फिर एक कठोर स्वर आया, "गौरा, भीतर आ!"

गौरा साड़ी उतार रही थी और अम्मा बक रही थीं, "ये तेरे चरित्तर तुझे अच्छे रस्ते नहीं ले जाएँगे गौरा, मैं कहे देती हूँ! अब समझ में आया कि क्यों सवेरे से यह नखरा हो रहा था...क्यों बात-बात पर हँसी फूट रही थी...बदन थिरक रहा था।"

लेखा अवसन्न-सी जहाँ की तहाँ खड़ी रह गई, जैसे जम गई हो।

गीत गाकर, बताशे लेकर औरतें चली गईं। भात का सामान लेकर बड़े भैया चले गए। ख़ुशी का मौक़ा था, फिर भी एक अजीब-सी मायूसी, एक ख़ामोश-सी उदासी सारे घर में छा गई। रात को लेखा, गौरा, सुरेश और रमेश सब चुप-चुप अपनी-अपनी खाट पर जा लेटे। सुरेश सिर पर रुमाल बाँधे वैसे ही औंधा लेटा है। गौरा दोनों बाँहों से आँखें मूँदे चित्त लेटी है...वह शायद रो रही है। पासवाली छत पर रात के सन्नाटे में चाची का बड़बड़ाना स्पष्ट सुनाई दे रहा है। आज इतनी औरतों को बुलाया और उन्हें नहीं बुलाया। वे अपनी बेसहारा पहाड़-सी ज़िन्दगी और फूल-से बच्चों को कोस रही हैं। भाभी ने अपना दिन-भर का ग़ुस्सा अकारण ही दोनों बच्चों पर निकाल डाला और वे पिटकर इतने रोए, कि हमेशा चुप रहनेवाले पिताजी को भी डाँटना पड़ा। और फिर भाभी रोईं, उन्होंने अपनी किस्मत

को कोसा, अपने बच्चों को कोसा। अब शायद वे लोग सो गए हैं...नीचे से किसी की आवाज़ नहीं आ रही है।

लेखा ने करवट बदली। उसने सोचा, वह कल दिनेश को लिखेगी कि वह जल्दी-से-जल्दी आने की कोशिश करे। उसे एकाएक ही दिनेश की याद आने लगी। गहरे नीले आसमान के तारे अभी भी वैसे ही झिलमिला रहे थे पर इस बार लेखा को लगा, जैसे एक आइना चूर-चूर होकर बिखर गया है!

असामयिक मृत्यु

सब कुछ जहाँ का तहाँ थम गया।

गति महेश बाबू के हृदय की बन्द हुई थी, पर चाल जैसे सारे घर की ठप्प हो गई। अधूरा बना हुआ मकान और अधकचरी उम्र के तीन बच्चे।

सच पूछो तो यह भी कोई उम्र है मरने की भला? कुल जमा चवालीस साल। पर मौत कौन किसी से पूछकर आती है!

फिर हुआ भी तो सब कुछ कितने आकस्मिक ढंग से। ऑफिस की कुर्सी पर बैठे-बैठे ही महेश बाबू का हार्ट फेल हो गया। घर ख़बर पहुँची तो शारदा अवाक्! बस, पड़ोसन ताई की चीत्कार घर बनाते मज़दूरों के समवेत संगीत को चीरती हुई यहाँ से वहाँ तक फैल गई। देखते-ही-देखते सारा मोहल्ला आ जुटा। शव लाकर बीच आँगन में रखा गया। चारों ओर भीड़ और दार्शनिक मुद्रा में उछाले गए वाक्य...

'ज़िन्दगी का कोई भरोसा नहीं भैया! अच्छे-भले घर से गए थे। कौन जानता था लौटकर ही नहीं आएँगे...राम तेरी माया...'

'मकान और दीपू को लेकर कैसे-कैसे सपने देखे थे...अरे, आदमी सोचता क्या है और होता क्या है?'

'अधूरा मकान और तीन-तीन बच्चों की कच्ची गृहस्थी। तिनके तक का कोई सहारा नहीं। अब तो भगवान ही पार लगाए तो लगे! हे प्रभो, तेरा ही आसरा है...'

हर मौत पर दोहराए जानेवाले वही पिटे-पिटाए वाक्य, वही भाषा! सिर्फ मरनेवाला आदमी बदलता रहता है।

पर इस सबसे अनछुई-सी शारदा की सूनी-सूनी आँखें और भावहीन चेहरा! न एक बूँद आँसू, न छाती-फाड़ क्रन्दन! और इन सबसे ऊपर और इन सबसे अलग दीपू को बाँहों में भरे पड़ोसन ताई का प्रलाप—'अब तेरा नाटक देखकर किसकी छाती गज़-भर की होगी रेऽऽ...अख़बार में तेरी फोटू देखकर कौन

मोहल्ले-भर में दिखाता फिरेगा रेऽऽ...मुझे मीठे चीले खिलाने को कौन कहेगा रेऽऽ...'

शव उठा और कुछ समय पहले तक हँसती-बोलती काया जलकर राख का ढेर हो गई।

और रात तक जैसे सब कुछ शान्त हो गया। बस, शारदा, जहाँ जैसी बैठी थी, वैसी ही बैठी रही। तीनों बच्चे रो-धोकर आँगन में ऐसे ही पसर गए।

जून की उमस-भरी रात। एक तरफ़ ईंट, रेत और चूने के ढूह बिखरे पड़े थे और दूसरी तरफ़ बच्चे। सामने घना अन्धकार।

दूसरे दिन शारदा के बड़े भाई आ गए। बहन के सिर पर हाथ रखकर और बच्चों को छाती से चिपका-चिपकाकर रोए :

'अरे, महेश बाबू, यह किस जनम का बदला निकाल गए हमसे...अरे, तुम्हारी नेकी के गुण तो सारी दुनिया गाती थी...यह किसकी हाय लग गई रेऽऽ...'

पर दो घंटे में ही उन्होंने रोने-धोने का काम ख़त्म किया! आँखों से आँसू पोंछे और दुनियादारी आँज ली! जो घर ऐसे अधर में लटक गया हो, जहाँ आगे नाथ न पीछे पगहा, वहाँ फुर्सत में बैठकर शोक मनाने की गुंजाइश कहाँ भला! मातमपुर्सीवाले लोग चले गए तो शारदा और दीपू को लेकर वे भीतर आए।

"तेरहवीं करने की क्या ज़रूरत है? चौथे दिन हवन करके उठाला कर दो और आगे की सोचो कि कैसे क्या होगा?"

पर आगे सोचने के जितने भी रास्ते थे, थोड़ी दूर जाकर ही बन्द दिखाई देते थे।

बैंक-बैलेंस?

निल!

इंश्योरेंस?

जो भी था, मकान बनवाने के लिए तीन-चौथाई उधार ले लिया!

प्रोविडेंट फंड?

उसमें से भी आधा कर्ज़ ले लिया, फिर भी वही एक रक़म है! पर उससे तो यह मकान पूरा हो जाए तो ग़नीमत! इसे तो अब पूरा करना ही होगा, वरना अभी तक जितना पैसा लगाया वह भी पानी! पर समस्या तो यह है कि चार प्राणियों की यह गृहस्थी चलेगी कैसे?

और सारे बन्द रास्तों से लौटकर उनकी नज़र दीपू पर आकर टिक गई।

"बी.ए. का इम्तहान दिया है न! रिज़ल्ट भी आता ही होगा। अच्छे डिविज़न में तो पास हो ही जाओगे। हूँऽऽ...!"

वह हुंकार शारदा के मन में जाने कैसा आतंक जमाती-सी भीतर तक उतर गई। उसने एक बार घुटनों पर ठोड़ी टिकाए दीपू के चेहरे की ओर देखा। उसकी अँसुवाई आँखों के आगे दीपू की आकृति थरथराती हुई धुँधली होती चली गई।

चौथ के दिन हवन हुआ। दीपू के सिर पर पगड़ी पहनाई गई थी, "इसे केवल रस्म ही मत समझना दीपू बेटे! आज से बाबू की इज़्ज़त, बाबू की प्रतिष्ठा और बाबू का भार तुम्हारे सिर पर। अब इस घर की सारी ज़िम्मेदारी तुम्हें ही निभानी है..." मामा की आँसुओं से रुँधी हुई वाणी आवेग के कारण भिंच गई।

दीपू ने मामा के पैर छुए तो मामा ने अपने पैरों से उठाकर उसी वेश में दीपू को महेश बाबू के जनरल मैनेजर के चरणों पर झुका दिया।

"अट्ठारह साल तक महेश बाबू ने आपकी कम्पनी की खिदमत की, अब दीपू को मौका दीजिए! उसका हक समझकर दीजिए, चाहे कृपा करके...पर करना अब आपको ही है।"

और रात को उन्होंने कुछ-कुछ क़िला फ़तह करने के अंदाज में सूचना दी :

"लो, दीपू की नौकरी पक्की कर दी। चार सौ देंगे। मैंने भी गरम लोहे पर चोट की। दीपू बेटा, कल ही जाकर मैनेजर साहब से मिल लो और नियुक्ति-पत्र ले आओ। फिल कल, परसों जब से कहें, काम पर जाना शुरू कर दो।"

बात ख़त्म करने के साथ ही एक गहरा निःश्वास उनके सीने से निकला... ज़िम्मेदारी निभा देने का–एक विकट समस्या का समाधान कर देने का–एक आश्वासन का।

गहरा निःश्वास शारदा की छाती से भी निकला, पर एक गहरे अवसाद का। भर्राये गले से पूछा, "दीपू नौकरी करेगा–अभी से?" चार दिनों में यही पहला वाक्य उसके मुँह से निकला।

"अभी से? नहीं तो बाद में कौन पूछता है? यह मत भूलो कि ताज़े घाव पर दिखाई गई सहानुभूति ही वज़नदार होती है! फिर आजकल एम.ए. पास तक तो दो सौ रुपल्ली की नौकरी के लिए जूतियाँ चटकाते फिरते हैं। यह तो महेश बाबू की मौत का लिहाज़..."

पर शारदा घुटनों में सिर छिपाए बिसूरती ही रही।

"मैं नौकरी करूँगा मामा!" बड़े दृढ़ और निर्णयात्मक स्वर में दीपू ने कहा।

"शाबाश! यह हुई न बात! तुम इस गृहस्थी की गाड़ी को गुड़का ले जाओगे!" फिर एकाएक स्वर को बेहद स्नेहिल और कोमल बनाकर बोले, "और

उपाय भी क्या है बेटा! जो कुछ मुझसे बन पड़ेगा, ज़रूर करूँगा पर...'' और वे दीपू के सिर पर हाथ फेरने लगे।

इसके बाद अनेक हिदायतें, अनेक आदेश—पैसा हाथ में आते ही मकान बनवाना तुरन्त शुरू कर देना...राजू, मीनू की फीस माफ करवा लेना...सारे खर्चे में कटौती कर देना।

शारदा केवल सुनती रही। जिस घर में आज तक कोई भी काम उसकी इच्छा के ख़िलाफ़ नहीं हुआ...उसकी सलाह के बिना नहीं हुआ, वहाँ अब उसे केवल दूसरों के आदेश पर चलना है। पहली बार उसे स्थिति की भयानकता का अहसास हुआ। पहली बार लगा कि उसके पति मर गए हैं...उसके सुख-चैन और अधिकारों की सीमा समाप्त हो गई है।

रात शायद आधी से अधिक बीत गई है। चारों ओर निपट सन्नाटा, कहीं पत्ता तक नहीं हिल रहा। पर शारदा के मन में जाने कैसा तूफान उठा हुआ है। एक-दूसरे पर उभरते हुए दृश्य—एक-दूसरे को काटते हुए वाक्य।

नाटक समाप्त हो गया है। उत्पल दत्त प्रमुख अतिथि के रूप में भाषण दे रहे हैं। दीपक की अभिनय-कला...दीपक की प्रतिभा...दीपक के उज्ज्वल भविष्य की कामना! फिर प्रशंसा और बधाइयों का दौर—'आपका बेटा बहुत बड़ा कलाकार बनेगा।'

'बनेगा? अरे, ही इज़ ए बार्न आर्टिस्ट!'

दूसरे दिन सारे अख़बारों में दीपक की फोटो...दीपक की सराहना! महेश बाबू घर-घर जाकर अख़बार दिखाते फिर रहे हैं।

पिछले तीन सालों में यह क्रम कई बार दोहराया गया है और हर बार महेश बा़बू का पुलकित गद्गद् स्वर :

''जीनियस है तुम्हारा बेटा! देखना इतना नाम करेगा...इतना नाम करेगा कि...''

'लोग अपने बेटों को डॉक्टर, इंजीनियर बनाने के सपने देखते हैं...मेरा बेटा कलाकार बनेगा!'

तापस बाबू कह रहे हैं—'इस लड़के के बारे में ट्रेडीशनल ढंग से सोचने से काम नहीं चलेगा। इसे इस बार पूना भेजिए। अभिनय की ट्रेनिंग लेने के बाद फिल्मवाले लोग हाथों-हाथ उठा लेंगे...ये सब नामी एक्टर झख मारेंगे इसके सामने!'

पिछले तीन नाटकों में कुन्तल ही हीरोइन का रोल कर रही है। अक्सर घर आती रहती है। महेश बाबू रसभीनी आवाज़ में कहते हैं, 'देख लेना, घर में भी यही हीरोइन बनकर आएगी।' शारदा केवल मुस्कुराती है।

दीपू की आँखों में कैसे-कैसे सपने तैरने लगे हैं! उसके सपनों की छाया हर किसी की आँखों में दिखाई देने लगी है। मीनू अपने दीपय्या को अमिताभ बच्चन समझने लगी है। दीपू की सफलता और यश से छाती फुलाए-फुलाए राजू अपने दोस्तों में हीरो बना घूमता है।

एक नए नाटक की तैयारी हो रही है, दीपू को न खाने का होश है न पीने का। पागलों की तरह उसमें जुटा है। गर्मी में थके-मांदे महेश बाबू ऑफिस से आकर ठेकेदार से सिर फोड़ने बैठते हैं—सीमेंट, लोहा, लक्कड़—तो शारदा दीपू पर ही बरस पड़ती है—'सारा दिन नाटक-नाटक, यही नहीं कि बाबू का थोड़ा-सा हाथ ही बँटा दो।'

दीपू कुछ कहे, उसके पहले ही महेश बाबू रोक देते हैं—'अरे, उसे कहाँ इस पचड़े में डालती हो। यह सब क्या उसके बस का है?'

और इन सारे दृश्यों और आवाज़ों को चीरता हुआ दीपू का दृढ़ निर्णयात्मक स्वर—'मैं नौकरी करूँगा मामा!'

शारदा के तन-मन को झकझोरता, मरोड़ता हुआ आवेश का एक गोला-सा उमड़ता है, फिर आँसुओं की बाढ़, हिचकियों का सैलाब...

घर की ठप्प हो गई गाड़ी को किसी तरह गुड़काने का इन्तज़ाम करके दूसरे दिन बड़े भैया चले गए।

घर की गाड़ी घिसटती हुई जैसे-तैसे चल पड़ी।

दीपू की नौकरी का पहला दिन! मीनू ने दीपय्या के कपड़ों पर इस्तरी की, राजू ने बाबू का ब्रीफकेस खाली किया, पर समझ में नहीं आया कि इसमें आख़िर रखे क्या, तो बाबू के ही कुछ कागज-डायरी रख दिए। कम-से-कम लगे तो कि ऑफिस जा रहे हैं। चलने से पहले पड़ोसन ताई ने आकर दीपू की बलैया ली, उसे दही-पेड़ा खिलाया।

इस सारे आयोजन में बस शारदा ही जैसे आँख चुराती रही, सामने पड़ने से कतराती रही और जब दीपू चला गया तो इतनी देर से थमा हुआ मन का आवेग आँसुओं के रूप में फूट पड़ा।

"यह क्या बहू, तुम तो ख़ुशी के मौक़े को भी आँसुओं में सानकर मिट्टी कर देती हो। बेटा नौकरी पर गया, यह रोने की बात है भला? खैर मनाओ कि भगवान ने बिगाड़ा तो सब समेट भी लिया। किसके नसीबों से होते हैं ऐसे बेटे?'

शाम को दीपू की प्रतीक्षा में सब बैठे हैं! ''कैसा लगा दीपय्या?'' राजू उछलकर पूछता है। मीनू बढ़कर ब्रीफकेस रख देती है।

''लगता क्या, खूब अच्छा लगा। सब लोग खूब प्यार से बोलते-बतलाते रहे। मैनेजर साहब ने अपने पास बैठाकर चाय पिलाई।'' फिर चुटकी बजाते हुए बोला, ''देखना अम्मा, यों काम सीखता हूँ। और हाँ...एक बड़े मज़े की बात हुई, मैं काम कर रहा था, पीछे से किसी ने आवाज़ दी 'मिस्टर अग्निहोत्री...मिस्टर अग्निहोत्री।' यहाँ दीपूराम को पता ही नहीं कि उन्हें ही बुलाया जा रहा है।'' फिर आवाज़ को ज़रा-सा भारी बनाकर बोला, ''सो अम्मा, अब तुम्हारा दीपू मिस्टर अग्निहोत्री बन गया है, समझीं!''

सब चुप।

तो बाबू की हू-ब-हू नकल करते हुए बोला, ''मीनू बिटिया, एक कप चाय तो पिलाओ गरमागरम।''

राजू-मीनू के चेहरों पर ज़रूर हलकी-सी मुस्कुराहट आई, पर शारदा इस पर भी चुपचाप तरकारी काटती रही तो दीपू एकदम फट पड़ा :

''अम्मा, बाबू की नकल करने पर तुमने मुझे डाँटा क्यों नहीं? क्यों नहीं हमेशा की तरह उठकर मेरी पीठ पर धौल जमाया?''

''चाय के साथ क्या खाएगा, पराँठा बना दूँ?''

''नहीं! पहले बताओ, तुमने मुझे डाँटा क्यों नहीं?''

''अब क्या तू दीपू है जो डाँटू? अभी तूने ही तो कहा कि अब से मैं मिस्टर अग्निहोत्री बन गया!'' रुँधे हुए कंठ से शारदा ने कहा और आटा लेने के लिए उठकर भंडार घर में चली गई।

''नहीं अम्मा...नहीं! तुम बोलती नहीं, डाँटती नहीं...कुछ भी तो नहीं करतीं। तुम इस तरह रहोगी तो मुझसे भी कुछ नहीं किया जाएगा, बताए देता हूँ...हाँ।''

हँसी-मज़ाक करके सबको बहुत सहज बनाने के प्रयास में दीपू खुद कहीं बहुत असहज हो गया!

शारदा भीतर गई तो वहीं घुटनों में सिर देकर बैठ गई।

किससे बोले वह पहले की तरह?

खाने के समय तरह-तरह की फर्माइशें करनेवाले और बने खाने में दुनिया-भर की मीन-मेख निकालनेवाले ये बच्चे, बिना चूँ-चपड़ किए, दाल से रोटी निगल लेते हैं! दस बार कहने पर भी हर काम को टाल जानेवाली यह मीनू... बिना कहे उसके काम में हाथ बँटाती रहती है...करने-न-करने के सब कार्य करती रहती है! दिनभर में रुपया-दो रुपया झटककर ले जानेवाला राजू, आँगन में

बैठा-बैठा सिर्फ उड़ती हुई पतंगों को देखता रहता है, पढ़ाई और नाटक के सिवाय जिसने दीन-दुनिया के बारे में न कुछ जाना, न समझा, वही दीपू बाबू के रजिस्टरों से हिसाब-किताब समझने की कोशिश करता रहता है...अब से ऑफिस का काम जो किया करेगा।

कितने अपरिचित हो उठे हैं उसके अपने बच्चे! उनसे क्या बोले, कैसे बोले?

यह घर उसका है? जिसका आँगन शाम को हँसी-मज़ाक और नकलों से गूँजता रहता था। नाटकों के आधे रिहर्सल यहीं होते हैं। रिहर्सल नहीं होता तो नकलें उतारी जातीं। राजकपूर के संवाद, दिलीपकुमार के संवाद...आँखें बन्द कर लो तो पहचान नहीं सकते कि दीपू बोल रहा है या दिलीपकुमार। कॉलेज के लेक्चरर्स की नकल होती...पड़ोस के बूढ़ों की नकल होती और फिर एक दिन बाबू की नकल उतरी! हू-ब-हू वही आवाज़, वही लहजा। राजू, मीनू हँसते-हँसते लोटपोट! शारदा ने हँसी भीतर ही घोटते हुए पीठ पर धौल जमाया– ''बस, अब बाप की ही नकल उतारा कर, बेशरम कहीं के!'

''पीठ ठोकी है न, बहुत अच्छी नकल करने के लिए? अरे अम्मा, जीनियस है तुम्हारा बेटा, जीनियस। अम्मा, अगर कोई बढ़िया मेकप कर दे तो बाबू का रोल ऐसे अदा करूँ कि तुम पहचान ही न सको कि दीपू कौन और बाबू कौन?''

दीपू पार्ट याद कर रहा है। नाटक की एक प्रति राजू को पकड़ा दी–''डॉक्टर वाला पार्ट तू बोलता चल!'' पाँच मिनट बाद ही दीपू बिगड़ पड़ता है–''अरे यार राजू, दो डायलाग तक तू ठीक से नहीं बोल सकता...गधा कहीं का!''

राजू कापी हवा में उछाल देता है–''मुझे कौन तुम्हारी तरह एक्टर बनना है, मैं तो डॉक्टर बनूँगा।''

''हूँऽऽ, बनेगा डॉक्टर! डॉक्टर की एक्टिंग तक तो की नहीं जाती, असली डॉक्टर बनेगा! शक्ल देखो इसकी!''

राजू को शिकायत है बाबू से–जब देखो दीपय्या की तारीफ करते रहते हैं। उनकी बात करते रहते हैं–दीपू को यह बनाना है, दीपू ये करेगा...जैसे हम तो कुछ हैं ही नहीं।

रूठे हुए राजू को बाबू अपने पास खींच लेते हैं–''देख भैया, मैं दीपू को एक्टर बना दूँ और दीपू तुझे डॉक्टर बना देगा। अरे, किसी फिल्म में दाँव लग गया न...और अब लगा ही समझ...तुझे बाहर भेजेगा मेडिकल के लिए!''

राजू को एक गोदी में बैठाकर मीनू दूसरी गोद में जा लदती है। शारदा डपटती है–''यह उमर है। तुम लोगों की गोद में लदने की? बड़े-बडे धींगड़े हुए...''

''माँ-बाप के लिए भी बच्चों की कोई उमर होती है...''

और बच्चों पर बरसता हुआ महेश बाबू का लाड़ सारे आँगन में महकने लगता।

दिन में लू से झुलसता हुआ और रात को उमस-भरी मायूसी में डूबा रहनेवाला यह आँगन, उसके अपने घर का आँगन है?

कोई दो सप्ताह बाद दीपू का रिज़ल्ट आया। फर्स्ट डिवीज़न! मायूसी में लिपटी ख़ुशी का एक हलका-सा अहसास सबके मन में जगा और बिला गया।

बड़े मामा का पत्र आया। बधाई और आशीर्वाद के बाद लिखा था—इस ख़बर से जो सबसे ज़्यादा खुश होता, गर्व करता, वह तो आज हमारे बीच है नहीं, फिर भी तुम अपना रिज़ल्ट ऑफिस में बता देना। मैनेजर साहब यह न समझें कि उन्होंने केवल कृपा ही की है...एक योग्य व्यक्ति को ही काम दिया है।

...पी.एफ. के पैसे के लिए पीछे लगे रहना। मिलते ही मकान का काम शुरू करवा देना। सबसे ज़्यादा चिन्ता मुझे मकान की ही है। वह बन जाएगा तो तुम लोगों का आधा संकट टल जाएगा। मैं जल्दी ही आने की कोशिश करूँगा।

कल भास्कर, कपिल और दवे आए थे, पर शायद संकोचवश असली बात नहीं कर पाए। आज तापस बाबू खुद आए हैं। तुरूप का पत्ता हाथ लेकर—कुन्तल। स्थिति की नज़ाकत को समझते हैं इसलिए स्वर में संकोच ज़रूर है, पर आग्रह जैसा कुछ नहीं। मिठास से लिपटा आदेश ही है—"अब रिहर्सल में आना शुरू करो। दिल्ली में होनेवाले ऑल इंडिया कॉम्पटीशन के लिए एंट्री भेज चुके हैं। समय बहुत कम रह गया है।"

शारदा के चेहरे पर घिर आई भय की हलकी-सी छाया को उनकी तेज़ आँखें भाँप लेती हैं।

"आप चिन्ता न करें भाभी! पहले की तरह रात-दिनवाले रिहर्सल अब नहीं होंगे। दीपू ऑफिस के बाद ही आया करेगा।"

फिर एक क्षण रुककर बोले, "इसे नाटक से कटने मत दीजिए वरना...आप तो जानती हैं, नाटक ही इसका प्राण है। ऑफिस का काम जितना ज़रूरी है, नाटक का काम भी उतना ही ज़रूरी है।"

तापस और कुन्तल दीपू को अपने साथ ही ले गए।

शारदा जानती है कि नाटक दीपू के लिए काम नहीं है—नशा है। जब चढ़ता है तो भूत की तरह सवार हो जाता है, फिर उसे दीन-दुनिया किसी का होश नहीं रहता। शारदा जब कभी इसे पागलपन कहती थी तो महेश बाबू कहा करते थे :

"यह लगन है शारदा, लगन! कहाँ होती है इस उमर में बच्चों में ऐसी लगन। फिर बिना लगन के कोई बड़ा काम होता है भला..."

लेकिन अब यदि दीन-दुनिया को भूल गया तो? और यदि दीन-दुनिया के चक्कर में नाटक से कट गया तो?

और इन दो 'तो' की जकड़ में शारदा का मन ऐंठने लगता है।

दूसरे दिन शारदा उठी तो देखा, दीपू आँगन में टहल-टहलकर कुछ पढ़ रहा है।

"इतनी सवेरे-सवेरे उठकर क्या पढ़ रहा है?"

"अपना पार्ट याद कर रहा हूँ। सचमुच तापस दा ने बहुत बढ़िया नाटक लिखा है। यह रोल करने के बाद देखना अम्मा, हल्ले हो जाएँगे दीपक अग्निहोत्री के..."

और शाम को ऑफिस से आते ही ब्रीफकेस, जूता-मोजा, अलग-अलग दिशाओं में उछले, "आ जाओ राजू, मीनू रिहर्सल शुरू। अम्मा, तुम बैठकर देखना!"

राजू, मीनू दूसरे पात्रों के संवाद पढ़ रहे हैं और दीपू अपने! इतने दिनों से शारदा के चेहरे की रेखाओं का तनाव अपने-आप पिघलने लगा और घर पर फैले अवसाद की एक परत जैसे किसी ने हटा दी!

पहली तारीख़!

दीपू ने शारदा के हाथ में तनख़्वाह रखते हुए कहा, "ये मेरे पन्द्रह दिन की तनख्वाह के दो सौ रुपए और ये बाबू की पाँच दिन की तनख़्वाह के ढाई सौ रुपए! वाह रे दीपू मास्टर, क्या क़ीमत है तुम्हारी!"

फिर एकदम गम्भीर होकर बोला, "अम्मा, अब से इन्हीं रुपयों से घर चलाना है। सब कटौती कर दो। पी.एफ. का चेक भी कल मिल जाएगा। बस, दो दिन बाद से मकान शुरू। राजू को भेजकर मिश्रा काका को बुलवा लो...आकर अपनी ठेकेदारी सँभालें!"

रुका हुआ मकान फिर बनने लगा। मज़दूरों की आवाजाही...ठेकेदार मिश्राजी की गुहार-पुकार।

शाम को दीपू आया तो मिश्राजी ने कहा, ''भैया, चलकर मज़दूरों को मज़दूरी बाँट दो और आज का काम भी ज़रा नज़र से गुज़ार दो।''

''कौन, मैं?''

''और नहीं तो क्या? हमारा तो महेश बाबू से भी कौल था। पैसा-कौड़ी के हाथ नहीं लगाएँगे। मज़दूरी तुम बाँटो...सामान तुम लाकर दो। काम देखो, और कसर हो तो हमें बताओ।''

''पर काका, मैं कुछ जानता नहीं, समझता नहीं...यह सब मुझसे कैसे होगा?''

''होगा कैसे नईं? महेश बाबू करते थे कि नईं?''

''पर मैं तो बाबू नहीं हूँ, काका...''

''हमारे लिए तो भैया, तुम्हीं महेश बाबू हो और हो क्यों नईं? जिस दिन महेश बाबू की पगड़ी सिर पर धर ली, उसी दिन महेश बाबू बन गए?''

और उन्होंने सामान की एक लिस्ट पकड़ाते हुए कहा, ''तुम खाची लो, हम साथ चलेंगे, सब सामान दिलवा देंगे। चार दिन में तुम खुद लायक बन जाओगे!''

और आठ बजे के करीब दीपू जब लोहा-लक्कड़, कील-काँटों की दुकानों के चक्कर लगाकर लौटा तो एकदम पस्त हो चुका था।

''काका, रोज़-रोज़ अब क्या मुझे यही सब करना पड़ेगा?''

''अरे भैया, अपने मरे बिना भी कहीं स्वर्ग दिखा है?''

और मिश्रा काका ने कोई दस दिन में ही दीपू को स्वर्ग दिखा दिया।

रुका हुआ मकान फिर बनना शुरू हो गया, पर जो नाटक शुरू हुआ था, वह जहाँ का तहाँ रुक गया।

मामा आए तो गद्गद्। मकान का मुआयना करने के बाद बड़े सन्तुष्ट भाव से दीपू की पीठ थपथपाते रहे।

''शारदा, तेरा बेटा तुझे पार लगा देगा। कितनी होशियारी से सारा काम सँभाल लिया। लगता ही नहीं, कि महेश बाबू नहीं...'' फिर जाने क्या सोचकर वाक्य अधूरा ही छोड़ दिया।

राजू-मीनू के स्कूल खुल गए तो उनकी ज़िन्दगी फिर लौट आई। नई कक्षाओं में जाने का उल्लास...नई किताबें ख़रीदने का उत्साह...हमउम्र साथियों का साथ।

पर दीपू! शारदा बोलती कुछ नहीं, सिर्फ देखती है—महेश बाबू के कमरे में बैठकर सवेरे-सवेरे ऑफ़िस की फाइलों में डूबे हुए दीपू को...ऑफ़िस जाते हुए दीपू को...मिश्रा काका के साथ मगज़ मारते हुए दीपू को...ट्रक से कभी सीमेंट की बोरियाँ उतरवाते हुए तो कभी ईंटें गिनकर रखवाते हुए दीपू को! रात में देर तक हिसाब लिखते हुए दीपू को।

और उसके मन में जाने क्या कुछ कचोटता रहता है। रह-रहकर एक घटना मन में उभर आती है।

वह रसोई में कुछ काम कर रही थी कि बाहर से दीपू के खाँसने की आवाज़ आई। खाँसी क्या, जैसे खाँसी का दौरा ही पड़ा हो। शारदा झपटकर बाहर आई। घुटनों में पेट दबाए, हथेलियों में माथा थामे, दीपू खाँसता रहा—बुरी तरह। चेहरा लाल, आँखों में आँसू...खाँसी क्या, लगता था, अँतड़ियाँ ही बाहर निकल आएँगी।

सकते में आई शारदा पीठ मलने लगी, "कब हुई तुझे ऐसी खाँसी...पहले तो कभी नहीं सुनी!"

घबराहट के मारे उसकी आँखों में आँसू आ गए! खाँसते-खाँसते कहीं साँस ही न उखड़ जाए दीपू की।

दो मिनट तक शान्त रहकर दीपू ने अपने को साधा, फिर झटके से खड़े होकर हँसता हुआ बोला, "रिहर्सल...रिहर्सल..."

"क्याऽऽ!" फटी-फटी आँखों से उसकी ओर देखती हुई शारदा चीखी।

"एक बूढ़े, भयंकर दमे के मरीज़ का रोल करना है, समझीं।"

फिर सामने हँसता हुआ बोला, "मानती हो अब तो कि तुम्हारा बेटा जीनियस है।"

"जीनियस की दुम! प्राण ही निकल गए मेरे तो।"

"इसका मतलब मेरी एक्टिंग कमाल की।" लाड़ में आकर दीपू ने अपनी दोनों बाँहें माँ के गले में डाल दीं और हँसने लगा।

दीपू की हँसी से एक क्षण पहले का तनाव झटके से गायब हो गया और सब कुछ सहज हो गया।

पर अब न तो कोई झटका लगता है, न ही कुछ सहज होता है।

ईंट पर ईंट धरी जाने लगीं और दूसरे तल्ले की दीवारें ऊपर उठने लगीं, लेकिन नीचेवाला तल्ला जैसे और नीचे धसकने लगा।

पन्द्रह सौ में चलनेवाली गृहस्थी को कुल चार सौ में चलाना कोई आसान काम नहीं था। बरसों की आदतें अंकुश लगाने पर भी दगा दे जातीं।

जब तक कड़की का कोड़ा नहीं पड़ा था, सबका मन एक-दूसरे के लिए उमड़ता रहता था, एक-दूसरे को सँभालता रहता था, लेकिन अब?

"अम्मा, तुमने दो सौ रुपए पी.एफ. के रुपयों में से खर्च कर दिए?"

"क्या करती? राजू, मीनू की किताबें...मीनू की दो जोड़ी यूनिफार्म..."

"यह सब मुझे बताने की ज़रूरत नहीं है," बीच में ही बात काटकर दीपू तेज़ी से कहता, "बस, इतना जान लो कि इस पैसे को छुओगी भी नहीं। जानती हो, मिश्रा काका के बताए हिसाब से तो बाबू के इन रुपयों से भी मकान पूरा नहीं होगा—और तुम हो कि...कहाँ से आएगा पैसा?"

"मुझे क्या कहते हो, सब अपने पेट पर पट्टियाँ बाँध लो!" शारदा का दो टूक जवाब।

और खर्च कम करो। दूध बन्द, खाने में कटौती। साठ की जगह पच्चीस पावर के बल्ब...पर इस दमतोड़ महँगाई में खर्चा है कि चलता ही नहीं और न-न करके भी सौ-पचास रुपए मकान के रुपयों में से निकल जाते हैं।

दीपू खीजता है...चिल्लाता है, फिर हताश हो जाता है, पर जब शारदा हताश होती है, तो हौसला बँधाता है, "बस, कुछ महीनों की बात है अम्मा। मकान ख़त्म होते ही नीचे का मकान किराए पर उठा देंगे। छः सौ न मिले तो साढ़े पाँच सौ तो कहीं नहीं गए। ऊपर का तीन कमरोंवाला सेट तीन सौ में और हम दो वाले में रहेंगे। बस, फिर पहले जैसे ठाट!"

और यह हवाई आश्वासन ही आठ-दस दिनों के लिए सबके मन का पैनापन काट देता है। राजू-मीनू अपनी ज़रूरत की चीज़ों की सूची कुछ महीनों के लिए स्थगित कर देते...शारदा फिर कतर-ब्यौंत में लग जाती।

चार महीनों में दीवारें उठ गईं...छत भी पड़ गई, पर रुपया खत्म।

बनता मकान फिर ठप्प हो गया। दीपू परेशान। उसे क़र्ज भी कौन देगा? बस, मामा का ही भरोसा है। उनके आश्वासन-भरे पत्र आते—'पूरी कोशिश कर रहा हूँ, इन्तजाम होते ही पैसे भेजूँगा।"

पर रुपए नहीं आते।

मकान बन रहा था तो सबके पास जैसे अपनी उम्मीदें टिकाने का एक सहारा था। वह बन्द हुआ तो गहरी निराशा ने सबको पूरी तरह काट दिया...अपने भीतर से भी...आपस में एक-दूसरे से भी।

राजू, दीपू की अनुपस्थिति में खुलेआम चिल्लाता, "मकान...मकान। गाड़ दो

इसे इस मकान में। सारा रुपया इन दीवारों में फूँक दिया...''

शारदा झिड़कती तो उसे भी टके-सा जवाब पकड़ा देता। दीपू ऑफ़िस से आकर राजू-मीनू को नहीं देखता तो पूछता है :

''कहाँ जाते हैं ये आजकल रोज़-रोज़?''

''पड़ोस में!''

''जब देखो वहाँ घुसे रहते हैं! पढ़ना-लिखना नहीं रहता इन्हें?''

शारदा चुप रह जाती, पर राजू चुप नहीं रहता, ''पढ़ना-लिखना। इन दीयों जैसे चुँधे बल्बों में पढ़ सकता है भला कोई? किताबें हैं हमारे पास जो पढ़ लें?''

दीपू तमतमाकर रह जाता है।

राजू थाली सरकाकर उठ जाता है, ''रोज़-रोज़ वही आलू की रसेदार सब्जी और सूखी रोटी, नहीं खाना हमें।'' मीनू आजकल उसकी चेली हो रही है, वह भी उठ जाती है।

''खैर मनाओ कि यह भी खाने को मिल रहा है, वरना भीख माँगते नज़र आते।''

''माँग लेंगे भीख! तुम लोग ताजमहल चिनाओ बैठकर।''

शारदा गुस्से से थरथराते हाथ को थाम लेती है किसी तरह, पर आँखों से जैसे अंगारे बरसने लगते हैं।

रात नौ बजे राजू और मीनू घर में घुसे।

''कहाँ गए थे?'' प्रश्न की बन्दूक दगी।

''सिनेमा!'' बिना झिझक के राजू ने एक-एक अक्षर पर ज़ोर देकर कहा और साथ ही जोड़ दिया, ''पैसे अम्मा से नहीं लिए थे, शिबू ने दिखाया है अपनी तरफ़ से...वरना एक लेक्चर और सुनो!''

तड़ाक! दीपू का एक भरपूर हाथ राजू के गाल पर।

''देख रहा हूँ, बदतमीज़ और ढीठ हुआ जा रहा है दिन-पर-दिन! लाट साहब समझने लगा है अपने-आपको...''

शारदा राजू को घसीटकर अन्दर ले जाती है।

पर लौटकर दीपू के पलंग के सामने खड़े होकर पूछती है, ''दीपू, राजू पर हाथ क्यों उठाया?''

शारदा का यह रूप, यह आवाज़, यह प्रश्न सब कुछ एकदम अप्रत्याशित!

''सिनेमा देखने चला गया तो कोई गुनाह कर दिया? इस उम्र में किसे शौक

नहीं होता देखने का? पहनना, हँसना-खेलना सभी कुछ तो छोड़ दिया है मेरे बच्चों ने।'' और बिना जवाब की अपेक्षा किए शारदा जैसे आई थी चली गई।

'मेरे बच्चे!' दीपू की खोपड़ी पर यही शब्द घनघनाता रहा।

लेकिन दो दिन बाद ही जब राजू ने शारदा से कहा, ''अगले हफ़्ते इम्तिहान के फॉर्म भरने हैं, मिस्टर बोर से कह देना इम्हिान दिलवाना है तो रुपयों का इन्तज़ाम करके रखें...'' तो शारदा ने भी थप्पड़ जड़ दिया उसके गाल पर।

''बेशरम, बदतमीज़ कहीं के! तुम लोगों के पीछे उसने अपने को झोंक दिया...बिलकुल मार दिया और तुम लोग ही कहोगे बोर!''

पर आपसी दुर्भावना मिटाने के ये प्रयास कड़की के कोड़े के नीचे सहमकर रह जाते हैं।

'जल्दी ही रुपयों का प्रबन्ध होने की उम्मीद है' के आश्वासनवाले पत्र अब किसी का हौसला नहीं बँधाते और मन की निराशा खीज बनकर एक-दूसरे पर निकलती रहती है। हारकर एक दिन शारदा कहती है, ''दीपू, मेरे लिए किसी काम का जुगाड़ कर दे। दसवीं पास तो मैं भी हूँ...कुछ-न-कुछ तो कर ही लूँगी!''

पर काम का जुगाड़ शारदा के लिए नहीं, दीपू ने अपने ही लिए किया। शाम को किसी के यहाँ चिट्ठियाँ टाइप करनी, हिसाब लिखना। दो घंटे, डेढ़ सौ रुपया!

शारदा ने सुना तो राहत की साँस ली, ''करो बेटा, करो! कुछ तो हाथ खुलेगा!''

आज दीपू को छःमाही बोनस मिला। एक महीने की अतिरिक्त तनख़्वाह। लग रहा है जैसे घर के सारे तनाव ढीले हो गए।

लौटते हुए रास्ते से उसने गाजर का हलवा बँधवाया। आधी सर्दी बीत गई, एक बार भी हलवा नहीं खाया।

इन रुपयों से वह सबकी छोटी-मोटी इच्छाएँ पूरी करेगा। सिनेमा दिखाएगा। पिछले छह महीने से कल की चिन्ता में वह आज तक मरता ही आया है। राजू ठीक ही कहता है। पर उसे रास्ते पर ज़रूर लाना है...थोड़ा भटक रहा है।

मीनू को सलवार-कुर्ता बनवा देगा और अम्मा के लिए शॉल। अगले महीने तो वैसे भी डेढ़ सौ रुपया ज़्यादा ही मिलेगा।

चार सौ रुपए में उसने सबके मन में पड़ी चार सौ सलवटों को सीधा कर दिया।

रात में शारदा दूध का गिलास लेकर सामने आ खड़ी होती है।

"यह क्या है?"

"दूध!"

"दूध किसलिए?"

"क्यों, सवेरे से रात तक मशीन की तरह जुटा रहता है...एक घूँट दूध गले के नीचे नहीं उतरना चाहिए?"

"तुम भी कमाल करती हो अम्मा! घर में राजू और मीनू पढ़नेवाले बच्चे हैं... उनके इम्तिहान भी पास हैं...दे सको तो उन्हें दूध दो।"

शारदा जैसी की तैसी खड़ी रह जाती है। दीपू की आवाज़, दीपू के चेहरे में से कुछ ढूँढ़ती-सी।

दो महीने बाद एक दिन अवतार की तरह मामा प्रकट हुए। पक्का और बढ़िया इन्तज़ाम करके।

"अग्रवाल ट्रेडिंग कम्पनी है—खासी बड़ी। वे अपना एक ऑफिस यहाँ भी खोलना चाहते हैं। उन्हें चार-पाँच कमरों का एक मकान चाहिए, मेन मार्केट के पास। बस, यह मकान मैंने उनके गले उतार दिया। अग्रवाल साहब से पुराना रसूख है। सारी स्थिति समझाकर कह दिया कि हमें बीस हजार रुपया एडवांस दे दें और तीन महीने बाद मकान ले लें! तीन महीने से ज़्यादा का काम है भी नहीं।"

"वे मान गए?" दीपू को जैसे विश्वास ही नहीं हो रहा था।

"मानेंगे क्यों नहीं? गौरीशंकर की बात और न मानी जाए।" आत्मविश्वास और दर्प उनकी आवाज़ में छलका पड़ रहा था।

मकान फिर बनने लगा।

"अम्मा, हमारे रहने का हिस्सा तो जैसा-तैसा बन ही गया—इन रुपयों से किराये पर उठानेवाला सेट पूरा करवा देता हूँ ऊपर का। पलस्तर, दरवाजे और टीम-टाम में डेढ़ महीने से ज़्यादा नहीं लगेगा। पूरा करते ही इसे भी किराए पर उठा देते हैं...किराया आना शुरू हो जाएगा।"

"अब मिश्रा काका को बुलाकर भी क्या होगा? दिन-भर काम की निगरानी तुम रख लेना...बाकी मैं अकेला ही कर लूँगा, अब तो सब समझ गया। क्यों उन पर बेकार ही रुपए खर्च किए जाएँ!"

"किराएवाले सेट में टीम-टाम थोड़ी ज़्यादा करवा देते हैं, किराया अच्छा मिलेगा।"

शारदा सुनती रहती है और मुग्ध भाव से देखती रहती है दुनियादारी में पटु हो आए अपने इस बेटे को।

और मकान पूरा हो गया।

मामा मिस्टर गुप्ता के साथ-साथ ही आए हैं। हफ्ते-भर में नीचे की रँगाई-पुताई पूरी हो जाएगी तो वे अपना सामान जमाना शुरू कर देंगे।

ऊपर का तीन कमरों का सेट भी उन्होंने ही किराये पर ले लिया अपने मैनेजर के लिए।

ऊपर छत पर पूरा परिवार बैठा है।

मामा बेहद प्रसन्न। दीपू को उन्होंने एक बाँह में समेटकर अपने पास ही बिठा रखा है। राजू-मीनू शारदा के अगल-बगल बैठे हैं। सन्तोष और तृप्ति के भाव में लिपटा मामा का प्रवचन चालू है :

"दीपू बेटे, तूने महेश बाबू का सपना पूरा कर दिया। रोम-रोम आशीर्वाद दे रहा होगा उनका। बड़ी हौंस थी मकान की उनको। अगले सप्ताह 5 जून को ही तो बरसी है उनकी। नए मकान में ही करना...आत्मा जुड़ा जाएगी उनकी।

"शारदा, एक साल और इसी तरह खींच-तान करके चला लो! अगले साल कर्ज़ चुक जाएगा तो राजू की मेडिकल की पढ़ाई का खर्चा करने में आसानी हो जाएगी।

"अब दूसरा सपना तू पूरा कर दे राजू! बस, डॉक्टर बन जा! चार साल बाद फिर सब ऐश करना..."

"कहाँ, फिर मीनू आकर खड़ी हो जाएगी। इसे भी तो पार लगाना है!" दीपू ने बुजुर्गों की तरह कहा तो मामा हो-हो करके हँस पड़े।

"देखा शारदा, कैसा दुनियादार बन गया है तेरा बेटा! सारी जिम्मेदारी समझता है अपनी!" फिर दीपू को लाड़ से सहलाते हुए बोले, "दुनियादारी का जंजाल ही ऐसा है बेटा! बस, आदमी सोचता ही रहता है कि यह हो जाए तो छुट्टी...यह हो जाए तो छुट्टी। पर इस प्रपंच में पड़े आदमी के लिए कहाँ पड़ी है छुट्टी!"

फिर एक भाषण आजकल के लड़कों पर :

"मैं तो कहता हूँ, घर-घर में दीपू का उदाहरण देना चाहिए जाकर। ये आजकल के वाहियात, नाकारा लौंडे-लपाड़े कुछ सीखें तो! नालायक सारे दिन

बाल काढ़ेंगे, कूल्हें मटकाएँगे! माँ-बाप जाएँ जहन्नुम में, इनकी बला से!"

सब प्रसन्न!...सब गद्गद्। एक बड़ी उपलब्धि का सन्तोष...कुछ और कर डालने के हौसले!

राजू और मीनू सामान ढो-ढोकर ऊपर ला रहे हैं। शारदा ने आज दीपू की छोटी-सी कोठरी खोली है। साल-भर से ताला पड़ा था इसमें। सामान के नाम पर कबाड़ा ही भरा था, फिर भी, खाली तो करनी है।

नाटक के उतरे हुए सेट्स...लकड़ी के दरवाज़े, पेंट किए हुए पेड़...कैनवास के टुकड़े...बेतरतीबी से इधर-उधर बिखरे पड़े हैं। धूल से अटे, जालों से घिरे। शारदा ने ख़ींच-खींचकर बाहर निकाला।

अलमारी खोली। एक कतार में नाटकों में जीते हुए कप और मैडिल्स रखे थे। एक क्षण को शारदा उस कतार को ही देखती रह गई। काम करने के लिए तत्पर हाथ...एकाएक जैसे ढीले पड़ गए।

उस कतार को बिना छुए ही उसने नीचे के खाने से पाँच-छः फाइलें निकालीं। किसी में नाटक के टाइप किए हुए संवाद लगे थे तो किसी में अखबारों की ढेर सारी कटिंग्ज!

दीपक अग्निहोत्री! अभिनय के क्षेत्र में उभरती हुई एक नई प्रतिभा। 'अनुश्री' संस्था का सबसे सफल और समर्थ कलाकार—दीपक अग्निहोत्री।

कहीं तस्वीरें—इनाम लेते हुए...किसी से हाथ मिलाते हुए...उत्पल दत्त से पीठ ठुकवाते हुए...

पूना का एडमिशन फार्म! भरकर भेजने की तो नौबत ही नहीं आई। साथ ही तापस बाबू की बात—"आप इसे नाटक से मत काटिए वरना...आप तो जानती हैं, नाटक इसका प्राण है।"

तीन-चार नीले लिफ़ाफ़ों में बन्द आठ-दस छोटी-छोटी चिटें—'आज ग्रीनरूम में हाथ पकड़कर जो कुछ कहा था, वह नाटक का संवाद तो नहीं था न? उसे सच ही समझूँ?—के.

'रिहर्सल के दौरान भी जब तुम देखते हो तो भीतर का सबकुछ थरथरा जाता है। घर लौट आती हूँ, फिर भी तुम्हारी नज़र उसी तरह पीछा करती रहती है। अपनी नज़र को समझाओ—प्लीज़!—के.

'आज तुमने यह क्या कर डाला? नहीं दीपू, अभी यह सब नहीं! तुम पूना चले जाओगे तो पीछे इस लायक तो छोड़ो कि प्रतीक्षा कर सकूँ।—के.

आँसुओं के सैलाब में शारदा और कुछ नहीं पढ़ पाई! बस, सुन्न-सी जहाँ की तहाँ बैठी रह गई। उसके आसपास का सबकुछ जड़ होता चला गया और भीतर एक दूसरी ही दुनिया खुलती चली गई—अनेक दृश्य, अनेक बातें, अनेक सपने...

'तुम्हारा बेटा जीनियस है शारदा, जीनियस! देखना, इतना नाम करेगा...'

''अम्मा...अम्मा!'' राजू का स्वर कहीं दूर से आता लगा।

''अम्मा, पंडितजी पूछ रहे हैं, बरसी पर कल कितने ब्राह्मणों को बुलाना है?''

बरसी? और एक क्षण शारदा जैसे समझ ही नहीं पाई है कि किसकी बरसी की बात कर रहा है राजू!

●●●